沖縄コンフィデンシャル

ブルードラゴン

高嶋哲夫

集英社文庫

目次

沖縄コンフィデンシャル　ブルードラゴン

第一章　秘　密

1

声が上がったのは、店の奥からだった。女性の悲鳴だ。

反町雄太《そりまちゆうた》は反射的に立ち上がり、持っていたビールジョッキをテーブルに置くと奥に走った。その後に天久《あめく》ノエルと赤堀寛徳《あかぼりひろのり》が続く。

ケネス・イームスが食べかけたハンバーガーを皿に戻すと、三人の後を追った。

トイレに通じる通路は悲鳴を聞き、かけつけた客で溢《あふ》れている。

午後八時すぎ、那覇《なは》市、泊港《とまりこう》近くにあるレストラン〈ウェイブ〉は、百名近く入る客席がほぼ満席だった。キャンプ・キンザーも近く、地元の若者に人気のある店で若いアメリカ人も多い。普段は陽気な英語の会話がいたるところから聞こえる。

反町は人混みをかき分けて、最前列に出た。

トイレのドアが開き、床に男があおむけに倒れている。女が男の上にしゃがみ込んでいるが様子がおかしい。男の胸に両手を当てて身体《からだ》を揺すっているだけだ。目も視点が定まらず、泳いでいる。

　女は金髪だが日本人だ。まだ十代くらいに見える幼い顔をしている。倒れているのは白人の若者。GIカットで細身、二十歳《はたち》を少しすぎたくらいだ。口元と床が嘔吐物《おうとぶつ》で汚れている。

　反町は女を男から引き離して、男の脈と瞳孔を調べた。脈は弱く、瞳孔の反応は鈍い。頭を見たが打ったわけではなさそうだ。

「救急車を呼んでくれ。急げ」

　背後の人垣に向かって怒鳴った。

　反町の横に立つノエルがスマホを出して画面をタップしている。

　男を見つめていた赤堀が反町の前にしゃがんで顔をしかめた。

「酔っ払って倒れて頭でも打ったか」

「薬物をやったんだろ。それも、やりすぎたようだ」

　反町は床に座り込んでいる女を目で指した。

　集まっている人をかき分けて中年の男が入ってきた。黒服に蝶《ちょう》ネクタイ姿は店長か。

「あんたら、誰だ。ここでおかしなことをされちゃ困る。警察を呼ぶぞ」

「俺たちがその警察だ。ちょうど店に居合わせた」

「なんか証拠はあるのか」

一瞬驚いた顔をした黒服が、よけい不審そうな眼《め》を向ける。

反町は赤いハイビスカス柄のアロハにジーンズ、スニーカーを履いている。いくらかりゆしウェアが公式の場でも認められる沖縄でも、反町の格好は浮いていた。おまけにサーフィン焼けで異常に黒い。

「非番なんで何も持っていない」

反町を押しのけて赤堀が警察手帳を見せると、黒服と周りの者たちの表情が変わった。

「私たちは警察よ。すぐに救急車が来る。みんな、下がって。これじゃ運べない」

ノエルがトイレをのぞき込んでいる若者たちに向かって言う。

「酔っ払って倒れただけです。搬送するので道を空けてください」

黒服が若者たちにテーブルに戻るように言っている。

ケネスが遠慮がちに倒れている白人男性に近づいて顔をのぞき込んだ。

「知ってるのか」

「知らない。この男、どうするんだ」

「意識がない。呼吸が浅く脈も弱い。病院に搬送する」

反町は男が嘔吐物で窒息しないように身体を横にさせながら言う。

救急車のサイレンが聞こえてきた。

「救急車が来ました」

黒服が来て反町に告げると同時に、救急隊員がストレッチャーを持ってきた。

ノエルが金髪の女性を立たせて救急隊員についていく。

反町は赤堀と一緒に店の外に出た。

救急車が店の前に赤色灯を回して停《と》まっている。通りを行き交う人々が何事だという顔で立ち止まって見ていく。

男が救急車に運び込まれるのを目で追いながら、ケネスがスマホで話している。

ケネス・イームスはアメリカ海兵隊のＭＰ、ミリタリー・ポリスだ。階級は三等軍曹で、下から数えて五番目にあたる。基地内では迷彩服に拳銃、警棒を下げているが、今はかりゆしウェアを着て短パン姿だ。素足に履いているのは赤いスニーカー。端整で高校生のような幼さを感じさせる童顔に赤みがさしている。元々はノエルの友人だが、最近は反町の貴重な情報源になっている。アメリカの機関が調査する沖縄情報のほうが、日本の警察より幅広く詳細なのだ。

反町は男と一緒に救急車に乗り込もうとする女の腕をつかんだ。

「彼女には聞きたいことがある。赤堀、おまえが救急車に乗ってくれ。おまえは英語が喋《しゃべ》れるだろう。男が気がついたときに、日本語が話せないと困る」

「なんで僕が行くんだ」

「こいつら、クスリをやってる。俺はノエルと女を県警に連れていく。すぐに応援を送る。それまで、男を見張っていてくれ」

反町は赤堀の耳元で小声で言う。赤堀が口を開きかけたが、諦めたように救急車に乗り込んだ。

救急車はサイレンを鳴らして、車をぬって走り去っていく。

女の腕をつかんでパトカーを待っている反町とノエルのところに、ケネスがきた。

「彼はどこに運ばれたの」

「那覇の中央病院だ」

ノエルが何か言いたそうな素振りを見せたが何も言わなかった。

「俺たちは県警本部に戻る。おまえはどうする」

「僕は家に帰る。とんだディナーだったね。今度、またね」

二人に軽く手を上げ、ケネスが急ぎ足で通りを渡って行った。

ケネスが住んでいるのはキャンプ・キンザー内の宿舎だ。

「あんた、なんでケネスに嘘《うそ》をついたの。男が運ばれてったのは中央病院じゃないでしょ。私は聞いてない」

ノエルが反町を睨《にら》んだ。

「倒れてたのは若い米兵だぜ。おそらく薬物でぶっ倒れた。命に別状はないと思うが、これから大変だ。日米地位協定が絡んでくる」

正式には「日本国とアメリカ合衆国との間の相互協力及び安全保障条約第六条に基づく施設及び区域並びに日本国における合衆国軍隊の地位に関する協定」という長い名だ。在日米軍と日本政府との取り決めで、米軍基地内での管理権や基地外での警察権をアメリカ側に認めるものだ。在日米軍には外交官並みの権利が与えられている。

「だったら、赤堀より私がついてったほうがよかった」

「米軍はすぐに動き出す。その辺はおまえのほうがよく知ってるだろ。中央病院にいなければ、ケネスはおまえに電話する。おまえはケネスに場所を言うだろ」

ノエルは何も言わない。ノエルとケネスは古い友人なのだ。

パトカーのサイレンが聞こえ、手を上げた反町の前にすべり込んできた。

反町雄太、二十八歳、巡査部長。沖縄県警刑事部捜査一課の刑事だ。生まれと育ちは東京。都内の私立大学法学部を卒業後、学生時代から憧れていた沖縄に移り住んだ。一年の就職浪人の後、沖縄県警に就職した。

女とノエルと共にパトカーに乗り込むと、反町は県警本部に行くように告げた。

県警が見え始めたとき赤堀から市民病院にいると電話があった。男の意識はまだ戻ってはいないらしい。市民病院の名を出すとノエルが顔をしかめている。

沖縄県警察本部は那覇市の中心部にある。県内最大の繁華街、国際通りの東に沖縄県庁、那覇市役所が並んでいる。その一角の九階建ての建物だ。

県警本部に着くと、反町はノエルと一緒に金髪の女性を生活安全部に連れていった。

「名前は根川真美《ねかわまみ》、十九歳。住所は那覇市金城町《きんじようちよう》だ。名前が分かるモノを見せてくれと言ったら、免許証を見せられた」

わけを話して、薬物検査をするように頼んだ。

生活安全部は地域の防犯、少年事件、経済や環境に関する犯罪を担当する部署だ。防犯の相談や対策に始まり、市民が安全に生活できるように幅広い問題に対処する。規制薬物関係の事件も担当している。

真美はずっとぼんやりしていた。話しかけると反応は鈍いが答えは返ってくる。

反町の予想通り、真美からは薬物反応が出た。ただちに医薬品医療機器法、略して薬機法違反で現行犯逮捕され、身柄を拘束された。

捜査一課に戻ろうとしたとき、ノエルが寄ってきた。

「ケネスから電話があった。中央病院に男は運ばれていない。どこに運ばれたのかって」

「なんと答えた」

「知らないって。それでいいんでしょ」

反町は親指を立てて頷《うなず》いた。ノエルは納得の行かない顔をしていたが、何も言わずに行ってしまった。

天久ノエルは反町と同期で階級は同じ巡査部長だ。沖縄生まれの沖縄育ち、沖縄人《ウチナーンチュ》だ。県内の国立大学法学部を出て、在学中に交換留学生として一年間ハワイ大学に留学した。英語はネイティブ並みだ。現在、司法試験の勉強をしているとも聞いている。所属は刑事部刑事企画課・国際犯罪対策室だ。沖縄は外国人がらみの事件が多い。その対応のための部署で、英語に堪能《たんのう》な警察官を置いている。


反町は捜査一課に戻った。

刑事部捜査一課は、殺人、強盗、暴行、傷害、誘拐、立てこもり、性犯罪、放火などの凶悪犯罪の捜査を扱う部署だ。昔は寝食を忘れて犯罪捜査に情熱を燃やす刑事ばかりだったが、今はサラリーマン刑事ばかりになったと去年定年退職した刑事がこぼしていた。反町は時代の流れのなかでやり方が変わっただけだと思ったが反論はしなかった。スマホ、パソコン、インターネットの影響だ。さらには犯罪者の意識だ。昔より安易な理由で犯罪を犯す者が増えているのは確かだ。

既に午後十時近かったが、部屋には数人の刑事が残っていた。反町の相棒、具志堅《ぐしけん》正治《しょうじ》もいる。反町は具志堅のところに行った。

「おまえ、非番じゃないのか」

「警察官に休みはないと言ってるのは先輩でしょ」

反町は具志堅にレストランでの一部始終を話した。

「一緒にいた女にはすでに薬物反応が出ています」

反町は警察手帳と手錠を携帯した。

「これから病院に行ってきます。二課の赤堀課長補佐が男に付き添っています」

「首を突っ込みすぎるなよ。薬物は生活安全部のシマだ」

「行きがかり上です。第一発見者の一人だし、俺にも刑事としての責任があります」

それに、と反町は声のトーンを落とした。

「ケネスが電話していました。仲間のＭＰにでしょ。男はおそらく米兵。米軍が出てくる前にやることはやっておかないと。彼らかなり強引なんでしょ。基地に連れ戻されれば手が出せません。彼らは騒ぎが大きくなる前に基地に戻すつもりです。中央病院だと言っておきましたが、既に嘘はバレてます。赤堀は市民病院です」

「あの軍警察の兄ちゃんか。日米地位協定だな。俺も行ってやる。一人じゃ心細いだろ」

反町は言いかけた言葉を呑《の》み込んだ。そろそろ新人扱いはやめてほしい。

しかし、具志堅の言葉には逆らえない。親子ほど歳《とし》が違う上に、沖縄県警でも名うての刑事として通っている。一緒にいると教わることは多い。

「おまえ、ますます黒くなるな。刑事なのかサーファーなのか」

「両方ですよ」

反町は具志堅の嫌味を軽く流した。

反町の運転する車で具志堅と市民病院に向かった。

「なんで薬物だと分かったんだ」

「トイレで倒れていたんですよ。臭い床の上にゲロを吐いて、のびてました。外傷もないし、酔い潰れているのとも違う。連れの女の様子もおかしかった。だったら――」

「当たりだろうな。嫌な予感がする」

マスコミが騒ぎだすという意味だ。米軍がらみの事件は初動が重要だ。

病院に着くと、白人男性は病室に移されていた。

壁際の椅子には赤堀が、座って居眠りをしている。反町はその頭を小突いた。

「おまえなあ――」

反町を見て突然立ち上がって大声を出したが、具志堅に気づき後の言葉を呑み込んだ。

赤堀は具志堅が苦手なのだ。準キャリアの官僚とたたき上げの刑事、性格も考え方も正反対に近い。

「こいつはトーマス・オーバン。アメリカ海兵隊一等兵、二十一歳だ。所持していた身分証にあった」

赤堀が怒りを抑えながら反町に向かって言う。意識して具志堅を見ようとしない。

話している内に次第に冷静になった。

「ポケットには危険ドラッグらしきモノが入っていた。逮捕するか、米軍に引き渡すか。どうするんだ」

「覚せい剤取締法第十九条。これに違反して覚醒剤を使用した場合は、同法四十一条の三、第一項に基づき十年以下の懲役が科せられる」

赤堀と具志堅が驚いた顔で反町を見ている。反町の口から法律用語が出るとは思わなかったのだ。

「ただし個人の所持、使用で初犯であれば、大抵は執行猶予がつく。おそらく懲役二年くらいで執行猶予は三、四年といったところだ」

「じゃ、米軍には引き渡さないということか」

「俺たちで身柄を確保している。日本の法律に従ってもらう」

そのとき中年の医師が入ってきた。わずかに息を切らせている。

「看護師から、別の刑事さんが来たのですぐに行くようにと。薬物の影響が強すぎて気を失ったのでしょう。おそらく危険ドラッグと言われているものです。痙攣《けいれん》が少し出ていますが、すぐに治まると思います。頭も打っていないし、命に別状はないでしょう」

医師がカルテを見ながら早口で言って、赤堀に視線を向けた。

「刑事さんに言われて、嘔吐物のサンプルは取っておきました」

「話すことはできますか」

「あと三十分もすれば意識は戻ります。しかし、正常に話せる状態かどうか。こういうケースは初めてなので」

「意識が戻ったら尿を採取して薬物検査をしてください。ここで無理ならサンプルを採ってください。県警でやります」

「一応、やってみます」

ノックと共に三人の男女が入って来る。一人はノエルだ。

「これは貸しだぞ」

入れ替わりに赤堀が病室を出ようとしながら、反町の耳元に口を寄せて囁《ささや》いた。

「おまえら、なんだ」

反町は三人に向かって言った。

「二人は生活安全部。私は通訳として来ました」

ノエルが反町と具志堅に伝える。年配の警察官が警察手帳を見せて、具志堅に向かって聞いた。

「一課がいるってことは、重大な事件になりそうなんですか」

「どんな事件も重大です。根川真美に薬物反応が出ています。オーバン一等兵も同じでしょう。彼は危険ドラッグらしきものも所持しています」

具志堅に代わって反町が答えた。

「あとは私らが引き継ぎます」

「しかし俺たちは――」

反町の言葉を封じるように具志堅が反町の肩を叩《たた》いた。

「捜査の進展は教えてください」

反町は具志堅と共に病室を出て駐車場に向かった。

「大丈夫ですかね。彼らにまかせておいて」

反町は不満そうな声を出した。

「おまえが女を生活安全部に連れて行ったんだ。そのほうがいいだろ、面倒がなくて。薬物関係は生活安全部の領域だと言っただろう」

「でも俺は、彼らの第一発見者の一人です」

「だったら、残って話してやれ。米兵がらみは初動が大事なんだろう。俺は勝手に帰る」

具志堅は歩みを止めようとはしない。

一瞬迷ったが、反町は病室に引き返した。男が意識を取り戻してうつろな視線を漂わせている。

〈名前を言いなさい。身分証明書であなたのことは分かってる、ミスター・オーバン〉

男はノエルの英語に答えようとはしない。意識は戻ったが話ができる状態ではない。

反町は生活安全部の警察官たちに数時間前の状況について話した。

「すぐに米軍が引き取りに来ると思います。しかし、引き渡したら面倒ですよ。基地に戻られたら日米地位協定で接触が難しくなる。帰国されたらアウトです」

「その辺りは我々も承知してます。さんざん苦労してますからね」

年配の警察官が苦笑混じりに答える。反町の父親ほどの年齢で、現在より米兵が傍若無人に振る舞っていた時代を知っているのだ。

「医師の許可が出れば逮捕して、警察に勾留します」

若いほうの警察官が反町に言う。ノエルが腕を組んでオーバンを見つめている。

スマホが鳴った。ケネスからだ。反町はマナーモードにしてポケットに戻した。

2

「全員静かにしろ。鑑識からだ」

受話器を持った年配の刑事の声が響き渡る。早朝の一課の部屋に緊張が走った。

「昨夜の二人が使用していたのは危険ドラッグに間違いないんだな」

刑事が部屋中に聞こえるように繰り返した。

反町の眠気は吹っ飛んだ。昨夜は鑑識の知り合いに電話をして、オーバンが持っていた薬物の検査を頼んだり、報告書を書いたりで、県警に泊まり込んだのだ。数時間しか眠っていない。

「僕が依頼した鑑定結果です。昨夜、午後八時すぎ、泊港近くのレストラン〈ウェイブ〉で、男女二人を保護しました。男は米兵、女は日本人です。トイレで薬物を使用していたと思われます」

反町は刑事たちに昨夜の状況を詳しく説明した。

危険ドラッグは、大麻や覚醒剤といった規制薬物と似た成分を持つ薬物のことだ。香やアロマ、ハーブと偽装して売られている。本土では、危険ドラッグ使用による車の暴走運転での事故が相次ぎ、多数の死傷者を出した。そのため取り締まりが強化され事件の数は減ったが、地下に潜っただけだとも言われる。

厚生労働省は化学物質を指定して取り締まる制度をスタートさせたが、化学式の一部だけを変えて現れる新製品とのいたちごっこが続いている。

「女もやってたんだったな。病院行きは免れたが」

「量が少なかった。そのため、男ほどではなかったようです」

「数か月前に、危険ドラッグの摘発をやっただろ。あのときの押収物との関係は」

「基本材料は、ほぼ同じだそうです」

数か月前に殺人事件の捜査で、反町たちは一人の中国人を追っていた。

アメリカ軍の基地外住宅に踏み込んだとき、香港《ホンコン》から危険ドラッグの原料を運び込んで製造していた現場を偶然摘発した。そのとき製造していた者の逮捕と共に、大量の危険ドラッグとその原料を押収している。

「本来、危険ドラッグなんて基本成分はどれも同じものです。化学式の構造を少し変えてるだけです」

「同じ組織が関わっているということはないか」

「可能性は大きいですが、根拠はありません」

「いよいよ沖縄にも本格的に上陸か。こういうことだけすぐに本土並みだ」

「いずれにしてもウチとは関係ない。生活安全部が考えればいい」

一課の部屋に刑事たちの様々な声が飛び交った。

反町は具志堅の横に移動した。具志堅が目で呼んでいたのだ。

「黒琉会《こくりゅうかい》のほうは情報ゼロらしい。暴対に問い合わせた。今度はむやみに動けんぞ」

具志堅が反町に身体を寄せて囁く。

黒琉会は沖縄唯一の暴力団だ。数年前には二つの暴力団が勢力を競っていた。もとは一つだったものが分裂、対立していたが、間に立つ者が現れ、黒琉会としてまとまった。暴対法以降、警察の締め付けが強く、組織自体がつぶされる危機感をつのらせたのだ。

シノギの範囲が徐々にせばめられていたからだ。

　前の殺人事件に絡み黒琉会に大規模なガサ入れを行ったが、何も出なかった。ガサ入れを事前に察知して、幹部たちは早朝からゴルフを楽しんでいた。

「この事件、どうなりそうですか」

「生活安全部じゃ手に余る。バックに組織がありそうだ。いずれ、こっちに回って来る」

「町中で、しかも一般人の間に出回っている。やはり、黒琉会が――」

「暴対も慌ててる。見逃していたとなるとマスコミに叩かれるからな。だが、今のところは何もない。米軍がらみとなると、やっかいだな」

「基地に戻られたら手が出せません」

「おまえ、米軍のポリスの友達に嘘を教えたと言ってたな。あいつはどうなったんだ」

「中央病院に確かめたら、アメリカのMPが五人来たそうです。オーバン一等兵を引き取りに。いる、いないで一時間ほど押し問答をして帰って行ったと言ってました」

　反町のスマホが鳴り始めた。待ち受け画面を見て電源を切った。これで五度目だ。

「ケネスって奴《やつ》に会って、もっと聞き出すんだな。今の電話、そうなんだろ」

　反町は仕方なく頷いた。

「電話でなく、会って話したほうがいいぞ。連れていかれる前に。病院なんてすぐに突き止められる。あの米兵は入院したままなんだろ」

「そう思います。でも、生安の連中がどう考えるかです」

「日米地位協定の壁か」

具志堅が呟《つぶや》くように言う。


昼前になって、一課にノエルが顔をのぞかせた。

反町がノエルのところに行くと、エレベーターのほうに歩き出す。ノエル流のついて来いという合図だ。

「あんた、ケネスのこと無視してるでしょ。何度電話しても出ないって、私に泣きついてきた。彼、そうとう困ってる」

「何であいつが困るんだ」

「ケネスに会って直接聞けば」

エレベーターに乗り込むとノエルが地下駐車場へのボタンを押した。

反町はノエルの車に乗った。国際犯罪対策室の車は黄色の軽自動車でほぼノエルの専用車だ。

国道58号を北に向かって走った。浦添《うらそえ》市に入ると、道路の左側にフェンスに囲まれた基地が続いている。アメリカ海兵隊の牧港《まきみなと》補給地区、通称キャンプ・キンザーだ。長さ三キロ、幅一キロほどの面積で市面積の約十四パーセントを占める。

沖縄返還前は、米陸軍の極東随一の総合補給基地で軍需物資の貯蔵や補給、修理などのために巨大な倉庫群・兵舎が建設された。現在の主要任務は物資の整備、補給、工作、医療支援といった継続的な戦務支援を、第三海兵遠征軍に提供することだ。

車はキャンプ・キンザーに入っていく。

広い道路に車はほとんど走っていない。散在する建物にも人影はまばらだ。

ゆったりした敷地内の隊舎、将校宿舎、家族住宅を見ながら司令部に向かって走った。ここには、消防舎、食堂、銀行、教会、学校、郵便局などもある。

「久しぶりだな、二人で基地に入るなんて。ケネスと初めて会ったのもここだった」

「ケネスを泣かせたらダメだって言ったでしょ。彼はあんたと正反対な人間。デリケートで知的、傷つきやすいのよ」

「俺はがさつで野蛮、傷つきにくいか。いろんな見方があるんだな。しかし俺は気にしない。デリケートじゃないからな」

スマホが震えている。そっと見ると赤堀からだ。反町は電源を切った。

司令部に着くと反町とノエルは応接室に通された。

ケネスの横には上官らしい男が座っていた。迷彩服にMPの腕章を着け、拳銃を携帯したケネスは別人に見える。顔つきも変わり、身体もひと回り大きく感じる。

反町はケネスの前で背筋を伸ばして敬礼した。ケネスも、驚いた顔で立ち上がった。

ノエルは眉をひそめたが、何も言わなかった。

「中央病院に行ったが、救急患者は運ばれてはいなかった。送られたのは別の病院だよね。きみは僕に嘘を言った」

ケネスが日本語で言う。上官には聞かれたくないのだろう。

「悪かった。いつもは中央病院だが、途中で変更したらしい。患者がいっぱいだったんだろ。俺のせいじゃないぞ」

「だったら、早く教えてほしかった。僕が電話しても出ないし」

「知りたいのはオーバン一等兵の容態。電話じゃそう言ってたでしょ、ケネス」

煮え切らないケネスにノエルが割って入る。

「日本では薬物関係は生活安全部が担当するの。だから、私たちには分からない」

「ノエルの言う通りだ。オーバンはまだ入院中だ。医師の許可が下りると、身柄は日本の警察が預かることになる。薬物使用の現行犯なんだから、まず間違いなく逮捕される。女のほうは既に逮捕している」

「オーバンは米兵だ。アメリカ軍によって裁かれるべきだ。必ず軍法会議にかけるから、米軍に引き渡してくれないか」

「俺はただの巡査部長だ。下から二番目だ。そういうことを頼むなら、もっと上に頼まなきゃ。本部長クラスの対応だと思うぜ」

反町は同意を求めるようにノエルを見る。

〈きみたち、まず座ってくれ。私にも分かる言葉で、順序立てて話してくれないか〉

反町とケネスが日本語で話すのを見ていた上官が英語で言った。

ケネスが上官に向かって姿勢を正し、椅子に腰を下ろした。

ケネスがお互いを紹介した。上官はジョージ・ハワード中佐。四十代の精悍《せいかん》な顔の白人だ。キャンプ・キンザーの司令官はジョージ・キャンベル大佐だ。中佐ということは基地内でもかなり上の地位だ。

反町は言葉を選びながら現在までの状況を話した。それをノエルが英語に訳す。

ハワードが頷きながら聞いている。反町は時折り日本語でケネスに話しかけたが、ケネスの返事は要領を得ないものばかりだ。オーバン一等兵については、米軍から県警に正式に引き渡しの要請をすることになった。

一時間ほどで反町とノエルは基地を後にした。

「ケネスはどういうつもりなのかしら。私たちにオーバンの引き渡しなんて頼んでもムダなことは分かっているのに」

「彼らは、俺たちの捜査がどこまで進んでいるかを知りたかったんだ」

「ケネスがそのために電話してきたというの」

「上官の指示だろ。あの目つきの悪い陰気な野郎、いくらかは日本語を分かってるぜ。

ときどき反応してた。それにケネスの上官じゃない。ケネスから見れば中佐なんて雲の上の人だろ。基地に何人もいないぜ」

ノエルが無言で前方を見ている。

「何かある、中佐が出てくるようなことが」

反町の脳裏に、ハワード中佐の精悍な顔と、対照的に不気味な眼差《まなざ》しが蘇《よみがえ》ってくる。

キャンプ・キンザーから戻ると、一課の刑事たちの視線が反町に注がれた。

デスクから立ち上がった古謝《こじゃ》捜査一課長が反町に向かって大声を出す。

「なんで電話に出ない。おまえが市民病院に送った米兵が痙攣を起こして危篤状態だ」

赤堀からの電話の後、電源を切っていたのを忘れていた。スマホの電源を入れると十件近くの着信があった。古謝課長と具志堅からだ。

飛び出そうとした反町の腕を具志堅がつかむ。古謝の怒鳴り声がさらに反町を打つ。

「そんなに危険な状況の奴を、なんで米軍に隠してまで病院に連れていった」

「俺が見たときは命に別状はないと思いました。頭も打っていなかったし。医者だって命に別状ないって言ってました。具志堅さんも聞いてたでしょ」

反町は古謝から具志堅に視線を移した。

「そうには違いないが、別の薬物もやっていたらしい。その相乗作用で突然、痙攣が出て止まらなくなった。心臓もかなり弱っているそうだ」

やっと具志堅が腕を放した。

さあ行くぞというふうに、呆然《ぼうぜん》としている反町の背中を叩いた。


反町は具志堅と共に病院に駆け込んだ。

エレベーターまで走っていると待合室の視線が二人に集中する。

「病院内では静かにして——」

看護師の言葉を無視して、閉まりかけたエレベーターに二人で飛び込む。

病室には誰もいない。オーバンが寝ていたベッドは空になっていた。

「遅かったのか」

看護師が入って来て、息をはずませ呆然と立ち尽くす二人を見て驚いた顔をしている。

「ここにいた患者はどうなりましたか」

「現在、ＩＣＵです。突然、痙攣が起きて、心肺機能が著しく低下しました」

「ＩＣＵはどこですか。ここにいた他の連中は」

看護師がついて来るように言った。

同じ階の対角線上にあたる場所にＩＣＵ、集中治療室はあった。

前の椅子にさっき別れたばかりのノエルと生活安全部の若い警察官が座っている。

「今は持ち直しています。もう大丈夫だろうと医師は言ってました」

「危ないのか」

警察官が言った。

「キャンプ・キンザーから戻ったら、至急通訳として病院に行ってくれって。でもこれじゃあね。通訳なんて必要ない」

ノエルが管につながれたオーバンに目を向け脱力した声で言う。

具志堅がICUから出てきた医師と話している。

反町は具志堅の前に行って頭を下げた。

「申し訳ありませんでした。俺、油断してました」

「突然痙攣が始まったようだ。併用していた薬物はLSDか何かだろう。それが、今ごろになって影響してきた。痙攣がひどかったので胃を洗浄したそうだ。命には別状はない。経過を見て、あと一時間もしたら病室に戻すそうだ」

具志堅の顔にもホッとした表情が浮かんでいる。

「ケネスにオーバンの居場所を教えます。あとは上に任せます」

「今さら何なのよ。ケネスと一緒にいた将校、あれ、あんたが言うようにケネスの上官じゃないよ。中佐よ。一等兵の薬物事件に中佐が出て来るはずがない。そう言ったのあんたでしょ。ケネスもいつもと違ってた。きっと裏に何かある」

ノエルが圧《お》し殺した声で言う。

「俺の勝手な行動で国際問題にでもなったら――」

「フラーが。謝るくらいなら、初めからやるな。国際問題。上等じゃねーちゃ」

上等じゃねーちゃ、上等じゃないか。反町は具志堅の沖縄言葉が最近、何とか分かるようになった。フラーはバカ者の意味だが、地元の若者に聞くと、今どきそんなの使うのはバカしかいないと笑われた。

そのとき、具志堅のスマホが鳴り始めた。

3

「行くぞ。浦添市宮城《みやぎ》のコンビニで男が刺された。犯人は客を人質に立てこもってる」

スマホをポケットに入れた具志堅が、ドアのほうに歩き始めている。

十月の沖縄は午後五時をすぎてもまだ昼間のように明るく、熱気も残っている。

反町は国道58号を北に向かって車を走らせた。宮城に近づくにつれて渋滞してくる。

反町は赤色灯をつけ、サイレンを鳴らして、車の間を抜けて走った。

宮城に入ってしばらく走ると、道路が封鎖されてパトカーが数台停まっていた。その周りに人垣ができている。

反町は具志堅と人をかき分けて前に出て、制服警官に警察手帳を見せて封鎖テープの中に入った。

「犯人は？」

反町が聞くと、所轄署の刑事がコンビニを指差す。

「中です。客の女性を人質にしています。刺された男は自力で逃げ出してきて、病院に運ばれました。傷は大したことありません」

「犯人との連絡はとれているのか」

「ハンドマイクで呼びかけていますが、反応はありません」

「今までの状況を詳しく話してみろ」

具志堅が所轄署の刑事に言った。

「突然、刃物を持って暴れ始め、客の男性を刺したそうです。店内が騒然となって、客は出口に殺到し、犯人は逃げおくれた女性の髪をつかんで引き倒したと言っています」

「薬物でしょうね。凶暴になる薬物って、危険ドラッグじゃないでしょうね」

「それは後だ。まず人質の救出だ。凶器の刃物は」

「店で売ってた果物ナイフらしいです。刃渡り十センチ程度。だから刺された客も大した傷じゃなかった」

「衝動的だな。このままだと人質が危険だ。果物ナイフでも喉をかっ切れば人は殺せる」

具志堅が呟くように言ってしばらく考えていたが、突然コンビニに向かって歩き始めた。反町は慌てて後に続いた。

「何やってるんだ。人質が殺されるぞ。誰か止めろ」

所轄署の刑事が驚いて声を上げる。

自動ドアが開き、具志堅がそのまま店内に入っていく。

「近づくな。来たら――この女を殺すぞ。もう――一人刺しているんだ」

女の首に果物ナイフを当てた男が、ろれつの回らない口調でまくし立てる。

具志堅が両手を上げて男に話しかけた。

「俺は弁当を買いに来たんだ。もう夕飯の時間だ。腹が空《す》いてる」

「来るな――出て行け。女を殺して、俺は――出ていけ――」

「弁当はそっちだろ。行くから、バカな真似《まね》はするなよ」

男の言葉を無視して具志堅が店の奥に入っていく。

「俺は素手だ。何も持ってないだろ」

具志堅が肩の高さに上げた両手をひらひらさせながら男に近づいていく。突然の具志堅の出現に驚きながらも、男は女の首筋に果物ナイフを突きつけたまま後ずさる。

「それ以上近づくな。女を殺すぞ」

「俺は弁当を買いに来たんだ。腹が減ってるんだよ」

男の言葉を無視して棚に目を向けたまま、具志堅が男に近づいていく。

男が具志堅の視線を追った瞬間、具志堅が一歩踏み出した。次の瞬間、身体を横に向け、足を大きく回すのが見えた。男の持っていた果物ナイフが空を飛んで床に落ちる。具志堅の靴先がナイフを持つ男の手の甲を蹴り上げたのだ。そのまま女の腕をつかんで引き寄せる。

反町は店内に飛び込んだ。男に体当たりをして押し倒し、馬乗りになって取り押さえた。ほんの一瞬の出来事だった。女がその場に座り込んで激しく泣き始める。

具志堅は沖縄古武道の達人だ。警棒一本で日本刀を持った三人のヤクザを半殺しにしたとも聞いている。真偽を本人に聞いたが、露骨にいやな顔をして答えなかった。

「バカな真似をしてくれたな。人質にケガがあったら、ただじゃすまなかったぞ。マスコミになんて書かれるか」

県警に戻り、捜査一課に入ったとたん、反町と具志堅に古謝一課長の怒鳴り声が飛んでくる。

「無事だったんだからいいじゃないですか。それにしても、鋭い蹴りでした。ああいうのを目にも止まらないと言うんでしょうね」

やはり現場に駆けつけていた県警の刑事が言う。

「男は矢吹雄二《やぶきゆうじ》、二十九歳。無職。住所は浦添市沢岻《たくし》。右手の甲を骨折。現在浦添中央病院で治療中。尿検査で3-フルオロアンフェタミンの薬物反応が出ています。男は危険ドラッグをやっていました。二袋を携帯していました。朝顔の花が印刷された袋です。これをやると凶暴になるんですかね」

「昨夜の薬物事件ときわめてよく似た危険ドラッグのようです。二日連続となると、かなり広まっているということですか」

「これで事件は一課に移ったな」

具志堅が呟くように言う。

その日の夜、捜査一課の刑事たちには部屋での待機指示が出ていた。

具志堅の言葉通り、県警本部幹部会議後、捜査一課長の古謝が部屋に戻るなり言う。

「夕方発生したコンビニ人質事件は、一課が捜査することになった。泊港のレストランの二人についてもだ。本部長直々の指示だ。どちらも同じ危険ドラッグがらみと判断した。早急に薬物の出所《でどころ》を見つけ、これ以上の拡散を防ぐ。組織であれば壊滅に導く」

「生活安全部では手に余るという判断ですか」

「あくまで経験と安全の問題だ。刃物を持って人を傷つけ、人質を取り立てこもるという犯行は凶悪犯だ。実際、今日の犯人を取り押さえたのはうちの具志堅警部補だ」

「昨夜の二人と関係ありか。そうだとすると、危険ドラッグが広範囲に広がっている可能性があります。黒琉会の影がちらついてくる」

「暴対と組むには生活安全部より一課のほうがいいという判断ですか。なんといっても前例があるからな」

　飛びかう刑事たちの声を聞きながら、反町の脳裏には昨日会った生活安全部の二人の警察官の姿が浮かんでいた。刑事部や暴対の刑事と比べるとかなり線が細い。

「黒琉会と危険ドラッグの関係は既に暴対も捜査を始めている。県警のスローガンは垣根を越えてだろ。悪いことじゃない」

　年配の刑事が皮肉を込めて言う。暴対は危険ドラッグと黒琉会とは関係ないと言っていたが、ここにいたって慌てて捜査に取りかかったのだ。

「捜査本部はどこに立てるんですか。那覇署か浦添署か」

「しばらくは県警本部主体で捜査を進める。二つの署からそれぞれの捜査報告に来てもらう。異例の態勢だ」

「事件はこれ以上、広がりますかね」

「そう考えたから新垣《あらがき》刑事部長が、一課に引き継いだ」

　古謝が手に持っていた資料を読み上げた。

「昨夜、危険ドラッグ使用容疑で二人を拘束。一人はトーマス・オーバン。アメリカ海兵隊一等兵、二十一歳。女性は根川真美、十九歳。二人は一週間ほど前に〈ウェイブ〉

で知り合った。根川によれば、昨日トイレでオーバンと共に危険ドラッグを吸引した」

「オーバンの米軍への引き渡しはないんですか」

「正式に身柄引き渡しの請求が来たが、部長は無視している。しかし、いずれは引き渡す可能性が高い。被害者も出ていないし、事件解明には時間もかかるだろうから、それまで拘束を続けることは難しい」

「やつら、危険ドラッグなんて薬物の範疇《はんちゆう》に入れてないんじゃないですか」

「米軍は関係ないって言っただろう。我々は日本の法での捜査を行う」

反町は古謝にしては骨のあることを言うと思ったが、それがいつまで続くかは分からない。彼のことだから都合の悪いことがあれば、躊躇《ちゆうちよ》なく前言をひるがえす。

古謝は何か質問があるか、というふうに辺りを見回した。

「危険ドラッグの入手ルートがキーになりますね。ルートが基地内だったら大ごとです。米軍もその辺りを危惧しているのでしょう。今ごろ、大騒ぎだ」

「女はどうなんだ。新しい情報はないのか」

「聞かれたことには素直に答えています。どこで手に入れたか、誰から買ったか、値段はいくらか。すべて知らないそうです。自分はただオーバンに勧められて、吸っただけ。危険ドラッグということすら知らなかった。単なるマリファナだと思っていたと」

「そりゃないだろう。マリファナも規制薬物だ」

「オーバンの聴取を急げ。明日になれば、米軍がさらに強行に身柄の早期引き渡しを要求してくる可能性が高い。強硬手段に出ることはないだろうが、取れるだけの情報は取っておけ。基地に連れ戻されると面倒になる。治外法権だってことを忘れるな」

「オーバンの身柄は日米地位協定で米軍に引き渡すってことですか。尿検査して薬物反応が出るとすぐに現行犯逮捕ですよ」

「その前に基地に連れ戻されたらどうなる。時間との戦いだ」

古謝が強い意志を込めて言った。

4

「どこに行くんですか」

反町は具志堅の横を急ぎ足で歩いた。

深夜になっていたが、具志堅がついて来るように言って捜査一課を出たのだ。

「古謝一課長が言っていただろう。なんとしてもこれ以上の薬物の拡散を阻止するって。そのためには――」

具志堅が反町を試すように聞く。

「病院ですか。オーバンはＩＣＵからは出ましたが、意識がはっきりしていないと聞い

ていま す。話ができるようになったら連絡をくれるように頼んでいます」

「誰にだ」

「看護師と生安の刑事です。どちらかが知らせてくれます」

「米軍だってその辺りの事情はもう分かってるだろう。動きはありそうか」

「中央病院にはMPが五人行っています。かなり強引にオーバンが収容された病院を聞き出そうとしたようです」

反町はノエルと一緒にキャンプ・キンザーに行ったことを具志堅に話した。

「米軍は必死でオーバンを探しているということか。中佐が出てくるとはな」

具志堅が考え込んでいる。

深夜の市民病院の待合室はひっそりしていた。

反町は具志堅と一緒にエレベーターで病室に向かった。

病室の前に来ると、具志堅が反町の腕をつかんでドアから遠ざけた。中からは複数の声が聞こえるが内容までは分からない。

入ろうとしたとき、ドアが開き看護師が出て来た。看護師が止めようとしたときには、具志堅は身体を横にして滑り込んでいた。

「いくら警察の方でも困ります。勝手に入られては。先生の許可が――」

反町も看護師の言葉を無視して病室に入った。

オーバンがベッドの上に座っている。横にはノエルと生活安全部の二人の警察官が立っていた。

「ノエル、なんでおまえがここにいる」

「生活安全部に通訳を頼まれた。オーバンの意識が戻ったから」

「この事件、生活安全部から刑事部捜査一課に移ったんだ。まだ聞いてないのか」

反町の言葉で二人の警察官が具志堅に目を向けると、具志堅も頷いている。

〈オーバン君か。元気そうじゃないか。痙攣を起こしてICUにかつぎ込まれたとは思えないよ。昨夜、「ウェイブ」のトイレでひっくり返ったことを覚えているか〉

反町は警察手帳を見せて、流暢《りゅうちょう》とはほど遠い英語で聞いた。

オーバンが青白い顔を反町に向けている。浮かんでいたかすかな笑みも消えた。

「やめなさいよ。意識が戻って、まだ長くはないんだから」

「早いほうがいいんだ。今、米軍は必死で上に圧力をかけてる。基地に連れ帰られる前に、聞くべきことは聞いておかなきゃならない」

反町は起訴できるだけの証拠が必要だという言葉を呑み込んだ。ノエルも生安の二人の警官も分かっているはずだ。具志堅が反町の背後で腕組みをしてオーバンを見ている。

反町はノエルから視線をオーバンに移した。

〈俺を覚えてるか。命の恩人なんだぞ。おまえは昨夜、「ウェイブ」のトイレでひっくり返ったんだ。薬物で死ぬところだったんだぞ。俺が救急車を呼んだ。ここのドクターたちが必死で処置をして、こうして生きのびることができた。おまえのガールフレンドの真美も死ぬところだったんだぞ〉

反町が英語で繰り返すが、オーバンの反応はない。

〈日本じゃ、薬物使用は重罪なんだ。覚醒剤なら、十年以下の懲役が科せられる。ただし個人の所持、使用で初犯であれば、大抵は執行猶予がつく。おそらく懲役二年くらいで執行猶予は三、四年といったところだ。大麻だって持ってるだけで重罪だ。しかし、協力的ならきっともっと考慮してくれる〉

オーバンの視線がノエルに移る。反町の英語は通じているらしいが、細かいところは分からないのだ。ノエルを見ると顔をしかめている。

「これ以上の英語は無理だ。通訳をしてくれよ。おまえの仕事だろ」

ノエルが軽く息を吐き、オーバンに伝えた。

「俺たちは、おまえや真美のような被害者が出ないように、おまえに薬物を売り付けた奴を見つけたい。話してくれないか」

ノエルが通訳した後も、オーバンは下を向いて黙っている。

ノエルがオーバンに話し続ける。この刑事に命を助けられた……私もそこにいた……

真美は元気……悪いことをした……償いが必要……断片的な単語は反町にも理解できた。

やがてオーバンが顔を上げ、腹を決めたように話し始めた。ぼそぼそと話す低い声だ。

「なんて言ってるんだ」

反町は聞いた。だが、それには答えずノエルは話し続ける。

一区切りついたのかノエルが反町に向き直った。

「基地で手に入れたのか聞いたら、違うって。松山《まつやま》で日本人から買ったと言ってる」

「どんな日本人だ」

ノエルが再び話し始める。

松山は沖縄で一番の歓楽街だ。那覇市のほぼ中心部にあり、ラウンジやクラブ、スナックやキャバクラが集まっている。陽《ひ》が落ちるとネオンと客引きに溢れ、東京の歓楽街と変わらない。

話し始めると気が楽になったのか、オーバンは素直に答えている。

「三十はすぎている日本人で、身長は百八十センチ以上。がっちりした体格、百キロはありそうな男。赤いかりゆしウェアを着ていた」

「かなり目立つ男だな。他に何か特徴はないのか。顔に傷があるとか」

タトゥー……ジャパニーズ……ブルードラゴン。単語の種類が変わった。同時にノエルの表情も変わってくる。

「何を言ってる。俺には速すぎて分からない」

ノエルが厳しい表情で黙っているようにと、反町に向かって手のひらを向ける。

具志堅は時折りノエルとオーバンに視線を向けながら病室を見回している。

「右上腕部に青い龍のタトゥーが入ってる男……」

しばらくしてノエルが日本語で呟いた。

「刺青《いれずみ》か。アメリカ人は人間カンバスが多いからな。それだけじゃ、探しようがない」

「アメリカ人じゃない。日本人」

ノエルがバッグから大判の手帳とボールペンを出した。

〈そのタトゥーを描いて。見たんでしょ〉

手帳を開いてオーバンの前に置いた。

ノエルの強い口調に驚いた表情を見せたが、オーバンはボールペンを手に取り、手帳を引き寄せた。しかし手帳に視線を向けるだけで描こうとしない。

「ブルードラゴンなんだろ。さっさと描けよ」

反町はオーバンの肩を突いた。

ノエルは何も言わずオーバンの手元に睨むような視線を向けている。

やがてオーバンが描き始め、反町はそれをのぞき込んだ。

具志堅もベッドの反対側に回り、オーバンの手元を見ている。

「龍の横顔に短剣か。しかしこれは首に刺さっているのか」

　具志堅がボソリと声を出した。

　オーバンが描いた絵は小学生並みの稚拙なものだ。大きな目に牙のある口と爪のある手、龍であることはなんとか分かる。その首には短剣が刺さっている。

　色は、大きさは、もっと正確に、どんな日本人だった、他には何もなかったのか。ノエルが矢継ぎ早に質問を浴びせる。

「右の二の腕にタトゥー。縦横は五センチくらい。ブルーのドラゴン。ナイフが龍の首に斜めに刺さっている。英語で話しかけられた。危険ドラッグは一袋が二十ドル。オーバンは三袋買ったので五十ドルにしてくれた」

　ノエルが低いがはっきりした声で伝える。

「色は何色か聞いてくれ」

「ブルーって言ってるでしょ」

「どんな青だ。濃いのか、薄いのか。線はシャープか滲《にじ》んでるか、いろいろあるだろ」

　ノエルが再度、英語で話し始める。単語だけは反町にも分かった。

「タトゥーは濃いブルー。ナイフは赤。どちらも線がシャープ。男の肌は陽に焼けていたが、青い龍は鮮明に見えた」

　反町に伝えた後、ノエルは再び手帳のドラゴンを指して話し始める。

オーバンが考え込みながらボールペンでさらに線を書き加えていく。口元の髭《ひげ》と首まわりのウロコが増えた。

〈その大男の日本人について、もっと話してよ。髪とか全体の様子〉

ノエルを見てしばらく考えていたが、オーバンがゆっくり口を開いた。

「髪はＧＩカット。知ってる日本人の中ではいちばん上手い英語を話したって」

「写真を見たら分かるか聞いてくれ」

「分かるって。教えたら基地に帰してくれるかって聞いてる」

「当然、帰してやる。協力的だったらな」

「私は嘘は伝えたくない」

ノエルが眉をひそめる。

「協力的だったら、俺はおまえの味方になって基地に帰れるように努力する」

反町が言い直すと、ノエルは考えていたがオーバンに伝えた。

「これから、自分はどうなるか聞いてる」

「早めに県警に連れていく。写真とにらめっこだ。それから、日本の法律によって裁かれるが、非常に協力的だったと俺が調書に書いておく」

ノエルが伝えるとオーバンは複雑な顔をしている。

「早めに連れていくって、いつなの」

「米軍基地の連中も探している。昨夜も中央病院には米軍関係者がこいつを探しにきたそうだ。県警には正式に受け渡しを求めている。ここを突き止めるのも時間の問題だ。おそらくもう知ってる。だから急いでる。これは伝えなくてもいいぞ」

「ブルードラゴンの男を探すんでしょ。黒琉会や前科のある者の写真を見せるのよね。私がやってあげる」

「意外と早く売人を挙げられそうですね。タトゥーの大男。目立つ野郎だ」

反町が話しかけても、具志堅は難しい顔でオーバンを見ている。

「こいつを県警に連れていきたい。医者と交渉してくれよ」

反町の言葉で生活安全部の警察官が医師に会うために病室を出ていった。

すぐに、ノエルのスマホが鳴り始めた。

「分かった。後はお願いね」

ノエルは分かったをもう一度繰り返し、スマホを切った。

「今出て行った生活安全部の人から。下にアメリカ人が五、六人来てるんだって。一般人の服装だけど、おそらく軍の人たち」

反町はオーバンをベッドから下ろすと、急いで服を着せた。具志堅は見ているだけで何も言わない。

〈俺に協力するんだ。そうすれば、感激で涙を流すような好意的な調書を書いてやる〉

「エレベーターは使わないほうがいい。階段を下りるよ。急いで」

反町とノエルとで両側からオーバンを支えて、階段を使って地下の駐車場に急いだ。

具志堅は最後尾を歩いてくる。

その夜、オーバンは県警の留置場に泊まった。

翌朝、オーバンは県警本部で薬物使用現行犯で逮捕された。前日の夜、科捜研からオーバンが持っていたのが危険ドラッグだという報告書が届いた。尿検査でも3-フルオロアンフェタミンが検出された。

取調室で用意された黒琉会組員と犯罪歴のある男たちの顔写真が見せられた。

ノエルが積極的に顔写真の照合に付き合った。

半日にわたり写真の照合が行われたが、一致する男は見つからなかった。

「ここにある写真に売人の顔写真はなかった。なんでないの、あんなに目立つ男なのに」

ノエルがいら立った声を上げる。疲れきった顔をしていた。昨夜は県警に泊まり込んでいる。上着は変わっているが、下のTシャツは同じだ。

「おまえ、一昨日の夜以来、まともに寝てないだろ。帰って寝たほうがいいぞ」

「早く犯人を挙げたいんでしょ。私もできる限りの協力をする」

ノエルからこんな素直で協力的な言葉を聞くのは初めてだった。

5

県警本部のエレベーター前で反町はノエルとすれ違った。

お疲れ、と声をかけると笑みを浮かべるが、顔を引きつらせたようなぎこちない笑いだ。いつものイヤミや棘《とげ》のある言葉が返って来ない。どこかおかしいと思いながらも、疲れと寝不足のせいにした。泊港のレストランでの夜以来、県警に泊まり込み、ほとんど寝ていないはずだ。

捜査一課に戻って席に着くと、隣のデスクでは具志堅がパソコン画面を睨んでいる。

一年前まではパソコンのトラブルが起こるたびに反町の手を煩わせたが、今では反町よりも数段詳しくなっている。その著しい技術の上達は、北海道に嫁いだ娘に子供が生まれてからだ。インターネットで送られてくる孫娘の写真や動画を見るために、毛嫌いしていたパソコンを独学で勉強した。

「身長百八十センチ以上、体重百キロ近くある三十代前半の日本人。右上腕にブルードラゴンか。目立つ男だ。考えてるより、探したほうが早そうだな」

反町は呟くと立ち上がった。

オーバンが危険ドラッグを買ったという松山に出かけた。県警本部から松山の歓楽街までは歩いて十五分ほどだ。

陽が沈むと、昼間の閑散とした雰囲気とはまったく違ってくる。通りはネオンの輝きと人で溢れる。本土や大陸からの観光客、そして地元の者たち。スーツ姿と普段着。酒と女を求めて集まる男たちに客引きたちが声をかける。男たちを見送る女たちの服装も派手で肌の露出が多い。

反町は人の波をすり抜けながら歩いた。目は常にかりゆしウェアを着た巨漢を求めてさまよっている。周囲と裏通りに注意を払いながら通りを二往復した。もう一往復して見つからなければ、通りの周辺を一回りして県警本部に帰ろう。これ以上続けると不審に思われる。今夜、男は商売していないのか。明日また来ればいい。

通りの端に近づいたとき、飲食店が入った雑居ビルのエレベーターから出てきた女に目が釘付《くぎづ》けになった。細身で背の高い女。ノエルだ。ショートカットで目を引く目鼻立ち、Tシャツにジーンズはこの辺りの女とは違っている。履いているのはスニーカーだ。ぼんやりした表情で、反町にも気がつかない。声をかけようとしたが、なぜかはばかられた。いつものノエルとは明らかに違っている。何かを考え込み、心ここにあらずだ。

ノエルは黒人と白人のハーフの米兵と、日本人の母の間に生まれたと聞いている。

「顔つきと肌の色はママ、身体つきはパパの血を引いてる。ママが酔ったときに話してくれた」と、ノエルが酔ったときに語った。身長は百七十五センチの反町とほぼ同じだが、足の長さに反町は目を見張ったものだ。

ノエルが物心つく前に父親は行方不明になっている。沖縄の暴力団に殺され、その真相を突き止めるためにノエルは沖縄県警に入ったという噂《うわさ》もある。反町が刑事部に配属され、初めて暴対と合同捜査をしたとき、ノエルと話している反町を見て暴対の若い刑事が教えてくれた。

「冗談だろう。そんな話」

「俺もそう思う。忘れてくれ」

暴対の刑事は冗談には取れない深刻な顔で言うと行ってしまった。


反町は迷ったが、ノエルの後をつけた。声をかけて来る客引きを無視して歩き続ける。

ノエルは通りの中ほどにある、クラブやスナックが十軒ほど入っている雑居ビルのエレベーターに乗った。反町はエレベーターが三階に止まったのを確かめた。そこにはラウンジが一軒とスナック二軒が入っている。

反町は通りを隔てたコンビニで雑居ビルの入口を見張った。二十分ほどしてノエルが出て来る。ノエルは通りで立ち止まり、周囲を見回すと表通りに歩いていく。

反町はノエルが出てきたビルのエレベーターに乗った。三階で降りて、エレベーター横のスナックに入った。薄暗い店で数人の女性と客が一人いる。

「今、出ていった女、いい女だな。ここで働いてるのか」

「いい女なら外には出さないよ。ここにたくさんいるだろ」

胸の大きく開いたドレス、中年で小太りの女が寄って来る。化粧で若作りをしているが四十は超えているだろう。反町は女を振り切るように急いで店を出た。

奥にラウンジ〈月桃〉の看板が出ている。聞いたことのある言葉だが何を意味するか思い出せない。

店に入ると、ボックス席が三席に後はカウンターだ。カウンターの後ろには泡盛のボトルが並んでいる。ラウンジというより沖縄の標準的なスナックだ。部屋の隅に女性が二人座っていた。客はいない。

「ちょっと前に出ていった背の高い女、俺の好みだ。ここで働いてるのか」

カウンターの中の和服の女に聞いた。目鼻立ちのくっきりした細身の女だ。

肌の色は薄いチョコレート色。明らかに黒人の血が入っている。ライトブルーの着物とマッチした雰囲気と香りが印象的だった。他の二人の女とは違っている。おそらく三十すぎ、この女がここのママだろう。

「美人でしょ。不定期で来るのよ。お客さん、一週間続けて来れば会えるかもよ」

女は無警戒な笑顔を反町に向けてくる。

反町が警察手帳を出すと、女の表情が変わった。

「彼女も警察官だ。知ってるんだろ。それとも本当に、ここで働いているのか」

「ノエルちゃん、何かしたの」

「何しに来たか知りたいんだ。偽証罪ってあるんだぞ。警察官に嘘をつくと捕まるんだ」

「古い友達よ。彼女、何かしたの。悪いことなんて絶対にやらない人よ」

「何の話をしたか聞きたいんだよ。隠しだてすると、彼女のためにならないぞ」

反町は繰り返した。女は落ち着きを取り戻していた。

「だったら、直接聞いたら。あんたも同じ警察官なんでしょ」

「この店のママにそう言われたと言っていいか」

「危険ドラッグのことを聞きに来た。何か知らないかって」

女が軽く息を吐いて言う。

「なんと答えたんだ」

「知らないって。そんなのずっと前の本土での話でしょ。ここじゃ聞かない」

「偽証罪ってあると言っただろ。警察に嘘をつくことも入ってる。店を畳むことになったって知らないぞ」

奥の二人の女が驚いた顔で反町のほうを見ている。

「私を脅そうとしても、ムダよ。警察のやり方は知ってるんだから」

気丈に言い返してくるが、カウンターに置いた手の指先がわずかに震えている。

「俺はノエルの友達なんだ。あいつの様子がおかしいから来たんだ。あんたも友達なら、おかしいって思わなかったか。俺はノエルを助けてやりたいんだよ」

反町は女に顔を近づけ、低い声で言う。甘い香りが反町を包んだ。

女が反町を値踏みするように見つめてくる。反町も見返した。肌の色と顔立ちがよりエキゾチックな感じを際立たせる女だ。

「俺はノエルとは同期の刑事で、ケネスって友達もいる。アメリカ人の若い男だ。ここに来たことないか」

なぜかケネスのことが頭に浮かんだのだ。この店にはマッチする二人だ。

「ノエルちゃんに何かあったの。刑事が来るなんて」

女の声の調子が変わった。

「それを聞きに来てるんだ。もう一度聞く。あいつ、ここに何しに来た」

「さっきも言ったでしょ。危険ドラッグについてよ」

「なんて答えた。本当のことを教えてくれ。いいか、これはノエルのためなんだ」

「何度か聞いたことがあるって。知り合いの女の子がお客にやらないかって言われたことがあるのよ。もちろん断ったって。ここひと月あまりの間のことだけど。うちの店は絶対に関係ないからね」

女が真剣な顔で言う。思っていたより若いのかもしれない。

「知らぬは警察だけだったってことか。どこが扱ってる」

「知らない。お客さんにも聞かれたけど。ややこしいことには、関わり合いにはなりたくないのよ」

「ノエルにも聞いてみる。ここの名前を出してな。あんたの名前も聞いておく」

「米兵が扱ってるらしい。それ以上は知らない。基地内の情報はあまり入らないのよ」

「そのことはノエルにも話したのか」

女が頷く。

「ケネスもよく来るのか」

「二度か三度。ノエルちゃんが連れてきたハンサムちゃんでしょ。あの二人、お似合いだと思わない。お姉さんと弟って感じだけど」

「話を逸《そ》らすな。おまえ、ケネスについてはもっと知ってるだろ」

「あのハンサム、いい人がいるらしいし。その人、ノエルちゃんの同僚だって」

女は眉根を寄せて反町を見つめた。

「あなたもノエルちゃんの同僚よね。ひょっとしてケネスの――」

「ケネスは危険ドラッグについては何も言ってなかったか」

「あの二人、いつも英語だから。私も少しは分かるけど、二人の会話は速すぎてついていけない。私が会話に加わるときはゆっくり話してくれるけどね」

「あんたとノエルの関係はなんなんだ」

「小学校からの同級生よ。唯一、私に優しくしてくれた同級生。だから、ノエルちゃんは大切にしたいの」

女が真剣な顔で反町を見つめている。それ以上は本当に知らない様子だ。

反町はビルを出て通りに一歩踏み出して立ち止まった。振り向いて店の看板を見上げた。思い出した。月桃《げっとう》、沖縄の花の名だ。房状に白い花が咲き、甘い香りがする。

「沖縄の方言でサンニンとも言うの」教えてくれたのはノエルだ。

女の名は安里愛海《あさとあいみ》。〈月桃〉のママだと言った。渡された名刺にはアイミとルビがふってある。エキゾチックな彫りの深い顔が反町の脳裏に浮かんだ。小さく頭を振ってその影を振り払い、表通りに向かって歩き始めた。


駐車場に滑り込んだ反町は、自転車を降りて両頰を叩いて気合を入れた。

反町は那覇市の東約十キロの太平洋に面した与那原町《よなばるちょう》の下宿に住んでいて、県警には自転車で通っている。レース用の自転車、ロードレーサーで、時速六十キロ以上出すことができる。だが反町はせいぜい三、四十キロしか出さない。

前夜、明け方近くまで寝付けなかった。反町にしては珍しいことだ。夜の松山の繁華街をさまようノエルの姿が頭を離れない。いったい、何をしている。ノエルの背後には愛海の姿があった。

　反町は刑事部捜査二課の赤堀の所に行った。

　捜査一課が殺人、強盗、暴行など凶悪犯罪を扱うのに対し、捜査二課は詐欺、横領、汚職、不正融資・背任などの企業犯罪、経済犯罪、選挙違反などの知能犯罪を扱う。

　赤堀寛徳は準キャリアで警察庁採用。二年前に沖縄県警に出向してきている。反町より一歳若いが、課長補佐で階級は警部。反町の二階級上だ。

「クスリの二人はどうなってる。生活安全部がやってるのか」

　いつもは横に立った反町を何しに来たという顔で見上げるだけだが、反町が話し出す前に赤堀が聞いてきた。既に署内に知れ渡っているはずだが、あいかわらず自分の仕事以外は興味がないようだ。

「うちがやることになった。本部長直々の指示だ。黒琉会が絡むと暴対も出て来る」

「どっちにしても、僕には関係ない」

「ノエルがおかしい」

　反町は赤堀に顔を近づけ、声をひそめた。

「あいつは、いつだっておかしい。男まさりで跳ね返り者だ」

「目が死んでる。何をするにしても上の空だ。何か考え込んでいる」

「悩み多き年頃なんじゃないか。おまえは、そんなこと考えてる暇はないだろ。危険ドラッグが広範囲に出回っていそうだ」

「分かってる。さらに広がる前に何とかしなきゃならない」

反町はノエルが単独で、危険ドラッグの聞き込みに歩いているのを話すべきか迷った。

「うちは関係ないぞ。薬物なんてやる奴らは知性がないんだ。衝動に任せて行動する野蛮な奴らだ。質《たち》の悪い犯罪だ」

「おまえに興味がないだけだろ。だったらそう言え。しかし、ノエルについては注意していてくれ」

反町はそれ以上、赤堀と話すのを諦めて二課を出た。赤堀は現在、軍用地がらみの詐欺事件で手いっぱいなのだ。こちらも東京に飛び火して大きく広がる可能性がある。

反町は捜査一課に戻り、具志堅の隣に椅子を引き寄せて座った。

「米軍が絡んでいるという話もあります」

反町は具志堅にラウンジ〈月桃〉のママ、安里愛海の話をした。

ノエルの話はまだできる状態ではない。もっと調べてからだ。

「一人で行ったのか」

「具志堅さんは忙しそうだったので」

「フラーが。単独行動は慎めって、上からもさんざん言われてるだろ。もしものときは、責任を取るのは上だからな。おまえの上は俺なんだ。おまえがどうなっても、個人的にはどうでもいいが、事件以外の面倒には巻き込まれたくない」

口ではそう言うが、反町の無鉄砲な性格を危惧しているのは十分に分かる。

「米軍が絡んでいるとしたら、基地内での売買か。だったらオーバンの話とは違うだろ」

「基地内から危険ドラッグが出てるなら、米軍がオーバンにこだわるのも当然です」

「下手《へた》すると政治問題に発展だ。基地反対派の格好の餌食《えじき》になる。ケネスってMPから連絡はないのか」

「ありません」

「何かあったら必ず俺に知らせるんだぞ」

具志堅が反町を睨むような目で見てパソコンに向き直った。

反町はノエルを屋上に呼び出した。反町の厳しい顔つきを見て最初は嫌がったが、売人の大男の新情報を匂わせるとあっさりついてきた。

「さっさと言ってよ。私は忙しい」

反町は言葉に詰まってノエルを見つめた。

「何なのよ、そんな改まった顔をして。あんたには似合わないよ」

突然声の調子が変わり、反町を見返してくる。強がった口ぶりだが、身体全体に滲む疲れと焦燥は隠せない。何がそんなにノエルを駆り立て、追い詰めるのか。

「おまえ、危険ドラッグについて調べているのか」

「そんな話、どこで聞いたの」

「危険ドラッグの出所は基地内だと聞いているが本当か」

思いつきで言ったのだが、ノエルの顔が一瞬引き締まるのを反町は見逃さなかった。

「私が知ってるわけないでしょ。オーバンは松山で日本人から買ったって。あんたも聞いてたでしょ」

「情報源はいろいろある。知ってることは知ってるんだな」

「やっぱり、あんたなんだ。私の後をつけたんでしょ。なんかおかしいと思ってた」

ノエルは肩の力を抜くと反町から視線を外した。

「心配だったんだよ。おまえの様子が変なんで」

「あんたには関係ないでしょ。私のことは放っておいてよ」

投げやりな口調で言うと、出入口のほうに歩いていく。

反町はノエルの後ろ姿がドアの中に消えるまで見ていた。

町に視線を移した反町は思わず目を細めた。十月ではあるが強い陽差しで、那覇の町が霞《かす》んでいる。

第二章　過去の鎖

1

沖縄県警刑事部の大会議室は静まり返っていた。

一時的に危険ドラッグの捜査本部が置かれていた。学校の教室をひと回り大きくした部屋には、県警と所轄の那覇、浦添署員を合わせて三十人近くの刑事が集まっている。

刑事部長新垣、捜査一課長古謝の横に、スーツ姿の隙のない表情の男が二人座っていた。小野田純一《おのだじゅんいち》と秋山優司《あきやまゆうじ》、警視庁から来た刑事だ。小野田は警視庁組織犯罪対策部の警視で四十七歳、秋山は巡査部長で三十歳、と配られた資料にある。

「東京でも先月からのひと月間で発生した一件の交通事故と二件の暴行事件、そのすべてに危険ドラッグが絡んでいる。那覇市で起きた二件の危険ドラッグ絡みの事件で当事者が吸っていた危険ドラッグの成分が東京のものと一致した」

新垣部長が一息ついて小野田に視線を向けた。小野田が立ち上がり話し始める。

「東京で起きた一件は新宿《しんじゆく》での車の暴走事件で、五名の死傷者が出ています。運転者の体内からここと同じ危険ドラッグの成分が検出されました。その他、二件は暴力事犯です。うち一件はナイフで通行人を切りつけ、三名の死傷者が出ています。今回の危険ドラッグは凶暴性が助長されるということが特徴的です」

反応を見るように、小野田が居並ぶ沖縄の刑事たちを見回している。

「沖縄の二つの事件で使用された危険ドラッグの成分が東京のものと一致したことから、関連性を調査するために我々は派遣されました。何か質問があれば遠慮なくどうぞ」

「沖縄と東京の危険ドラッグの流通ルートを突き止めるということですね」

「それが解明できれば非常に有り難いことです」

「東京では今後も広がりそうなのですか」

「残念ながらその傾向です。我々はなんとしても、それを阻止しなければなりません」

「危険ドラッグは沖縄で製造されていると決めつけているようですが、その根拠はどこに」

「それを調べるために来ました。ぜひ、皆さんの協力を頼みます」

二人の刑事がそろって頭を下げた。それを見ている者全員が驚いた表情をしている。

会議の後、具志堅と反町は新垣に呼ばれた。部長室に行くと、小野田と秋山がソファーに座っている。

小野田は中肉中背の真面目《まじめ》そうな中年。秋山は長身で端整な顔つき、キザっぽい都会風の男だ。二人ともいかにも東京から来たという匂いを感じる。

「反町君、きみが警視庁のお二方に付き添って協力してもらいたい」

「なぜ、俺なんですか」

「東京出身者はきみしかいない。都会の感覚を持って対応できると思うからだ」

「それでは赤堀課長補佐のほうが――」

「彼は準キャリアだ。警視庁の方が疲れる。それに彼は部署が違う」

新垣も沖縄出身で現場のたたき上げだ。東京の事情はほとんど知らない。警視庁からの二人の刑事をもてあまし気味なのだ。

反町の背後で、具志堅がムッツリした顔で立っている。

「薬物使用で勾留している男女がいるでしょう。米兵とそのガールフレンドでしたね。それに、人質を取ってコンビニに立てこもった男が逮捕されていると聞いています。彼らに会えますか」

秋山が反町に言う。反町とはまったくタイプが違う男だが見かけより話しやすそうだ。

「コンビニの立てこもり犯は現在病院です。医師の許可が出次第、逮捕します。薬物使用の米兵は県警の留置場です。日米地位協定に基づき、日本の法律で裁かれます。しかし、アメリカ軍からは釈放の要請が出ています。認められた場合、基地に戻されます。

マスコミが騒ぎ出す前に」

日米地位協定では勤務中の事件や事故はアメリカ側の法律、勤務外については日本の法律で裁かれることになっている。しかし、いずれも当事者が基地内にいれば引き渡しは難しくなる。

「だったら、急いだほうがいいな」

「通訳を手配します」

「秋山が英語を喋れます。彼は帰国子女です。そのために連れてきました」

「沖縄には米軍関係のいろいろと特殊な事情が――」

「そのあたりも勉強してきました。我々にあまりお気遣いなく」

今度は秋山が答えた。

具志堅と反町は二人の刑事を連れて県警の留置場に行った。

オーバンはあいかわらず青白い顔をしてほとんど喋らなかった。というより、松山を歩いていたら男に声をかけられ危険ドラッグを三袋五十ドルで買った。それをガールフレンドとレストランのトイレで吸った。それ以上のことは何も知らないのが本当のところだろう。

「とりあえずは、その売人の日本人を見つけることです」

反町の言葉に二人は頷いている。

調べものがあるという具志堅を残して、反町は二人を松山に案内した。まだ陽は沈んでいないが、通りにはそろそろネオンが輝き始め、人の姿も増え始めている。

「昼間は閑散としたシャッター通りですが、沖縄一の歓楽街です。東京、歌舞伎町《かぶきちょう》の何十分の一の規模とはいえ、沖縄ならではの特色はあります。ハーフの女の子が多いとか、焼酎より泡盛が主流だとか。ソーキソバやゴーヤチャンプルなどの沖縄料理の店も多いです」

二人の刑事が熱心に聞いている。しかし反町は気づいた。聞いているように見えるのは上辺だけでほとんどは聞き流している。彼らは周囲に目を配りながら歩いているのだ。何かを探しているのか。ひょっとして反町たち以上に何かをつかんでいるのか。

秋山の視線の先を見て、反町の歩みが止まった。ノエルだ。ジーンズにブルーのTシャツ姿のノエルが歩いている。そのスタイルと服装で、ここでは特に浮き上がって見える。

「昔は米兵絡みの事件が多発していましたが、現在では格段に減っています」

「本土の者からしたら増えている感じがするが。来る前に沖縄について調べた」

「沖縄では米兵絡みだと大騒ぎです。マスコミの扱いが違いますからね。日本人同士なら記事にもならないトラブルでも米兵絡みの事件は減っていますが、数は減っています」

小野田が納得したように頷いている。

「今後増えるとすると、観光客のトラブルですかね。観光客は本土から来る日本人と、大陸から来る外国人です。中国人と韓国人。台湾からの観光客も増えました。近いですからね。それに現地の日本人が絡んでいます」

反町は喋りながらノエルのいたほうに視線を向けると、既にその姿はない。秋山も見失ったらしく、目が辺りを彷徨《さまよ》っている。

一時間ほど通りを歩き、反町は二人をホテルに送って与那原町の下宿に戻った。

陽が昇る前の那覇市内は閑散としている。町が動き始めるにはまだ一時間以上ある。反町は薄暗い町を自転車で疾走した。時に車を追い抜くこともあった。ペダルを漕《こ》ぐたびに吸い込む空気は、熱に焼かれる前の清々《すがすが》しさを含んでいる。しかし、すぐに亜熱帯の太陽に焼かれる。

反町はいつもより早く県警本部に着いた。

国際犯罪対策室に行くと、思った通り人けのない部屋にノエルが一人座っている。パソコンを見つめているが意識は他のところにあるようだ。

反町は側《そば》に行って隣の椅子を引き寄せて座った。

「おまえ、昨夜も松山を歩いていただろ。何をやっているんだ」

「まだ、私の監視を続けてるの。捜査一課というのは相当暇なのね」

「警視庁の刑事を二人連れて松山に行った。そのときに見かけたんだ」

ノエルがかすかにため息をついた。

「俺だって力になれるぜ。あの辺りはおまえより詳しい。暴対に友達がいるから、情報も入りやすい」

しばらく無言で下を向いていたノエルが顔を上げた。

「巨漢の日本人を探しているの。オーバンに危険ドラッグを売った男」

「やはりね。警視庁の二人の刑事も危険ドラッグを追って那覇まで来た。東京の危険ドラッグ事件で使われた薬物が沖縄から出たものだと思っている。つまりここが供給地」

反町の言葉にノエルが反応した。

「東京にも出回ってるの」

「これ以上は捜査秘密だ。おまえにも言うわけにはいかない」

ノエルは何も言わない。その辺りのことは心得ているのだ。

「青い龍のタトゥーをした巨漢の日本人、俺たちも探してる。しかし、おまえはなんでそいつを探してる。単に事件捜査じゃないよな」

ノエルの口は閉じたままだ。

「分かったよ。話す気になったときでいいから教えてくれ」

「意外に優しいんだ。感謝してる」

消え入るような声が返って来る。

おはようという声と共に、女性警察官が入って来た。反町を見て硬直したように動きを止めた。

「同期会の相談だ。俺とノエルは同期入社なんだ。一般企業と同じ。警察官も横の繋《つな》がりは大事にしなきゃな」

反町はノエルの肩を叩くと部屋を出た。

2

反町はケネスを見つめた。ケネスが慌てた様子で視線を下げる。

「なんで俺から目を逸らす」

「逸らしてなんかいない。気のせい」

「だったら、こっちを向けよ」

身体を前に倒し、ケネスの前に顔を突き出した。

反町はケネスがいつも行くファストフード店〈B&W〉にいた。

国際通りの中ほどにある店で、入口付近は観光客で溢れているが奥は空いていることが多い。奥の席からは店内を一望でき、客の出入りがひと目で分かる。アメリカ人や地元の人も多い店で、店の表示もほとんどがアルファベットだ。

ケネスはここでルートビアのラージサイズを前にハンバーガーを食べていた。その姿は異様にアメリカっぽく映り、店の主という雰囲気がある。

ルートビアはノンアルコールの炭酸飲料で反町は初めて飲んだとき、吐き出しそうになった。薬草を煎《せん》じたような味が口いっぱいに広がったからだ。しかし今ではその味をうまいと感じている。「ヤク中と同じだ」という赤堀の言葉もまんざら嘘ではない。

「おまえもノエルは好きだろ。そのノエルが最近おかしいんだ。気づいてるよな、おまえだって」

「彼女、もともと変わってる人だから」

ケネスが消え入るような声を出す。目を伏せて反町を見ようとしないのは何か隠している証拠だ。

「だから余計、心配なんだ。今度の変わりようは普通じゃない。おまえも友達だったら助けたいだろう」

反町の迫力にケネスは大きく頷いた。

「だったら知ってることを全部吐け」

「ノエルは基地内で危険ドラッグが広まってないか聞きに来た」

「なんて答えたんだ」

「知らないって」

「嘘を言うな。おまえが知らないわけないだろ。俺はノエルを助けたいんだ。俺たちでノエルを助けようぜ」

反町はさらにケネスに顔を近づけた。分かったというふうにケネスが軽い息を吐いた。

「基地内で三人が危険ドラッグを吸ったことがあると判明した。ここひと月間で」

「だから、レストランで慌ててたのか。いよいよ基地外かということで」

「基地内じゃ大きな問題じゃない。マリファナと同じようなモノ。覚醒剤やＬＳＤとは違うからね。問題が起こらなければ触れたくないのが上の意向だし。アメリカ本土から来た上官は沖縄の状況を知らなすぎる」

「だから、放っておくのか」

「見つかればアフガンかイラク送りって情報を流してる。下手に取り締まって騒ぎが広がるより、こっちのほうが効果があるんだ。みんな無事除隊できるのを願ってるしね」

ただし——と言って、言葉を選ぶように一瞬の間をおいた。

「問題は一人が基地内で手に入れたらしいこと」

「販売組織は基地内にあると言うのか」

「僕らもそれを心配して探ってた。そんなときに基地外でも広がり始めたので慌ててる」

「だからオーバンを基地に連れ戻そうとしたり、中佐が出てきたりするんだな。ところで、おまえはノエルの味方なんだろう」

「当たり前でしょ。でも、海兵隊の上層部では事を大きくしたくない。基地内にそんなモノが出回ったり、まして作られているとなれば大ごと。海兵隊の薬物汚染。トップ数人のクビが簡単に飛んでしまう。下手するとワシントンまで影響が広がる」

「飲みに行こうぜ。時間はあるだろ」

反町は時計を見て言った。ケネスが驚いた顔で見ている。

「俺がおごってやるよ。おまえと二人ってのは初めてじゃないか」

ケネスがさらに疑わしそうな視線を反町に向けてくる。

国際通りは観光客で溢れていた。およそ一・六キロの通りの両側には土産物《みやげもの》店、飲食店が軒を連ねる。あいかわらず中国人が多く、団体はたいていそうだ。店の従業員も中国人が多い。反町はケネスの腕をつかみ、人をよけながら通りを歩いていった。


反町はケネスを連れて松山のラウンジ〈月桃〉に行った。

「さっさと入れ。ノエルとは来たことがあるんだろ」

店の前で躊躇しているケネスの背を押した。

「この店は、ノエルの友達の愛海という女がやってる。安里愛海だ。知ってるんだろ」

まだ明るい時間で、店に客はいない。先日いた二人の女もおらず、愛海一人がカウンターの中にいる。

反町と一緒のケネスを見て、愛海が意外そうな顔をした。ケネスも複雑な表情でスツールに座った。

反町はケネスを指して愛海に向き合う。

「前に言っただろ。こいつとは友達なんだ。ただのグッドフレンド。分かるよな」

「ノエルには黙ってて。雄太と二人で店に来たってこと」

ケネスが言い訳のように言う。

「なんで隠す。俺たち、やましい仲なんかじゃないだろ」

反町は言い訳のように言うケネスの背を叩いた。ケネスが咳《せ》き込んでいる。

二人が来たときには深刻そうな顔をしていた愛海も笑いをこらえていた。愛海が笑うと雰囲気がまったく違って見える。さらにエキゾチックに、神秘的にすら見える、と反町は思った。

「やはりノエルの様子がおかしい。知っていることがあれば、教えてほしい」

反町はケネスと愛海に顔を近づけ囁くような声で言う。二人が顔を見合わせている。

「俺はノエルの味方なんだ。ノエルを助けてやりたい。おまえらもノエルが最近、おかしいのは分かってるはずだ」

「雄太の言うことに間違いない。今度の危険ドラッグの件でノエルが基地のＭＰの動きを聞いて来た。こんなこと初めて」

ケネスが愛海に真剣な口調で言う。愛海の顔がかすかに曇った。

「危険ドラッグについて何か聞いたら知らせてほしいって、私も頼まれてる。ノエルちゃんに頼まれたことって初めて。いつも、私のほうで相談に乗ってもらってたのに」

「ノエルと危険ドラッグか。まさか、あいつがやってるってことはないだろうな」

「それはない」

ケネスと愛海が同時に声を上げた。

「ノエルちゃんが探しているのは売人よ。身長百八十センチ以上、体重百キロ近くの大男。右腕にブルードラゴンのタトゥー。英語を流暢に喋る日本人」

「松山をフラフラしてるってことは、ノエルは一人で売人を探してるんだ。おまえら、本当にその男に心当たりはないのか。嘘をついたりしちゃ、ただじゃおかねえぞ」

反町の言葉に二人は首を振っている。

「私はノエルちゃんにはずっと助けられてきた。私のパパは黒人。分かるでしょ。ノエルちゃんのパパは黒人と白人のハーフ。沖縄には日本人の女と米兵との子供は多いけど、やはり差別はあるの。本土と同じ」

愛海が低い声で話した。

「小学校三年のとき私は黒人って呼ばれてからかわれてた。ノエルちゃんが黒のマジックを自分の顔に塗って、私も黒人との混血だって。白人、黒人、日本人、全部混ざってる。文句があるなら私に言えってみんなの前で啖呵《たんか》を切ったの。そのころ彼女のママに言われて、一緒に琉球《りゅうきゅう》空手を習い始めた。ノエルちゃんはすぐに強くなってね。負けず嫌いでしょ、あの娘《こ》。中学のときには県大会で優勝した」

「一度、膝蹴りで男を気絶させたのを見たことがある」

殺人事件の容疑者の中国マフィアを探して、米軍の基地外住宅を急襲したことがある。そのときノエルが、道を尋ねる振りをして見張りを呼び出し、膝で顔を蹴り上げて気絶させて踏み込んだことを反町は思い出していた。

　容疑者は発見できなかったが、監禁されていた複数のフィリピン女性の救出と危険ドラッグの工場を摘発した。中国から運んできた材料を加工して製造とパッケージをする工場だった。そこで製造して日本全国にさばく計画だったらしい。

「あんたも強そうに見える。細いけど、全身バネって感じだ」

「試してみたらと言いたいけど、私は練習についていけなかった。ノエルちゃんは毎朝、五時に起きて練習してたみたい。その違いね、彼女と私は」

　愛海が寂しそうに言う。

「小学校、中学、高校と私はノエルちゃんの陰に隠れて、いじめられずにすんだ。だからノエルちゃんは私の救いの天使」

「用心棒ノエルってことか」

そのときドアが開き、二人の男が入って来る。ダークスーツにネクタイの男たちだ。反町は思わず椅子からずり落ちそうになった。小野田と秋山だ。二人共、いかにも東京から来たという顔をしている。

「あんたら、俺をつけてたのか」

「松山を歩いてたら、きみを見かけただけだ。それで、どういう店で飲んでるのか見に来た。単なる好奇心だ」

小野田が言う。聞き込みにしては店に入ってから時間が経《た》ちすぎている。近くで様子を見ていたが、出てこないのでしびれを切らせて入って来たのか。

「友達で集まって飲んでるだけだ。俺たち同期なんだ。生まれがね」

ケネスが指を二本立てて下に向けた。二歳若いという主張なのだろう。ケネスが日本語を十分に理解しているのは確定的になった。

「同じ歳だというなら、天久ノエルという県警の女性はいないのですか」

秋山が何げない口調で聞いてくる。

「彼女は超忙しい。各部署から引っ張りだこだ。俺たちまで順番が回ってこない」

「そうでしょうね」

妙に納得したように秋山が呟く。愛海が不安そうな顔で二人の刑事を見つめている。

「天久ノエルという国際犯罪対策室の女がいるだろ。あいつ、おまえの友達だよな」

暴対の部屋に入ると年配の刑事が寄ってきた。反町より頭半分背が高く、体重は倍近くある。巨体が多い暴対でも、ずば抜けている。

県警に戻ると暴対に行くよう具志堅に言われたのだ。

「同期です。たまに会っています。彼女がどうか――」

「黒琉会の組員の写真と資料を見せろと言ってきた。理由を聞いたら、国際犯罪対策室でも黒琉会絡みの事件が増えてきたので、顔くらい覚えておきたいそうだ。前にも来たよな、アメリカの兵隊さんと一緒に」

「で、どうしましたか」

「資料室で三、四時間見ていった。部外者は原則持ち出し禁止、コピーも禁止なんでね。黒琉会の事務所にも行ったという噂だぞ。事務所前のコーヒーショップに半日いたって話だ。俺が知ってるくらいだから、黒琉会も気づいてる。あいつ、何を調べてるんだ」

「危険ドラッグで逮捕した米兵がいたでしょ。彼に危険ドラッグを売った売人を探しています」

「おまえらも探している奴だろう」

「我々より先に見つけたがっているようです」

反町は既に報告が行っているはずの売人の特徴を説明した。

「暴対に問い合わせたら、知らないと連絡がありました」

「目立つタイプだな。たしかに知らないいんだろ、俺に覚えがないんだから。似顔絵でもあれば回してやるんだが。しかしあの女、何かやらかしそうだな。俺の勘なんだけどな」

勘ですか、と呟いて反町は礼を言って暴対を後にした。

捜査一課に戻る途中、反町は遠回りして一階下にある赤堀のところに行った。

赤堀がなんの用だという顔で隣に立った反町を見たが、すぐにパソコンに目を戻した。

「ノエルのやつ、黒琉会の事務所にも行った。暴対から聞いた。あいつ何考えてるんだ」

「僕に聞くな。ノエルじゃないんだから。どうしろって言うんだ」

赤堀がパソコンから反町に目を向けた。

「ノエルが心配じゃないのか」

「気にはなるけど、子供じゃない。それに琉球空手の有段者なんだろ。僕より強い」

「だから心配なんだ。なまじ腕力に自信があると、ロクなことがないからな」

柔道、空手、剣道にいくら実績と自信があっても、拳銃や刃物の前には無力にも等しい。過剰な自信のために死んだ者もいると具志堅から聞いている。

「おまえにしては慎重なんだな。体験からか」

「その通りだ」

刑事の勘だという言葉を呑み込んだ。具志堅の同じ言葉に対して、さんざん嫌味を言ってきた。しかし今回は暗い影のようなものが反町の心を覆っている。事件以外に何かある。これが刑事の勘なのか。

「いずれにしても、僕はノエルのボディガードをやるほど暇じゃない。例の軍用地問題で手いっぱいだ。今夜中に報告書を書かなきゃならないんだ」

赤堀は再度パソコンに向き直った。

3

反町は松山のコンビニでマンガを立ち読みしていた。だがその視線は通りを隔てた雑居ビルの入口を向いている。ノエルが二十分ほど前に入っていったのだ。後をつけ始めて三軒目の店だが、ここは長すぎる。他はいずれも十分あまりで出てきている。

マンガを棚に戻したとき、ビルの入口にノエルの姿があった。

コンビニの出口に歩き始めた反町は足を止めた。ビルから男が三人、足早に出て来る。三人とも一見チンピラ風、一人は巨漢で見るからに凶暴そうだ。男たちは通りで辺りを見回した後、ノエルの行った方向に走り始めた。明らかにノエルの後を追っている。

反町は走りながらスマホを出した。ノエルの番号を押したが呼び出し音が鳴るだけで出る気配はない。数分でノエルの姿が視野に入った。

松山のメイン通りを抜けてわき道に入っていく。急にネオンの光が途絶え人の姿が消えた。シャッターの下りたビルと暗い駐車場が続く。男たちに既に気づいていて、わざとおびき出しているのか。三人だった男がいつの間にか六人に増えている。

突然、男のグループが二組に分かれ、ひと組がノエルの前に回り込む。反町は腰の特殊警棒を出した。そのときノエルが立ち止まった。

男たちの一人がノエルに殴りかかる。ノエルは身体をわずかに反らせて腕をつかむと、ねじり上げて突き放した。横から襲った男がノエルの蹴りを腹に受けて地面に転がる。後から駆けつけた男が背後からノエルを羽交い締めにした。もう一人が、ノエルの顔面を殴り付ける。のけ反ったところに腹を殴られ、呻《うめ》くような声を漏らした。ほんの一瞬の出来事だった。

反町は走りながら特殊警棒をひと振りして伸ばした。この警棒はひと振りで二十センチから五十センチに伸びる。ノエルを羽交い締めにしている男の鎖骨に警棒を振り下ろす。骨折を避けるようにわずかに外側に外した。バシッという鈍い音が聞こえる。男はノエルの身体を放し、肩を押さえてうずくまった。ひびくらいは入ったかもしれない。男たちの半数が反町に向き直った。

警棒を横に払ったとき、顔に強い衝撃を感じた。一瞬、意識が遠ざかるが、振り上げた警棒を力任せに下ろした。何かに当たった感触はするが意識が半分なくなっている。男たちの一人の手にナイフのようなものを見た。ヤバいと感じたとき、声が聞こえた。

「警察だ。おまえら全員逮捕する」

小柄な男が大声を上げながら、警棒を振り上げて走って来る。男たちがひるんだ。

「すぐにパトカーが来るぞ。おまえら、全員逮捕する」

その声で、男たちは様々な方向に逃げ始めた。

「赤堀、来てくれたのか」

「報告書が早く片付いたんでな。僕がいなきゃ、おまえら、どうなってたか」

「ありがとよ。大声を出してくれて」

反町は両手をすねに付け、中腰になって身体を支えながら掠《かす》れた声を出した。口では関心のないようなことを言っていたが、やはりノエルを見張っていたのだ。

ノエルを見ると、地面に片膝をついて肩で息をしている。

「おまえ、何をしたんだ。かなりヤバかったぞ」

反町はノエルの腕をつかんで立たせながら聞いた。

「パトカーを呼んだの？」

「言っただけだ。そんな時間はなかった」

ノエルの問いに警棒を構えて周囲を窺《うかが》っている赤堀が答える。

「六人も来るとは思わなかった。半分なら問題なかったんだけど」

「半分でもヤバかったぜ。黒琉会の連中だろ。店で何をやらかした。挑発したのか」

他の店同様に危険ドラッグと青い龍のタトゥーのある巨漢について聞いたのだ。黒琉会の奴らは簡単に拉致《らち》できると思ってノエルを襲った。どこかに連れて行って、ゆっくり問い詰める。おまえは何者だ。なぜ、そんなことを聞き歩いているのか。そして……。

ノエルは答えず立ち上がった。

三人は通りに戻り、ファミリーレストランに入った。

注文を取りに来たウェイトレスがノエルと反町の顔を見て眉根をひそめている。ノエルの左頬が赤黒く内出血していた。まともにパンチをくらったのだ。左腕と右足も痛むらしく、気にしている。反町も顔の左側に鈍い痛みを感じていた。

「痴話喧嘩《げんか》だ。もう、仲直りしてる」

赤堀が言い訳して、コーヒーとコーラを二つ頼んだ。改めて反町の顔を覗《のぞ》き込んだ。

「おまえも明日になったら目立つぞ。左目がパンダだ」

「いったい、どうなってる。俺たち、友達だろ。まだ話せないのか」

反町が聞いてもノエルは俯《うつむ》いて黙ったままだ。こんなノエルを見るのは初めてだった。

赤堀もノエルの様子に戸惑っているらしく、黙って見つめている。

「〈ウェイブ〉の事件以来おかしいぞ。オーバンが危険ドラッグを買った売人、そいつの何を調べてる」

　やはりノエルは口を閉じたままだ。

「〈月桃〉のママもケネスも心配してる。俺たちは友達だろ」

〈月桃〉の名を聞いてノエルは顔を上げた。意外そうな顔をしている。

　やがてノエルが覚悟を決めたようにぼそりと声を出した。

「青い龍と短剣。私の記憶にあるパパと同じ」

　赤堀がコーヒーを飲む手を止めてテーブルに置く。

「私のパパは私が三歳のときにいなくなった。ママは湾岸戦争に行って戦死したって言ってるけど、だったら何か残ってるでしょ。写真とか手紙とか。でも、家にはパパに関するものは何もない。昔は、私がパパのことを聞くとママは悲しそうな顔をしたので、それ以上言えなかった」

　ノエルは左の頬を押さえて、さらに額を押さえた。張り詰めていた気が緩んで、殴られたところが痛み始めたのだ。

「パパは私を抱いて英語の歌を歌ってくれた。マイ・ブルー・ヘブンよ。大きな身体に長くて太い腕。青味がかった瞳と白い歯が私を見つめて笑っている。そして——右腕の肩の下に青い龍の刺青があった。喉に短剣が刺さっているの。そんなの珍しいでしょ。私はそのタトゥーを見て、三歳まで育った」

「オーバンの話にあった売人のタトゥーと同じか。英語の上手い巨漢の日本人。しかし、その男がパパじゃないだろ」

「パパと何か関係があるかもしれない」

「だからその男を探してたのか。彼は日本人で三十代だ。ノエルのパパはアメリカ人で、もう五十をすぎてる」

「五十三歳。黒人と白人のハーフだって。でも肌は白人に近い。顔つきもね。背が高くてハンサムだった。私はママ似だそうよ。日本人と変わらない」

「本当に写真はないのか」

「だから、不思議なの。一枚くらいあってもいいでしょ。ママは思い出すのが辛《つら》いから、すべて焼いたって言ってるけど」

「ノエルはどう思うんだ。三十年近くママと一緒に暮らしてるんだろ」

「子供のときから、パパの話題は避けてきた。母子家庭のハーフなんてそんなものよ。ママにもいい思い出は少ないと思う。最近じゃ何かの拍子でパパの話が出ても、ママは平気な顔をしてる。でも心の奥じゃ辛いってことは分かってる。結局のところ、ママは捨てられたんだと思う」

　ノエルも口には出せない苦労をしてきたのだ。琉球空手を習ったのも、自分の人生の苦しみを乗り越える手段だった。ふっと愛海の顔が浮かんだ。彼女は誰が見ても黒人とのハーフだ。しかし、反町の心に妙にひっかかっている。美しいと思ったのだ。

4

反町は出て来た女性に目をみはった。

肩の下まである茶髪、ノエルより小柄だが均整の取れた身体つきをした美しい女性だ。四十代後半と聞いている。しかし、どう見ても目の前の女性は三十代、ノエルの姉さんにしか見えない。慌ててヘルメットとサングラスをとった反町は頭を下げた。昨夜、捜査一課の刑事たちに散々からかわれた後で、具志堅にサングラスを渡されたのだ。

反町は新原《みいばる》ビーチ近くの小高い丘の上にある、ノエルの実家に来ていた。新原ビーチは、那覇市から南東に二十キロ余りのところにある美しいビーチだ。約二キロにわたって、白い砂浜が続いている。夏の休日には地元の人に加え本土からの観光客で賑わう。

母親に会って直接聞いてみる。考えた末、いちばん手っとり早い方法だと思ったのだ。ノエルはすべてを話したわけではないだろう。しかし、もしノエルの父と危険ドラッグの売人に何らかの関係があったら、と思ったのだ。ノエルはそう思っている。

「私がノエルの母親、天久友里恵《ゆりえ》よ。なんの用なの？」

最初の言葉を探して無言で見つめている反町に言う。インターホンで天久ノエルさんのお母さんと話したいと言うと出てきたのだ。顔の輪郭、目鼻立ちはノエルに似ている。

「私はママ似だって」というノエルの言葉を思い出した。

「俺は――ノエルさんの同僚の――」

「雄太君でしょ。ファミリーネームは反町だったわね」

「反町雄太です」

「最初に聞いておくけど、その顔、ひょっとしてノエルに――」

友里恵が反町の顔に視線を止め、遠慮がちに聞く。赤堀の言葉通り左目の周りが黒ずんでいた。反町は慌ててサングラスをかけ直したが、思い直して外した。

「違いますよ。刑事の仕事は意外と危険なんです」

納得したようには見えなかったが、ほっとした顔になった。

「あの子、職場のことはほとんど話さないんだけど、あなたのことは時々、話してる」

友里恵は反町が持っているヘルメットと背後に停めてある自転車に目をとめて言う。

反町は昼すぎに下宿の与那原町を出て自転車で来たのだ。

昨夜は県警本部で徹夜で報告書を書いて、下宿に帰ったのは明け方だった。

「ロクなことじゃないでしょ。俺、信頼されてないから」

「バカな暴走屋だって。後先考えずに突っ走るんでしょ。そして転んでも反省しないタイプ。ごめんなさいね。悪気があって言ってるんじゃないの。あの子なりの好意の示し方よ。あの子は気に入らない相手は、いっさい無視するから」

「無視されてはいないな。文句も愚痴も多いから」

友里恵が笑い出した。

「なんの用なの。ノエルはいないわよ」

「お父さんのことを聞きに来ました。ノエルはすべてを話してくれそうにないので」

友里恵の顔が曇った。感情がすぐ顔に出るタイプなのだ。ノエルもそうなのだろうが、ノエルは抑えることが身に付いている。

「思い出したくないでしょうが重大なことです。現在、ノエルは父親を探して——」

反町は腕をつかまれて家の中に引き入れられた。

玄関を入ると隣が広いリビングになっている。ソファーとピアノがあり、壁の飾り棚には写真とトロフィーが並んでいる。写真はほとんどがノエルで、トロフィーは空手大会のものだ。ちょっと飾りすぎの気もするが、センスはいい。「ママはインテリア・デザインの仕事をしている」と、何かの折に、ノエルが言っていたのを思い出した。

「あの子が父親を探して、ってどういうことなの」

反町は迷った。話すにはあまりに根拠のないことのように思える。すべてはノエルの思い込みかもしれない。

「何か事件に関係があるの。ノエルが県警に就職するって言い出したとき、もしかしたらって思ってたんだけど、なんて聞いていいか分からなくて」

「それって、どういうことですか」

「父親を探すためじゃないかと思ったのよ。死んだと言ってるんだけど。あの子と警察官って全然不似合いでしょう。あの子はもっと違う道に進むと思ってた」

確かにノエルは、警察官からは遠い人のように見える。もっと華やかな道に進む可能性もあったはずだ。

ノエルの父については様々な噂が流れていた。海兵隊を不名誉除隊となって、アジアを彷徨《さまよ》っている。地元の暴力団に殺されたというものから、中国マフィアの幹部になっているというのもある。アメリカの刑務所に入っているというものまであった。

「お父さんが行方不明になったのは、犯罪と関係があるということですか」

「それが分からないから、調べようと思ったんじゃないの」

友里恵が他人事《ひとごと》のように言う。

「お母さんはお父さんがいなくなった理由を知ってるんでしょ」

友里恵の顔がさらに曇った。やがて辛そうな顔になり、首を横に振った。

「お父さんはどんな人なんですか」

「すごくハンサムな人だった。セクシーで頭がよくて、スタイルは抜群よ。周りの女はみんな、彼に惚《ほ》れてたんじゃないの。そんな彼が私を選んでノエルが生まれた。そして、彼は去っていった。私は捨てられたのよね」

やはり他人事のように言う。

「ただし彼は黒人の血が入っている。父方のお祖父さんが黒人だった。でも肌の色は白く目はブルーだった。髪はブラウン。たまたま、彼が母方の白人の血を強く持ってたんでしょうね。でも、アメリカじゃ八分の一以上、黒人の血が入るとすべてブラックと登録されるの。そしてその事実は一生付いて回る」

「ノエルは日本人と変わりありませんよ。容姿も考え方も」

「あの子は顔は私似、スタイルはパパ似。性格は——どっちにも似てないわね、驚くほど。生真面目で頑張り屋。きっとベースは私と一緒なんだろうけど、意識して私に似ようとしなかったのよ。反面教師ってやつ。けっしていい母親じゃなかったし。お酒を飲みすぎたこともあった。あの人がいなくなって寂しかったのよ」

ふうっと、深いため息をついてかすかに笑った。

「あなたノエルの同僚で友達だったわね。だったら、いいこと教えてあげる。あの子に嘘だけはつかないこと。大嫌いだから。それにあの子を怒らせちゃダメよ。キレると怖いわよ。いいわね」

「了解しました。でも、ノエルが怖い人だなんて信じられないな。ノエルは怒っていてもどこか優しいところがあるし。仲直りのチャンスを残してくれてるような」

「あなた、あの子に惚れてるの」

「同僚ですよ。同期の同僚です。ノエルの父親について、もう少し聞いていいですか」

反町は慌てて言った。これ以上、話をややこしくしたくない。

友里恵は考え込んでいたが、やがて話し始めた。友里恵がジェームス・ベイルと知り合ったのは、十八歳のときだった。ジェームスは二十三歳、海兵隊の少尉だった。

「一九八六年当時、沖縄は返還されて十年以上経っていた。でも冷戦真《ま》っ只中《ただなか》で沖縄にはアメリカ兵の数も多かった」

一九八六年はチェルノブイリの原発事故やスペースシャトル〈チャレンジャー号〉の空中爆発、米軍によるリビア爆撃などにより、世界に不安が高まっていた時代だ。沖縄では、グアムからB52戦略爆撃機が嘉手納《かでな》基地に飛来し、原子力潜水艦〈タニー〉や〈サンフランシスコ〉がホワイトビーチに寄港したことで、島内に核持ち込み疑惑が広まっていた。

「私たちは海兵隊のパーティーで出会った。私の友達の父親が基地で働いていて、私たちも行くことができたの」

それは初めての世界だった。飛び交う英語と全身を激しく震わせるロックの響き。びっくりするほど豊富な食べ物や飲み物。そこは確かに違う世界だった。その中でもジェームスは特別だった。ダークブルーの海兵隊の礼服姿は最高にカッコよかった。どこかの国の王子様のようだった。友里恵はたちまち恋に落ちた。

「高校生だった私の頭は彼のことでいっぱい。一日中、ジェームスのことを思ってすごしたわ。彼は基地を抜け出して私のところに来た。それからはお決まりのコース。妊娠して、産むか産まないか。口論してるうち、堕胎できない時期にきて産むしかなくなった。次に、籍を入れるか入れないか。私はどうでもよかったけれど、両親がね。ノエルのお祖父《じい》ちゃんとお祖母《ばあ》ちゃん」

友里恵が視線を窓に向け、遥《はる》か昔を思い出すような目をしている。幸せだったのだろう。後悔はしていない目だ。

「私たちは四年一緒に暮らした。付き合い始めて一年、ノエルが生まれて三年。ジェームスはいい夫ではなかったけれど、いいパパだったのかもしれない。ノエルはジェームスが大好きだったもの。よく膝に乗って歌を聞いてた」

「マイ・ブルー・ヘブン」

「知ってるんだ。ノエルに聞いたのね。そんなことまで話してるんだ」

友里恵が意外そうな顔をした。

「私にはよく手を上げたけど、ノエルには優しかった。ノエルって名前はどういう意味か知ってる」

友里恵が反町を見つめた。わずかに笑みが浮かんでいる。たしかにノエルに似ている。

「フランス語でクリスマスのことなんでしょ。ラテン語の誕生が語源になってる。初めて会ったころ調べたんです。マンガのような名前なんで、何かの主人公かと思って」

「調べたりするんだ。行動ひと筋の猪突《ちょとつ》猛進型と聞いてたのに」

「刑事ですから。気になったことは一応、調べます。昔見た映画にもあったし」

「ジェームスも言ってた。アメリカのマンガにあるんだって。私は綺麗《きれい》な名前だから喜んだよ。両親はもっと日本風の名前にすべきだって主張したけどね。そんなカタカナ名だといじめられるからって。そして、その通りになった」

友里恵の顔から笑みが消えていく。

「ノエルのお父さんはどんな人だったんですか。その――いなくなった理由とか」

反町は話題を変えるように聞いた。友里恵がさらに戸惑った様子で視線を外した。

「ノエルには絶対に言わないと約束できる？」

「俺、口は堅いですよ。刑事ですし」

根拠のないことを言ったと思ったが、友里恵は反町に視線を戻して話を続けた。

「殺したいと思ったこともあった」

反町は思わず友里恵を見た。

「当時私は十八歳。素敵なもの、美しいもの、未知のものに憧れていた。そういうものを見ると舞い上がったのね。後先考えずに」

「ノエルのお父さんのことですね」

「背が高くてスラリとしてて、軍服姿はハリウッドの映画スターのようだった。一緒に歩いているとみんなが私たちを振り返った」

　当時を思い出したのか、友里恵は夢を見るような瞳をしている。

「写真はないんですか。カッコよさそうだ」

「全部燃やしてしまった。と言うより、最初から少なかったのよ。必要なものだけ。彼、写真を撮られるのをひどく嫌がったの。あんなにハンサムだったのに不思議だった」

「結局、結婚したんですか」

　琴線に触れたようだ。友里恵の目が大きく膨らんだと思うと涙が溢れ出した。見かけよりは純情な人のようだ。反町はただ呆然と見つめていた。

「出産するしかないと分かると、結婚するとは言ったんだけど。彼にとって、そんなことどうでもよかったのね。言葉なんてなんとでも言える。でも、私はまだ高校三年だったし、うちの父は厳しい人でね」

　友里恵が黙り込んだ。長い時間が流れ、反町が何か言おうとしたとき友里恵の口が開いた。

「私は家を出て、彼と一緒に暮らし始めた。一緒に暮らし始めてすぐに、彼の性格と言うか、本性と言うか――人間の闇の部分というのは本当に醜くておぞましいものよ。彼は豹変《ひょうへん》した、というよりいくつもの顔を持っていたっていうのが正しいのかしら」

自問するように言うと、友里恵は再び黙り込んだ。目を閉じたまま動かない。

反町は声をかけようとしたが、友里恵の姿はそれさえも躊躇させた。

「今日は、もう帰ってちょうだい。あなたが来たことはノエルには言わない。そのほうがあなたにとってもいいでしょ」

「そうしてくれると有り難いです。勝手にお母さんに会ったことが分かると張り飛ばされる。ノエルの蹴りを受けた者を見てます」

「そうでしょう。気をつけるのよ。あの子、これまでにもう何度も男の人に怪我《けが》をさせてるの。どれも相手が百パーセント悪くて、警察沙汰にはならなかったけどね。あの子に手を出そうとする男は多いのよ」

反町は何と答えていいか分からなかった。

外に出ると反町は思わず目を細めた。強い陽差しが瞳を直撃する。サングラスをかけると陽の光の中にサトウキビ畑が広がっている。その向こうに陽を浴びて輝く白い砂浜と海が見えた。脳裏にはノエルのママとジェームスが肩を並べた姿が浮かんでいる。その間にノエルの姿が見えた。反町はヘルメットを被《かぶ》ると自転車に乗り、ゆっくりと走り始めた。山肌にハイビスカスの赤い花が咲き乱れている。

途中、ファストフード店で遅い昼食を食べたので、県警本部に着いたのは夕方に近かった。頭の中を整理したかったのだ。額には汗が吹き出していた。

具志堅には、今日は調べものがあるので単独行動をとらせてほしいと言ってある。スマホの電源を入れておけと言っただけで、具志堅は何も聞かなかった。ノエルの様子がおかしいことは具志堅も感じているのだ。そして反町がそれについて調べていることも。

反町は駐車場に自転車を置くと、その足で松山に向かった。

県警本部でノエルに会えば、母親に会ってきたことを隠し通せる自信がなかった。しかしそれを言い訳にして、また愛海に会いたかったのかもしれない。ノエルの母と話しているときに、なぜか愛海の顔が浮かんだのだ。ハーフの話が出たからかもしれない。

ハンバーガーを食べているとますますその思いは強くなった。

午後五時を回った時刻だった。死んでいた街が生き返り、旺盛な脈動を取り戻し始めていた。一時間もすれば徐々にネオンがともり、人が集まり始める。

〈月桃〉のドアを開けると、奥のスツールに一人座っていた愛海がチラリと反町を見た。他の女の子の姿はまだない。前回よりも照明が明るく感じられる。

反町の目のあざを見て顔をしかめたが、何も言わなかった。

愛海は今日は和服ではなく、胸が大きく開いたブルーのドレスを着ていた。

「あんたに話すことは何もないよ」

反町は愛海の前に行って頭を下げた。愛海の表情が変わった。

「謝りに来た。今日、ノエルの母親に会った。ノエルには内緒だけど」

「ママにノエルちゃんの父親について聞いたの」

「お母さんが話してくれた。全部じゃないとは思うけどね。ハーフっていうのは、俺たちが思っている百倍も複雑な人生なんだな」

「そんなに簡単に言われたくない」

愛海が手を反町の前に突き出した。赤黒い手の甲に白い手のひら。反町の顔に甘い化粧の香りが被さる。愛海が顔を反町に近づけてきたのだ。反町が思わず身体を引くと、さらに近づけてくる。

目の前に、反町が普段見慣れない顔がある。彫りが深く、薄茶色の肌をした顔。愛海の息が反町の顔にかかった。愛海が真剣な顔で反町を見つめている。

反町の手を取って自分の頭に置く。ウェーブのかかった髪も日本人とは違っていた。

「私が何人に見える。日本人、それともアメリカ人。正確にはアフリカ系アメリカ人」

「どっちでもない」

反町は愛海を見返した。正直な感想だった。それがどうした、という意味でもある。

「私は日本語と少しの英語しか話せない。持ってるのは日本のパスポートだけ。小学生のときは、黒人。今はハーフ。何が半分なの。町の人からはアメリカーと言ってからかわれた。アメリカ国籍なんてない。私自身には日本人以外に選択肢なんてないのに」

「中身は日本人、見かけはカッコいいアメリカ人だ。それでいいじゃないか。それ以上考えるな。これは重要なことだけど――」

言葉が途切れ、反町は愛海を見返すように見つめる。

「――あんたは綺麗だ」

反町の言葉に愛海はかなり戸惑った様子だった。

「嘘でも嬉《うれ》しいよ」

「マジだぜ。目鼻立ちははっきりしてるし、スタイル抜群だし。サーフィン焼けだ」

反町は愛海の前に腕を突き出した。愛海の顔がほころぶ。

「私と同じだ。そんなにはっきり言われたのは初めて。嬉しいよ」

「ホイットニー・ヒューストン。似てるって言われたことないか。俺、大好きだ」

「ないこともないけど、私のほうが綺麗だって言ってる」

愛海が声を上げて笑った。反町は文句なく美しく愛《いと》おしい笑顔だと思った。

「当たってる。あんたのほうが千倍も素敵だ」

「一度会いたかったな。あの人だって、黒人と白人の血が混ざってるよね、きっと」

「ノエルも愛海さんも苦労してるんだ」

「愛海でいいよ。ママが付けた名前。沖縄の海のように、みんなに愛される子になってほしいって。夢だったけどね」

「きれいな名前だな。ノエルもユニークでカッコいいと思ったけど、マンガみたいだろ。俺は愛海のほうが日本的で沖縄的で好きだ」

「あんた、普通の警官とは違うね。かなり変わってる」

「いたって普通だ。愛海と同じ。違うと思う奴らがおかしいんだ」

「今だってハーフは増えてる。でも、私たちが子供のときとは違ってきてる。ハーフのどこが悪いって言ってやる」

甘い香りが強くなった。愛海が反町に身体をよせてくる。

「危険ドラッグは黒琉会とは関係ないと思う。黒琉会も、売人を探してるみたい。見つけたらぶっ殺すって言ってるらしい。自分たちのシマを荒らしてるって」

でも——と言って言葉を濁した。反町が目で促す。

「黒琉会も危険ドラッグを狙っているんじゃないかしら。すごいお金になるんでしょ。これって、私の想像だけど」

愛海は低い声で言う。愛海の身体が反町に触れた。

「そんなこと、誰にも言うな。あいつら、何をやらかすか分からない。気をつけろ」

「あんたもね」

「ノエルが青い龍と短剣のタトゥーの大男を探してる。何か知らないか」

「ノエルちゃんに頼まれて私も気をつけてる。でも、そんな日本人の話は聞いてない」

「沖縄で黒琉会に対抗するってのは、かなりの命知らずだ。本土の暴力団が乗り出してきたってことは聞かないか」

愛海が考え込んでいる。

「私は聞いていない。でも聞いたら知らせる。本当にノエルちゃんのためになるのね」

「俺たちは友達だ。ノエルを助けたいんだ。ノエルの親父《おやじ》については聞いてないか」

「何も。私のパパはママが妊娠したと知ったらアメリカに帰っちゃった。アメリカに奥さんと子供が二人いたのよ。そういうのけっこう多い。世間じゃ、いい加減な女がアメリカ兵に遊ばれたってバカにするだけ。あんただって、そう思うでしょ」

「それでも、いいじゃないか。愛海が生まれたんだから」

反町は愛海を見つめた。愛海は戸惑った様子で視線を外した。

「あんた、めちゃ前向きだね。ノエルちゃんはバカっぽいだけだって言ってたけど」

「今回は大目に見るよ。あいつの悩みのほうが大きそうだから」

ドアが開き、初めて来たときにいた二人の女性が顔を出した。続いて三人連れの男が入ってくる。三人ともスーツ姿でサラリーマンだろう。

愛海は反町に一瞬視線を向けたが、笑みを浮かべ客のほうに行った。

また来るよ、反町は愛海に目で合図を送り店を出た。ドアが閉まる直前、反町を見る愛海の唇が動いた。待ってる、確かにそう言っていた。

ネオンが灯《とも》り、人通りも増えている。そこには一時間前とは別の町があった。

反町は愛海の言葉を反芻《はんすう》しながら、客引きの声を聞き流して歩いていった。

5

巨漢の日本人売人を探して捜査は進められたが、目ぼしい情報は得られなかった。

「矢吹が退院するぞ。そのまま逮捕して浦添署に連行だ。県警本部からも人を出せ」

古謝が電話の送話口を押さえて大声を出した。

矢吹雄二は危険ドラッグを使用して、コンビニで一人を刺し、人質を取って立てこもった男だ。具志堅の蹴りによる手の甲の骨折と、急性薬物中毒で病院に入院していた。

反町は具志堅に連れられて浦添署に向かった。

矢吹は既に署に連行され、取り調べを受けていた。

「彼は自分の行動に驚いています。聞けば喋りますが、事件のことになるとまったく要領を得ません。覚えていないと繰り返すだけです。それが、危険ドラッグというものなんでしょうかね。ある時期の記憶が飛んでるようだ」

浦添署の刑事が反町と具志堅に説明する。

「どこで手に入れた。そのくらいは忘れんだろう。危険ドラッグを吸う前のことだ」

「それが、だんまりです。記憶にないと」

「誰かをかばっているのか」

「おそらく。友達か女か。自分の行為の重要性を理解すれば、すぐに吐くと思いますが」

「矢吹の部屋のガサはどうなってる」

「何も出ていません。今は無職ですが普通の社会人です。パソコンも押収して調べましたが危険ドラッグに関してはゼロです」

「普通の社会人がそうではなくなったわけだ。しばらく刑務所に入って、頭を冷やして出直すことになりそうだな」

　人を刺し、人質を取ってコンビニに立てこもる。逮捕・監禁罪は三月以上七年以下の懲役だ。同致傷の場合は三月以上十五年以下の懲役、致死の場合三年以上の有期懲役となる。さらに、ナイフを持っていたので銃砲刀剣類所持等取締法違反となり、二年以下の懲役又は三十万円以下の罰金となる。拳銃なら一年以上十年以下の懲役が科せられる。一時の間違いではすまされない。彼は一生を台無しにした。彼ばかりではなく家族もだ。

「友達にもらって危険ドラッグをやったか、売人から買ったものを使用して事件を起こしたか。いずれにしても自分のやった犯罪の重要性をまだ理解していないようです」

「普通の社会人の犯罪か。そこまで一般に広がっているということか」

「本土では危険ドラッグは下火でした。以前は脱法ドラッグ、脱法ハーブという呼び方で、繁華街の通りの自販機で売られてたんですがね。一袋千円前後というものもあったようです。それが違法となる成分の範囲を広げてからは、かなり出回る量が減っています」

「表で売られてたのが、地下に潜っただけかもしれません」

「だったら、厄介だな」

反町の言葉に具志堅が呟く。

浦添署を出ると十月だというのに熱波が二人を包んだ。地球温暖化か、具志堅の呟きに反町はサングラスを出した。

昼近くになって、反町は具志堅と県警本部に戻った。

捜査一課は喧騒《けんそう》に満ちていた。二人を押し退《の》けるようにして刑事たちが出て行く。

「国際通り裏で乱闘騒ぎがあった。十人ほどの殴り合いだ。通報で警察官が駆けつけたときには全員が逃げた後だった」

ドアの前に立っている反町たちに刑事の一人が説明する。

「チンピラ同士の喧嘩ですかね」

「地元のチンピラか旅行客の団体だ。最近はこういうのが増えて——」

「現場に危険ドラッグと思われる袋が落ちていました。計二十三袋です」

具志堅の言葉が終わる前に、受話器を握っている刑事が大声を出した。

室内は一瞬静まり返ったが、すぐにまた喧騒に包まれる。

「直ちに科捜研に回せ。防犯カメラのチェックだ。あの辺りにあったか」

「あまりありません。いくつかの土産物店とコンビニのカメラに通りが映っているものがあります。あとは近くの駐車場。現在、回収して県警本部に運んでいます」

「会議室にモニターを用意しろ。手の空いている者は全員見ておけ。他の関係部署にも知らせろ」

「行ったほうがいいな」

反町に呟くと、具志堅は会議室に歩き始めている。

会議室には、捜査一課、生活安全部、暴対課の刑事たちが集まった。

警視庁の小野田と秋山の姿もある。

運ばれてきた監視カメラの映像は直ちに再生された。

場所は国際通り外れの裏通りに入ったところだ。観光客の賑わいが消え人通りが極端に少なくなるとはいえ、地元民らしき人たちが行き交っている。

映像は鮮明なものではなかった。粒子が粗い上に距離が遠い。

最初数人の男たちが言い争っていたが、すぐに双方合わせて十人以上の男たちが集まり殴り合いを始めた。止めに入る者もいない。全員が素人《しろうと》でないことは明らかだ。初めは素手で殴り合ったり蹴り合っていたが、一人がポケットから刃物のようなものを出すといったん双方に分かれた。中の数人の手に刃物が握られている。そのとき男たちの視線が表通りに向けられる。一人が何か叫ぶと一斉に逃げ出した。やがて数人の制服警官が現れる。

「右手のグループは黒琉会のようですね。あの坊主頭は見覚えがあります。黒琉会の下っ端です。相手の奴らは――見たことないな。どこかのチンピラのグループか」

暴対の刑事が呟くような声を出す。

「しかし、沖縄のチンピラが黒琉会とここまでやり合うか。最終的に彼らを受け入れるのは黒琉会しかないんだからな」

沖縄唯一の暴力団、黒琉会の構成員は五百人ほどだ。県内のチンピラたちの受け皿にもなっている。

モニター画面に顔を近づけていた生活安全部の刑事が身体を引いた。

「ここちょっと拡大できませんか。この男です」

モニター内の一人の男を指す。

男の全身が除々に大きくなる。同時に粒子が粗くなっていく。顔ははっきりしないが雰囲気はつかめた。短めの髪に黒いカッターシャツの大柄な男だ。この男が最初に刃物のようなものを出した。

「こいつら、外国人のようです。中国人じゃないですか。やることが大胆すぎる」

「確かに日本人とは雰囲気が違うな。黒琉会と中国人グループの乱闘か。危険ドラッグに関することか。まさか、両方ラリっての乱闘じゃないだろうな」

暴対の刑事の軽口に誰も笑わない。

「やはり黒琉会が関係していたということか」

「関係、とは違うでしょ。中国人のグループがここで危険ドラッグの販売に手を出して、黒琉会が怒り出した。そういうことかもしれません」

反町の脳裏にひっかかるものがある。

「もう一度、乱闘場面を見せてくれませんか」

「知ってる顔でもいるのか」

「オーバン一等兵が危険ドラッグを買った売人、GIカットの巨漢で英語のうまい日本人と言ってましたが、中国人の間違いじゃないですか。欧米人にとっては、日本人も中国人も区別なんてつかないでしょう。英語しか喋らなかったら、日本人と勘違いしても不思議じゃないです」

反町の言葉で全員の目がモニター画面に注がれた。

「日本人か中国人か。特定はムリだな。画面が粗すぎる。しかし、その可能性は大いにありだ。この映像、科捜研にまわしておけ」

「見つからないわけだ、日本人として探してた。捜査対象を広げる。直ちに関係部署に知らせろ」

古謝の声が会議室に響いた。

反町は具志堅と共に捜査一課に戻った。小野田と秋山の姿を探したが見つからない。会議室から直接どこかに行ったのか。

モニターを見ながらもずっと無言で考え込んでいた具志堅が口を開いた。

「基地外住宅で製造していた危険ドラッグというと黒琉会と関係があったんじゃないか。おまけにあのときはフィリピン女性まで出てきた」

「チャンが関係しているということですか」

ジミー・チャン。中国マフィアだ。ある殺人事件で反町は具志堅と共に本ボシとして追っていたが、上からの指示で捜査を中断させられた。事件は被疑者死亡として捜査本部は解散されたが、反町は諦めてはいなかった。具志堅も同じはずだ。

「そんなこと分からん。中国人だと、中国マフィアが関係している可能性がある。今回の危険ドラッグの化学構造もほぼ一緒だった。同一の化学式の一部だけを変えたものだ」

「中国マフィアが持ち込んで、売りさばいていた。それを見つけた黒琉会が、自分らの縄張りを荒らされたと判断して襲った」

「それがいちばん合理的で説明しやすい」

「黒琉会のガサをやるべきですかね」

「何も出ないさ。前と同じだ。不用意なガサは、こっちを萎縮させて相手に用心させるだけだ」

数か月前、二人の男女が殺害された事件で、消えた金を探して黒琉会への大規模な強制捜査が行われた。沖縄市にある黒琉会本部、那覇市の沖縄興業、那覇建築土木工業の三拠点の一斉捜査だ。総勢百名以上の刑事と警察官が参加したが、情報が事前に漏れていた可能性があり成果はなかった。

午後になって浦添署から新しい情報が届いた。

「矢吹が喋り始めました。友達からもらったそうです。女友達なんで、一応かばっていたんじゃないですか。薬物使用とはいえ、ナイフで人を刺し、人質を取って立てこもってる。ヘタすりゃ十年以上の懲役だと脅すと、すらすらうたい始めました」

「行きますか」

反町は具志堅を見た。

「俺たちが行くところは別だ」

具志堅が立ち上がった。

反町は具志堅に連れられて那覇市内の黒琉会の事務所近くで張り込んでいた。沖縄運送という看板がかかっているが黒琉会の下部組織だ。ビルの前には数台のトラックが停まっている。国際通りの乱闘現場まで車で五分とかからない。

具志堅が目で合図をした。事務所に向かう一人の中年男に反町は声をかけた。

「あんた、昼前、国際通り裏の中国人との乱闘現場にいただろ」

突然声をかけられた中年男は反町を睨みつける。

反町は波模様の青いアロハにジーンズ、スニーカーをはいていた。陽に焼けた肌と服装からは、どう見ても本土からの遊び人だ。事務所までは二百メートルほどだ。大声を出せば仲間に聞こえる距離だと男は踏んだのだろう。すぐに威嚇するような目つきになった。

「おまえ、誰だ。青龍《せいりゅう》のもんか」

「だったら、どうする」

「他人のシマに勝手に入り込むのは仁義に反するだろ。ひと言、挨拶に来たらどうだ」

男が凄《すご》んだが、反町の腕力を見定めているようだ。自分より弱いと判断すると、腕力にものを言わせる。具志堅にはまだ気づいていない。

具志堅を見ると、スマホをいじりながら反町たちのほうを見ている。

「警察だ。国際通りの乱闘の経緯について知ってることを教えてくれ。あの件に関しては、俺たちは事を荒立てるつもりはない」

「黒琉会は危険ドラッグも扱ってるのか」

距離を置いて見ていた具志堅が近づいて来て言う。

男の顔色がわずかに変わった。具志堅を知っているのか。

具志堅が捜査一課の刑事になって三十年近い。さらに黒琉会の幹部、喜屋武泰《きやんやすし》とは幼馴染《おさななじみ》だ。男が具志堅を知っていても不思議ではない。

「おまえが黙っていると、組にも迷惑がかかるぞ」

具志堅が男を道の端に呼んで言った。

男は具志堅と反町に値踏みするような目を向けていたが、やがて話し始めた。

「最近、中国系マフィアが、那覇に入り込んでいる。扱ってるのは危険ドラッグだ。青龍の奴ら、沖縄を拠点に本土にも乗り込んでるって情報が入った。今日は組の若いもんから来てくれって連絡が入った。俺が近くにいたんで、組のもんを連れて駆け付けた」

男が精いっぱい虚勢を張りながら喋った。

「危険ドラッグと黒琉会は関係ないというんだな。流しているのは青龍という、中国系のマフィアだと」

「俺たちはそう睨んでる。右腕に青い龍の刺青を彫っている奴が何人かいるんだ。しかし初めての奴らなんで、俺たちにもよく分からん」

話に嘘はなさそうだった。

突然、男が反町の横をすり抜けて組事務所に向かって走り出した。後を追おうとした反町の腕を具志堅がつかむ。

「放っておけ。これだけで十分だ」

「黒琉会は本当に関係ないんですかね」

「フラーが。それを調べるのが――」

「刑事の仕事でしたね。しかし、具志堅さんは危険ドラッグは黒琉会の仕事だとは初めから思ってなかったんですか。何となく力を抜いてました」

「喜屋武がいるからな。あいつは目立つことがきらいなんだ、自分が表に出ることはないだろう。危険ドラッグは目立ちすぎる。一般人が見境なくやるから、自動車事故を起こしたり、公共の場所でぶっ倒れたり、跳ね上がりが出る。矢吹のようにコンビニで人を刺し、人質を取っての立てこもりがいい例だ」

「でも黒琉会は過去には覚醒剤を――」

「覚醒剤は危険ドラッグほど素人には出回らない。ダーティーなイメージが強いからな。水面下での規制薬物だ。覚醒剤、コカインはやると逮捕されるってことは、日本人なら誰でも知ってる。素人は怖くてまず手を出さない」

「危険ドラッグは罪の意識が薄いってことですか。越えるハードルが低い。だから一般人の間に浸透しやすい」

具志堅は無言のままだ。そうだと言っているのだ。

「青龍か。ブルードラゴンのタトゥーの売人は日本人ではなく中国人。いよいよ中国マフィアが沖縄にも本格的に入って来たというわけか」

反町の脳裏に松山の通りを父親の痕跡を求めて彷徨《さまよ》うノエルの姿が浮かんでいた。そしてその姿に愛海が重なる。

6

反町は県警本部に戻ると捜査二課に行った。

赤堀が何だという顔で椅子を回して反町を見上げる。あいかわらず態度はよそよそしいが、ノエルが襲われてからかなり協力的になっていた。言葉と思いとが一致しない奴だと反町は思うことにしている。

「青龍って知ってるか。知らなければ、おまえの人脈で調べてくれ。おそらく中国マフィアだ。東京で出回っている危険ドラッグとも関係あるかもしれない」

「ノエルが探している男のグループか」

「分からん。初めての奴らだ。警察庁なら、国際犯罪組織を調べてる奴がいるんだろ」

「早ければ今日中。遅くても明日の朝には調べておく。結果はおまえのスマホに送る」

赤堀はパソコンに向き直り、キーボードを打ち始める。

「さっさと行けよ。おまえの仕事があるだろ」

背後に立っている反町にパソコンに向かったまま赤堀が言う。

部屋を出たところで反町のスマホが鳴り始めた。ケネスだ。

〈会えないかな。いつもの店で〉

流暢な日本語が聞こえて来る。ケネスと知り合って数か月だが、ケネスの日本語は日に見えて上達している。時折り、本当は以前からかなり巧かったのではと思うこともある。

「オーバンのことなら俺はどうすることもできないぞ。おまえも分かってるだろ」

〈それは日米の政治問題にならないことを祈ってるだけ。ノエルについて知りたい〉

「ノエルはおまえと連絡を取っているんじゃないのか」

〈すべて会って話したい〉

「これから行く」

反町はケネスの返事も聞かずにスマホを切った。

「ケネスか。だったら、僕も行く」

振り向くといつの間に来たのか赤堀が立っている。

反町は赤堀と国際通りのファストフード店〈B&W〉に行った。

ケネスはいつも通り奥の席に座って入口を見ている。

「新情報は何なんだ。オーバンなら元気だ。近いうちに出られるだろう。危険ドラッグについて、新しい動きはあるのか。ノエルとは会ってるのか」

反町は続けざまに聞いた。

ケネスが赤堀をじろりと見て顔を伏せる。何度も会ってはいるが苦手らしい。

「こいつは俺たちのうちでいちばん賢くて、偉いんだ。日本の警察のエリートだ。本土のお偉方にも顔が利く。俺たちは友達だろ。おまえに悪いようにはしない」

反町の言葉にもケネスは下を向いて黙り込んでいる。赤堀がケネスの前に座った。

「僕はあんたの味方だ。警察庁にも外務省にも友人がいる。三人でノエルを助けよう」

「ノエルのことが心配だろ。俺たちで力を合わせて助けたいだろ」

反町はケネスの背中を強く叩いた。ケネスが顔を上げる。周りのテーブルに人がいないのを確認してから声をひそめた。

「これは内緒にしておいてほしいんだ。危険ドラッグは基地内でも売られている可能性がある。そうなると僕が考えてるよりもっと大きな問題になる」

「オーバンは松山で売人から買ったと言ってたぜ。売人についても供述した。巨漢の英語のうまい日本人。ただしこれは中国人の可能性がある」

「昨夜、キャンプ・キンザーのビーチパーティーで三人が問題を起こした。一人は突然暴れ出してぶっ倒れて泡を吹き、一人は大声で叫びながら海に入って沖に向かって泳ぎ始めた。もう一人が拳銃をぶっ放した。幸い、怪我人はなし。なんとか基地内で収めたけど、上は大騒ぎ」

ケネスの言葉に反町と赤堀は顔を見合わせた。

「そいつらがやったの、本当に危険ドラッグか。もっとヤバい薬物じゃないのか。やることがヤバすぎる」

「矢吹もかなりいかれてた。普段おとなしい男が刃物で人を刺し、人質を取ってコンビニに立てこもったんだ。拳銃を持ってりゃぶっ放すぜ」

赤堀に反町が答える。

「声が大きすぎる。もっと小さな声で。こんなことマスコミに漏れたら、僕は――」

ケネスが二人に顔を近づける。白い顔が赤みを帯び、目は真剣さに溢れている。

「海兵隊の科学班が調べた危険ドラッグの分析結果を日本側のデータと比べたら、基本的には一致した」

「基本的にとはどういうことだ」

「前のモノと化学式のほんの一部が違ってただけ。簡単な操作でできるらしい」

ケネスがポケットから折り畳んだ紙を出して広げた。シークレットのスタンプが押されている。

「右が今までの化学式、左が新しいもの」

反町の目にはまるで同じものだ。ケネスが左右の化学式の一部を指した。

「違うのはここだけ。この違いが、凶暴性を生むんだって。MDPV、メチレンジオキシピロバレロンという化学物質が主成分で、中枢神経刺激作用がある。これを吸収すると興奮状態に陥り、暴力傾向や攻撃性が助長されるらしい」

「クラウドナインか」

赤堀の言葉にケネスが意外そうに見つめる。

「二〇一二年五月二十六日、マイアミゾンビ事件というのがあった。フロリダ州マイアミで、全裸男がホームレス男性の顔を食いちぎり警察官に射殺された。この男もクラウドナインを吸引していた。全裸も噛《か》みつきも薬の副作用だ。これもバスソルトの一種だ。バスソルトというのは日本で言う危険ドラッグだ」

「二課は知的犯罪専門じゃないのか」

「調べるのも知的捜査の一環だ。ノエルのことが気になったんだ」

赤堀が平然とした顔で言う。

「しかし、なんで今頃、また危険ドラッグだ。もうブームはすぎたと思ってた」

「危険ドラッグは以前は脱法ハーブだ。お香と同じ感覚で、まだやってる奴も多いんじゃないか。特殊な奴らだけじゃなくて、一般人にも流行《はや》っていた。これって、表面に出ない分、かなり怖いぜ。下手したら一気に広がる」

「だから警視庁が二人も送り込んできた」

赤堀が納得したように言う。反町はため息をついてケネスに向き直った。

「基地内で売られていたというのは根拠があるのか。市内で仕入れて、それを基地内で回したってことはないのか」

「三人が落ち着き次第、取り調べる。現在は鎮静剤を打たれて、医師の管理下にいる。今日の夕方くらいから取り調べが始まる」

ケネスが時計を見て言う。

「捜査にはおまえも関係するのか」

「今日は非番だけど、夕方から呼び出されてる。オーバン一等兵のケースで最初に基地に通報したのが僕だから、僕が関わるのは不思議じゃない」

「それで、俺たちにどうしてほしい」

「情報の交換を含めて協力態勢を作りたい」

ケネスが背筋を伸ばして反町と赤堀を見つめた。表情から子供っぽさが抜け、アメリカ海兵隊のMP、ケネス・イームス軍曹の顔になっている。

「望むところだけど、俺たち下っ端が握手し合っても何も動かないぞ」

「水を差すようなこと言うな。最初は草の根協力からだ。とにかく、ノエルを助けてやろう。まずは売人を見つける」

赤堀の言葉にケネスが大きく頷いた。

「海兵隊では今後、どうするつもりだ」

「基地内での広がり具合を調べてる。でもそれは、大したことはないと思う。おそらく三人で終わり。まだ誰かが持っていたとしてもポケットの奥深くか、トイレに流れてる。尿検査をすれば使用者は分かるけどやらない」

「なぜだ。薬物使用はアメリカでも犯罪だろ」

「問題は小さいほどいい。特に基地内だと」

「いかれた三人はどうなる」

ケネスが一瞬、反町を見て、顔をゆがめた。

「アメリカ本土に送られ、薬物使用で軍法会議。米軍規則に従って罪が決められ執行される。ただし大したことにはならない。上層部は問題が大きくなることを恐れてる」

ケネスが淡々と答える。

ここ数年の間にも沖縄で米軍関係者がいくつかの事件を起こしている。

飲酒運転や暴力沙汰。酔って民家に上がり込んだ事件もある。元海兵隊員の軍属が、沖縄の二十歳の女性を殺害した事件もあった。犯人は逮捕され、完全に日本の警察の管轄下にある。こうした事件の影響は極めて大きく、沖縄住民の米軍不信の原因ともなっている。

「その男たちが日本側に引き渡されるってことはないのか。危険ドラッグの入手経路を特定したい」

「絶対にありえない。この事件が基地外で表沙汰になることはない。だから僕の言葉もここだけ」

ケネスがテーブルの紙をポケットにしまった。

「だったら、彼らの危険ドラッグの入手方法はきっちりつかんで教えてくれ。彼らが売人から買ったのなら、その売人は誰から仕入れたのか。大元に辿《たど》り着くまで、芋づる式に上げていくんだ」

ケネスがなんとも言いがたい顔で反町を見つめている。これ以上いじめてくれるなと言っている。米軍はそこまでやる気はないのだ。この情報はケネスの好意からだ。

「俺たちのとっておきの情報は警視庁から刑事が二人来てるってことだ。東京でも危険ドラッグ絡みの事件が起こっている。俺たちの報告を聞きに来たんだ。ひょっとして沖縄の米軍も調べに来たのかもしれない」

「東京にも飛び火してるのか」

ケネスが呆然とした顔で呟く。反町は頷いたが、それ以上の情報はない。

「ノエルの母親に会った。ただし、これはノエルには内緒だぞ」

「僕も何度か会ったことがある。ノエルに似た美人で、頭がよくて独創性がある。僕は大好き」

「ノエルの父親はかなりヤバい男だったらしい」

反町はそのときの様子を二人に話した。二人が無言で聞いている。

そのとき、反町のスマホが鳴り始めた。具志堅からだ。反町はマナーモードにしてポケットにしまった。数秒後にメールが入った。

〈すぐに帰って来い。フラーが〉

具志堅は普段メールを使わない。よほど緊急なのだ。

反町は慌てて立ち上がった。

第三章　月桃の女

1

反町は店の外に向かいながら具志堅のスマホの番号をタップした。

「すいません。電話、気がつき――」

〈泊港で遺体がみつかった。男性、ＧＩカットのでかい男。他殺だ〉

反町の足が止まり、全身が熱くなった。

「右上腕部に青龍と短剣の刺青がありますか」

〈自分の目で確認しろ〉

具志堅の電話は切れた。反町はタクシーに向かって手を上げた。

泊港は国際通りの北、二キロ余りのところにあり、車だと十分かからない。

反町はタクシーを降りて、埠頭《ふとう》の倉庫が建ち並ぶ一角に走った。海の匂いが強くなる。

沖縄本島周辺に点在する離島の玄関口、泊港フェリーターミナル、通称「とまりん」

のネオンの看板が埠頭の端に見える。反町も離島に行くときに利用したターミナルだ。

現場に到着したときには既に所轄と県警本部の刑事が来ていた。

反町は警察手帳を見せて keep out のテープをくぐった。遺体はコンテナの後ろの草むらに遺棄されていたのを犬の散歩に来た老人に発見され、警察に通報された。

「探していた危険ドラッグの売人はこの男だと思うか」

「身長百八十センチ以上、体重百キロ近く。しかし――」

反町は潜在的な恐怖と嫌悪感からか、こみ上げる吐き気を抑えて遺体をのぞき込んだ。遺体と対面するときのこの感覚には、慣れることはないと思う。

右腕がない。肩の付け根から鋭利な刃物で切り落とされている。切断面の肉と骨がただれたように変形し、変色している。

「分からないですね。肝心の右腕がない。しかし、他の条件は揃《そろ》ってます。巨漢でＧＩカットってことだけですが」

反町はさらに男の身体に視線を向けた。上半身は裸で身に着けているのは下着だけだ。身体中に切り傷がある。

「致命傷は胸の刺し傷ですかね。ざっと見ただけで大きいのが七か所。失血死とも考えられます。ぶすぶすやられて、血が出尽くした」

反対側に回った。わき腹や背中にかけても切り傷や刺し傷がある。やはり失血死か。

「それにしては周囲にも血が流れた跡がありません」

「殺されたのはここじゃない。別のところで殺されてここに捨てられた」

「具志堅さん、この男の身体の傷――」

具志堅が反町の言葉を無視するように遺体から離れていく。反町は追いかけて横に並んだ。

「具志堅さんもそう思いますか」

声を潜めた反町の言葉に具志堅が頷く。

「チャンは那覇にいるのか」

「至急調べます」

反町はスマホを出しながら言う。

ケネスの番号を押したが留守番電話になっている。夕方から基地内で危険ドラッグを吸引して暴れた男たちの取り調べに立ち会うと言っていた。

「入管に聞いても分からないのか」

「問い合わせてみます。要注意人物に指定されると、入国拒否か入国と同時に警察に連絡が入るようにすべきです。チャンは表面上はクリーンですから、ビザもすぐにおります。だから日本の入管は――」

続く言葉を呑み込んだ。彼らは彼らなりに頑張っているのだ。外国人の来日が急激に増えているのに、入管職員は増えていない。人数が少なすぎる。さらに法的な制限がある。危険人物、というだけでは動けない。やはり、日本は外国の脅威に対して甘すぎる。

「右腕が肩の付け根からバッサリです。全身に切り傷と刺し傷がありました」

「腕の切断はタトゥーを隠すためか」

　具志堅が呟くように言う。

「それだけだったら皮膚を削り取ればいいだけじゃないですか。面倒だから腕ごとズバッとですか。だったら、切り取った腕の処理がよけい面倒なだけです」

「皮膚を削れば、ここに何かがありましたと、宣言しているようなもんだ。腕ごと切れば、刺青があったことさえ隠すことができる」

「そうですが——」

　反町のスマホが鳴り始めた。ケネスだ。

「チャンは現在どこにいるか分からないか」

〈チャンの居場所って、また何かやったの〉

「それを調べるために聞いてるんだ。アメリカ軍はマークしてるんだろ」

〈連絡がないってことは、日本に入国していないはず。一時間待って。調べてみるから〉

「沖縄にいないってことは確かなんだな」

〈そのはずだよ〉

「三人の米兵からは何か分かったのか」

〈まだ一人目の訊問《じんもん》が終わったばかり。基地外で声をかけられたみたい。英語のうまい日本人に。二人はまだこれから。約束だよ。相互協力〉

「四文字熟語か。おまえ、難しい日本語を知ってるんだな。日本語の上達も驚くほどだ。沖縄県警の極秘情報を教えてやるよ」

反町はケネスに大男の死体が発見されたことを告げた。数時間後にはテレビで流れる。

「肝心の右腕が消えてるんだ。身元を隠すために切り取ったか」

ケネスが沈黙した。おそらく顔をゆがめている。見かけ通り気が弱いのだ。

「聞いてるのか。俺は協力的だろう」

〈でも、それだけでチャンの仕業だというのは――〉

「念のためだ。殺害方法にも類似点があった。身体を切り刻んだ跡がある。中国マフィアのやり方なんだろう。普通じゃない。残り二人の米兵の聞き取り結果は知らせろよ」

電話を切って内容を具志堅に伝えた。

反町は具志堅と再度、男が置かれていたコンテナのところに行った。

周囲百メートル四方にわたり遺留品が調べられたが、右腕は発見されなかった。海に捨てられたのなら発見は難しい。他の手がかりもなかった。

「殺害現場近くに捨てられているか、埋められているのか。ここじゃないな」

所轄の中年刑事がため息をつきながら言う。

「夕方には那覇署に捜査本部が立ちます。これで危険ドラッグどころじゃなくなります」

「そうはいかないと思います。あの男の血液と尿検査の結果が出たら、できるだけ早く知らせてください」

反町が中年刑事に答える。遺体の男は必ず危険ドラッグと関係がある。反町には確信に近い思いが湧き起こっていた。根拠はないが具志堅に言わせれば、刑事の勘だ。

歩こうと言う具志堅の言葉に従って、反町は具志堅について歩いた。並んでいても、いつの間にか遅れがちになる。ハンチングをかぶり、うつむき加減の具志堅の背中を追うのが精いっぱいだ。反町は小走りになって具志堅との距離を縮めた。


泊港での刺殺事件の捜査本部が立ち上がる前に、危険ドラッグ関係の報告書をまとめておかなければならない。だが現場で男の遺体を見て感じたのは、危険ドラッグの延長線上の事件だ、ということだ。

夕方になって「泊港刺殺事件捜査本部」が那覇署に立ち上がった。

捜査会議が開かれたが、冒頭、古謝捜査一課長から報告があった。

「解剖の結果、男の尿から薬物反応が出た。メチレンジオキシピロバレロンが微量。これまでの危険ドラッグと同じ成分だ」

メチレンジオキシピロバレロンは白い粉末で、中枢神経を刺激する作用がある。吸収すると興奮状態に陥り、暴力性や攻撃性が生まれる。それが快感となるのか、あるいはそれ以上の何かがあるのだろう。

「男の国籍は分かりますか」

「日本人だろう。体型など諸々《もろもろ》の身体的特徴、歯の治療痕などから検死医が判断した。唯一身に着けていたパンツは中国製だったがな。正確な判断はＤＮＡ鑑定待ちだ」

古謝が話している間も具志堅は捜査資料に目を向けたままだ。

「遺体は他の場所で殺害され、泊港に運ばれたと思われる。切断された右腕はまだ見つかっていない。おそらく、殺害現場に残されていると思われる。各自、そのことを念頭に捜査してほしい」

まずは遺体を運んだ人や車などの目撃者を探すことになった。周辺住民に聞き込みを行い、付近の防犯カメラに不審な車や人が映っていないかを調べる。

「日本人か。おまえの予想も外れたな。顔は傷ついてるが、識別可能だろう。写真をオーバンに見せて確認するんだ」

捜査会議が終わり、資料を片付けながら具志堅が言う。反町は頷いた。

反町は鑑識から顔写真が送られてくるのを待って、県警本部に留置されているオーバンに会った。

オーバンを連れてきた警官に様子を聞くと、留置場ではかなり落ち込んでいる様子で、ほぼ一日、両膝を抱えてその間に顔を伏せていると言う。

〈身長百八十二センチ、体重九十七キロだ。ただしこれは右腕を差し引いた分。ついていれば百キロを超す〉

反町が出した写真をオーバンが見つめている。

〈薄暗かったし、顔までしっかり見たわけじゃない。似てると言えば似てるし〉

ぼそぼそ話す英語を反町はなんとか理解できた。しかし、言ってることは心もとない。

〈ハッキリしろよ。しっかり見るんだ〉

反町の英語でオーバンの身体がびくりと動いた。

三十分ほど問い詰めたが要領を得ない。何かに怯《おび》えている様子でもない。

反町は捜査一課に戻り、具志堅を含め残っている刑事たちに報告した。

「売人はこいつのようだと言いましたが、分かりませんね。体格、髪形は大体この通りですが、顔がはっきりしません。危険ドラッグを買うのに相手の顔をしっかり見るってのもおかしな話だし、やはり東洋系の顔なんて、アメリカ人にはどれも似たようなもんなんでしょう」

「顔だっていろいろあるだろう。丸いか長いか四角いか。オーバンは何と言ってる」

具志堅に追及されたが反町は答えることができない。

しかし、男の身元は意外に早く分かった。残っていた左手の指の指紋をデータベースで調べたところ、簡単にヒットしたのだ。

「男の名前は松浦治樹《まつうらはるき》、二十六歳。黒琉会組員。住所は那覇市――」

「行くぞ」

具志堅は立ち上がり、歩き始めている。

「どこにですか。いい加減に、出発する前に目的地くらいは教えてください」

「分かり切ってるだろ。松浦のマンションだ。オーシャンズ・マンション。松浦って組員、右腕に刺青があるか暴対に問い合わせろ」

反町は暴対に電話した。調べておくという答えが返ってくる。

壺川《つぼかわ》にあるオーシャンズ・マンションは名前ばかりのマンションだった。部屋の広さは六畳程度。ベッドと洋服ダンスが置いてある。トイレとシャワーは共用の簡易宿泊施設だ。沖縄ではマンションという言葉は使わない。アパートだ。反町も最初、部屋探しには戸惑った。

部屋には数人の所轄の刑事が来ていた。

「何か出ましたか」

反町は年配の刑事に聞いた。

「危険ドラッグが十二袋。ＡＶビデオが百四十二本。松浦のシノギのようです。観光客相手に流しているのでしょう。タイトルが日本語、中国語、英語版もある」

「危険ドラッグは自分用か。それにしては量が多い」

「使用済みが一袋、ゴミ箱から出てきました。尿からも微量ですが出ています」

「常習でもないのか。営業用としては中途半端だな、ＡＶと比べて」

「在庫は少なく、ですか。モノがモノですからね。必要に応じて売人から――」

「松浦自身が売人じゃないのか」

「売人から仕入れて、それを観光客やその他の者に売る。小売りの末端か。たまに自分もやる。だったら数の少ないのも納得できる。在庫を少なくするのは商売の鉄則だ」

「黒琉会の組員って、あまり羽振りがよくないんですかね」

反町は改めて部屋の中を見回しながら言う。

「上が吸い上げるんだ。だから必死で稼いでた。底辺はどこでも同じだろう」

「ブラック企業の典型ってところですか。抜けるには指の一本でも、ってことですか。しかし、松浦はなぜ殺された。ああいう方法で」

反町の問いに具志堅も考え込んだままだ。

那覇署での夕方の捜査会議が始まる前に反町は県警本部に戻り、ノエルを屋上に呼び出した。遺体が黒琉会の組員だったので、知らせておいたほうがいいと判断したのだ。

「焦ってスタンドプレーされると困るから、捜査状況を教えてやる。ただし、これは秘密事項だ。警察官なら分かってるな」

前置きして、反町はノエルに松浦のことを話した。ノエルは無言で聞いている。

「体格は似てる。ただしタトゥーの確認はできない。右腕がなかった」

ノエルが反町を見る。その顔には驚きの表情が浮かんでいる。

「事故で右腕がなくなったの。それとも――」

「意図的だ。鋭利な刃物でスパッとやられてる。ちょうどタトゥーの上あたりから」

「タトゥーを隠すために右腕を切り取ったの」

「そんなこと分からない。それを調べるのが俺たち刑事の役目だ」

「オーバンに男の顔写真は見せたの」

「似てると言ってるが、確かじゃない。俺にも分からない」

「あんたはどう思う。その男がオーバンに危険ドラッグを売りつけた売人かどうか」

「分からない。確かなのは黒琉会の組員だということ。右腕のタトゥーについても暴対に問い合わせている。何か情報が入り次第、教えてやる。だから無茶はするな」

ノエルは納得のいかない顔をしていたが何も言わない。

那覇署で開かれた捜査会議には暴対からも出席者があった。

「危険ドラッグは松浦個人のアルバイトだったという見方が強い。黒琉会、あるいは松浦が仕入れていた売人との間に何らかのトラブルがあったと思われる」

捜査状況をまとめた古謝の発言で捜査会議は終わった。

2

反町は那覇署の捜査会議から県警に戻り、松浦の遺体の状況を思い出していた。やはり、チャンとの関係を捨てきれない。あれは中国マフィアのやり口だ。そのとき、スマホが鳴り始めた。ケネスからだ。

〈チャンは現在、香港。ここ数か月、日本への入国はないみたい。正規での入国ということだけど。遺体の身元は分かったの。相互協力。教えるって約束したでしょ〉

「黒琉会のチンピラだった。でかい男でＧＩカット。おまけに右腕の欠損だ。だからオーバンが言った売人かと思った」

〈その身体の写真、見せてくれないの〉

「かなりひどいぞ。おまえ、その手の趣味があるのか」

〈メールで送るってわけにはいかないよね〉

「当たり前だろ。本来なら話すこともできないんだ。でも、おまえが勝手に見てしまう分には構わないが」

反町はケネスと再び〈B&W〉で待ち合わせをした。

店に着くとケネスの姿は見えない。こんなことは初めてだった。

いつもの席に座って、ルートビアを注文した。三分の一を飲んで、スマホを出したところでケネスが飛び込んでくる。

「遅いな。心配してたんだぞ。事故でも起こしたんじゃないかと思って」

「アリガト。僕のこと気にかけてくれるんだ。出ようとしたとき上官に止められて」

ウェイターがルートビアのラージサイズを持ってきた。ハーイと笑みを浮かべる。

「あいつ友達か」

「英語を教えてる。これは彼のおごり。僕が英語を教えるということは、僕は日本語を勉強してるってことね」

ケネスが反町に身体を近づけて囁くように言う。ラージサイズは店長には内緒か。

「道理で日本語の上達が早いわけだ。おまえは勉強熱心だしな。写真だが、何か心当たりでもあるのか」

反町はスマホで撮った松浦の写真をケネスの前に置いた。食い入るようにケネスが見ている。

「普通のやり方じゃないだろ。日本人にはここまでできない」

「それは偏見。人による。この人、黒琉会の組員だよね。このやり方は日本のヤクザとは明らかに違う。やはりチャンを疑いたくなるよね。中国マフィアが頭に浮かぶ」

「鋭利な刃物でじっくりといたぶってる。おまけに右腕までバッサリ。おそらくタトゥーがあった。こいつがオーバンに危険ドラッグを売った売人だ」

ケネスがわずかに反応したのを反町は見逃さなかった。

「何か分かりそうか」

「ひどいやり方だってことくらい」

ケネスはスマホを反町に返し、ルートビアを一口飲んで話題を変えるように聞いた。

「ノエルのママに会ったと言ってたよね。ノエルのパパについて聞いたんでしょ」

「ジェームス・ベイル少尉って言ってたな。おまえなら調べられるよな」

ケネスは黙ったままだ。

「おまえ、何か知っているのか」

「ノエルにも頼まれたことがある。知り合って、すぐのころかな」

「何か分かったのか」

やはり答えない。

「ハッキリしろよ。相互協力、おまえが使った言葉だぞ」

「二十五年も前の話だからね。はっきりしたことは――」

「何十年前だろうが、記録は残ってるだろ。それが組織というモノだ。特におまえのところは世界最大、最強の組織だろ。コンピュータが生まれた国だ」

「あまりいい記録は見つからなかった。クウェートに送られてから、今まで存在しなかったように突然記録が途絶えてる。一九九〇年代だった」

一九九一年の一月、ブッシュ大統領はアメリカ軍をサウジアラビアに進駐させ、湾岸戦争を開始した。多国籍軍と共にクウェートを占領しているイラク軍の排除が目的だ。

「ベイル少尉はそのときの〈砂漠の嵐作戦〉に参加している」

「ノエルのところから姿を消した時期だ。死んだのか」

「死亡なら記録があるはず。それはない」

「トラブルを起こして不名誉除隊ってことでもないんだろ」

「それなら記録に残るからね。それもなかった。あとは――」

「ハッキリしろよ。軍の秘密作戦に携わったのか」

「なんで知ってるの」

ケネスの顔色が変わっている。感情を隠せない男なのだ。それは反町も言われた。

「あんたの顔はリトマス試験紙ね。すぐに反応する。そういうの嫌いじゃないけど」ノエルの言葉だ。

「言ってみただけだ。当たってるのか」

「やめてよ、脅かすのは。具体的な作戦名は分からないけど、かなりヤバいところに飛ばされた可能性が大。そこで戦死したかも。でも記録には残るはず。ひょっとして――」

ケネスが考え込んでいる。

「もったいぶらないで、さっさと言えよ」

「脱走したのかもしれない。どさくさに紛れて。それとも、生死の分からないままになったのかも。何人かいるんだよね、そういう兵士が。捕虜になったのかもしれない」

「ノエルは本気で父親のことを探しているのか。そのために県警に入った。おまえなら知ってるだろ。付き合いは長いんだから」

「本気も本気。大本気。ひょっとして、ノエルはパパの情報を得るために僕に近づいたのかと思うこともある」

「それはない、ケネス。おまえはいい奴だ。だからノエルは友達になった。俺だってそうだ。俺たちはベストフレンズだ」

反町は立ち上がり、ケネスの背中をドンと叩いた。ケネスは複雑な顔をして見上げている。

反町は、ケネスの言葉について考えながら県警本部、入口ホールのソファーに座っていた。目の前に缶コーヒーが突き出された。

「どうぞ。このメーカーのを飲んでたでしょ」

顔を上げると秋山が立っている。

「よく知ってるな」

「刑事は観察が命だって、上司に教えられました。日ごろから心がけておけって」

「具志堅さんと一緒だな。口うるさいけど、ためにはなる」

「反町さん、サーフィンするんでしょ」

「何でもお見通しだな」

「焼け方と歩き方、独特なんです。バランス感覚が良さそうです」

「あんたもするの？」

「僕は湘南《しょうなん》です」

「でも、ぜんぜん焼けてない」

「ここ数年やってません。刑事になって、忙しくて」

「嫌味だな。俺だって十分忙しいけど、時間を作ってやってる」

「沖縄はいいですよね。サーフィンをやろうと思ったら、東京だと一日がかりです。休日はラッシュだし。サーフボードを担いで湘南に行くだけで、グッタリです」

「沖縄に引っ越して来いよ。沖縄県警だってそれなりに忙しいし人手がほしい」

「刑事が忙しい時代は最悪だって。父の言葉です。父も警察官でした。鑑識でしたが」

「当たってる。犯罪数と刑事の忙しさは比例する」

「天久ノエルさんって、反町さんの友達ですか」

秋山が隣に座り、改まった口調で聞いてくる。

「同期入社、いや同期任官なんで、他の連中よりは仲がいいかな」

「一緒に食事したり、飲んだりするんですか」

「たまにね」

「調書によると、オーバンと根川真美を逮捕したときも、一緒だったんでしょう。レストランで食事をしているときでしたよね」

「あの日は俺が非番日で、ノエルや他の奴らが仕事が終わってから集まってた」

「今度、みなさんで会うときは僕も誘ってくれますか」

「あんたら、いつまでいるんだ」

「明後日には帰らなきゃなりません」

「ということは、今夜か明日しかないだろ。小野田さんも一緒にか」

「僕だって一晩くらいは単独行動がしたいですよ」

「そうだろうな。それに俺たち相手じゃ、小野田さんも気づまりだ」

秋山がほっとした顔をしている。反町も秋山に聞きたいことがあったのだ。思っていたより、いい奴かもしれないと反町は思った。

「今日の夜、同じ店でいいか。現場検証をかねて、とか言い訳もつくし」

秋山の顔が輝いた。

「ただし二課の赤堀も一緒だ。俺たち同期なんだ」

反町は〈ウェイブ〉に今夜の予約を入れた。


「いいところですね。こんなところにドラッグなんて似合わない」

秋山がレストランと海を交互に眺めながら言う。

まだ沈みきっていない陽の光に輝く海と赤く染まるレストラン、聞こえてくる英語の会話と音楽。ヤシの木とガジュマルの木、タコノキの群落。亜熱帯の空気が漂っている。海岸の端からはにぎやかな音楽が聞こえてくる。ラップ風の音楽で、時々、若い笑い声も混ざる。キャンプ・キンザーでパーティーをやっているのだ。

「秋山さんは警視庁の刑事さんだ。もう、知ってると思うけど」

反町はノエルと赤堀に秋山を紹介した。だが、実際は赤堀が秋山と小野田の両刑事と歩いているところを何度か見たことがある。

さて、と言って反町が秋山に向き直った。反町の顔からは笑みが消えている。

「警視庁は何を考えてるんだ。沖縄まで刑事をよこして。危険ドラッグの出所が沖縄だって証拠か情報があるのか」

その場にそぐわない突然の反町の問いに秋山が黙っている。ノエルと赤堀も真剣な表情で秋山を見つめていた。

「数か月前、沖縄に危険ドラッグの製造工場を作る動きがあった。中国本土から材料を運んできて、沖縄で製造する。それと関係があるのか」

アメリカ軍の基地外住宅での作業がそれだった。

「あのときの調書も読みましたが、どうも違うようです。もっと大きな組織が裏で動いている可能性があります」

「具体的に言え」

「中国マフィアが日本をマーケットに選んだのかもしれません」

「どうしてだ。薬物を持ち込みやすいからか」

「それもあります。さらに、日本は観光立国を目指している。年間約二千万人の旅行者が日本を訪れます。外国人、特に欧米の若者にとっては日本はエキゾチックな神秘の国です。現実からの逃避です。ハーブ系ドラッグがマッチするとは思いませんか」

「俺には思えないね。これは犯罪だぞ」

「分かるような気もする。宗教や文化、芸術絡みだと良心のハードルが下がるんだ」

赤堀が秋山に同調するように言う。

話しながらも秋山はしょっちゅう、ノエルに視線を向けている。

三十分をすぎたころ、秋山が突然立ち上がった。スマホを見ながら反町たちに頭を下げて店の隅に行く。

「なんだ、あいつ。俺たちには聞かせたくない電話か」

反町はコーラを一気に飲んだ。ビールを頼みたかったが、具志堅には二時間ほど出かけてくると言ってある。他の者もソフトドリンクだ。

秋山がすぐに戻って来た。

「ホテルに帰らなきゃなりません。明日の朝、一番の飛行機で東京です」

「何があったんだ」

反町が聞くと秋山は言い淀《よど》んでいる。

「東京で何か起こったんだろ。言えよ。危険ドラッグ絡みだろ。すぐに俺たちの耳にも入るし、あんたらは今後の協力も必要なんだろ」

反町は秋山に食い下がった。赤堀とノエルも秋山を見ている。

「警察庁も全国の警察の協力を推進してる。だから僕もここにいる」

「事件の真相解明と犯人逮捕を望んでるんでしょ。警視庁と沖縄県警の協力が必要よ」

赤堀とノエル、特にノエルの言葉で秋山の腹も決まった。再び椅子に座った。

「新宿と渋谷《しぶや》で殺傷事件です。男が突然暴れ出して二人刺殺。ドラゴンソードの常習犯らしいです」

「ドラゴンソードってなんだ。初耳だぞ」

「僕が東京を発《た》つ前に出回り始めた危険ドラッグです。龍の剣、ドラゴンソード。龍をも貫く刃のたとえです。最高の気分を味わえるそうです。僕には想像できませんが。新宿や渋谷、六本木《ろっぽんぎ》のクラブで評判になり、広まっています。今までの危険ドラッグがハーブ系で吸引型だったのが、錠剤も出回ってる。吸引型より手軽で、しかも効き目は増している。特に芸能人の間で広まっています。しかし、副作用が尋常でないモノも出てる。クラウドナインと同じようなものです。まだマスコミには出ていません」

「凶暴性が増すんだろ」

「よく知ってますね。アメリカからの最新情報なのに」

「何なのよ、それ」

　ノエルだけが不思議そうにしている。

「全裸になって噛みつきたくなるドラッグだ」

「マイアミゾンビ事件の危険ドラッグです。ＭＤＰＶという化学物質を含んでいて中枢神経刺激作用があり凶暴になります。発熱作用もあるので使用者は汗をかいて、暑くて服を脱ぐんです」

　秋山がノエルに説明した。

「東京で出回りつつある危険ドラッグはそれなの」

秋山が反町と赤堀に視線を向ける。何か新情報はないか聞いている。

反町はケネスの情報を話すべきか迷った。そのとき、赤堀が反町の足をけってきた。言うな、という合図だ。反町もけり返して同意した。

「沖縄に来たのはここの危険ドラッグと関係があるか調べるためです」

「それでどうなんだ。関係はあったのか」

「また、ぜひ来たいです。今度は遊びに来ます。いや、やっぱり仕事かな。この事件、長引きそうだ」

秋山が反町の質問をはぐらかすようにノエルを見て言うと、ノエルは曖昧に頷いている。いずれにせよ、彼に成果はあったということか。ノエルと知りあったのだから。

「何なのよ、あんたたち。何か隠してるでしょ。言うなって、二人で合図し合ってた」

秋山が店を出て行ってから、ノエルが反町と赤堀に言う。

「秋山って、いい奴だろ。おまえに気があるんだぜ」

「やめてよ、バカなこと言うのは。こんなときに」

本気で怒り始めたノエルの表情が突然変わった。

「ケネスから仕入れた情報なの。あんたたち、私に隠れてこそこそ会ってるんでしょ」

「こそこそは言いすぎだ」

反町はケネスから聞いた話をした。

「基地内でも出回っている。今、ケネスが出所を調べている。もし、基地内で売買されていれば、厄介なことになる」

「なんで秋山さんに話しちゃダメなの」

「これは、俺たち三人の秘密だ。一課の者にも言ってない。具志堅さんにも。ケネスと約束してる」

「捜査違反になるんだろうな。情報の共有違反だ」

赤堀が気のりしない声で言う。彼にとっては、一大決心が必要な重要事項なのだ。

三人は一時間ほど話して店を出た。

県警に戻ると、具志堅の姿は見えない。年配の刑事が一人報告書を書いていた。反町は挨拶して下宿に帰った。

その夜もまた、久し振りになかなか寝付けなかった。レストラン〈ウェイブ〉の事件が思いがけず広がり始めたことに加え、秋山とノエルの顔が重なる。さらに愛海の姿が浮かんでくる。明け方、うとうとしただけで目が覚めると、スマホにメールが入っていた。時刻は午前六時。

〈これからホテルを出て東京に帰ります。昨夜、僕は喋りすぎました。警察官として反省しています。しかしそれだけ、みなさんに気を許していたということです。ノエルさんに、よろしくお伝えください〉

秋山からだ。添付ファイルがついている。東京の事件について書いてあったが、大筋は昨夜聞いたことだ。

反町は朝の捜査会議で東京の新たな事件について言うべきか迷ったが、黙っていることにした。秋山の名前を出したくなかった。朝のニュースでは流れていたが、危険ドラッグとの関係はまだ報道されていない。すぐに警視庁から正式な報告があるだろう。

3

捜査会議の後、刑事たちが慌ただしく出て行った部屋で、具志堅がそのまま残って考え込んでいる。那覇、つまり沖縄で黒琉会以外の勢力が危険ドラッグを扱っている事態に、こだわっているのだ。

「沖縄で新規に薬物を扱おうなんて奴は、どう考えてもここの奴らじゃない。とすると本土か大陸の奴らだろう」

「本土の組織だと黒琉会に挨拶くらいするんじゃないですか」

「挨拶するような常識派が、わざわざここで商売をやろうとはしないだろう。沖縄は黒琉会のシマって決まっているんだ。よほどのフラーだ」

「じゃ、大陸系ですか」

誰がそんなことを決めたんですか。古いですよ。という言葉を反町は呑み込んだ。決めつけるな、裏を取れといつも言うのは具志堅だ。

具志堅が立ち上がり、ドアのほうに歩いていく。

「喜屋武《きゃん》ですか」

「少しは賢くなったな」

珍しく具志堅が反町をほめた。喜屋武は黒琉会の幹部で具志堅の幼馴染でもある。

「おまえ、なんでそんなに黒いんだ。今でも、週末はサーフィンか」

県警本部を出たところで、具志堅が思い出したように聞いた。

「具志堅さんがいちばんよく知ってるでしょ。ここしばらく、県警に泊まり込み状態です。帰るのは着替えを取りにか深夜です。一日、外に出てりゃ焼けますよ」

「おまけに地黒だ。アロハとよく合ってるぞ」

反町は具志堅と松山の外れにあるビルの地下駐車場に止めた車の中にいた。

まだ昼を過ぎた時間で、松山の通りは人通りも少なくシャッターが下りた店がほとんどだ。駐車場は半分ほどが埋まっていた。いちばん奥に喜屋武の車がある。

ビルには喜屋武が関係している不動産会社がある。暴対法で指定暴力団には直接部屋は貸せないが、抜け道はいくらでもある。暴対で喜屋武を探していると言うと、この時間はここにいることが多いと教えてくれたのだ。

「ここはヤバくないですか。敵のど真ん中ですよ。話す前にボコボコにされませんか。喜屋武は警察官だからって手加減するような奴じゃないですよ。ヘタすると――」

反町はチャンを取り逃がした後、喜屋武と会った黒琉会系の会社、沖縄興業の地下駐車場でのことを思い出していた。あのとき、自分はまったく無力だった。

「怖いか。だったら、帰ってもいいぞ。もっと骨のある奴かと思っていたが。しかし敵のど真ん中はないだろう。他の企業だって入ってる。小便もらすなよ」

具志堅が喜屋武の車に目を向けたまま言う。

「そこまで言われたら帰れないでしょうが」

一時間ほどたったとき、エレベーターのドアが開くと喜屋武が出てきた。小柄な喜屋武より頭一つ大きい二人の男が左右についている。

具志堅が車を降り、喜屋武の前に出た。二人の男が喜屋武をかばうように前に出ると、喜屋武は二人を両手で押し退ける。

「何か月ぶりになる。もう、警察を辞めたかと思ってたぜ」

「辞めるのはおまえとチャンをぶち込んでからだ」

二人の男が再度一歩前に踏み出した。喜屋武がそれを止める。

「まだ痛むそうだ。縫った額と潰された鼻が。額はおまえの蹴り、鼻はそっちの若いのの拳だったな」

宮古《みやこ》島で逮捕しようとしたときのチャンの傷だ。結局、逮捕はできなかった。反町と具志堅の中では、大きな傷となって残っている。

「次はそれだけじゃすまないと伝えてくれ」

「機会があればな。チャンは日本にはいない。用があるなら早く言ってくれ。俺はおまえら県警ほど暇じゃない」

「東京からもおまえらを調べに刑事が来たぜ。二人も」

「いいんですか。そんなこと喋って」

反町は小声で囁いた。

「聞こえてるぞ。だから警察は間抜けなんだよ。危険ドラッグのことを言ってるんだろうが、うちがやるわけないだろう。捕まえてくれって言ってるようなもんだ」

「理屈を超えたことをやるのが、おまえらヤクザじゃないのか」

「そういうのはバカっていうんだ。俺たちは合法的な仕事しかやっていない」

「表向きはな。裏じゃ、何やってるか」

「同じ言葉を返してやるぜ」

喜屋武が具志堅に向かって鼻で笑って車に乗り込もうとする。

「松浦治樹、二十六歳。黒琉会組員。知ってるか」

喜屋武が振り向く。

「昨日、遺体が出た。右腕が切断され、全身切り傷だらけだ。心当たりはないのか」

「下の者のことまでは知らないと言ってるだろ」

「危険ドラッグを持っていた。売人の可能性がある」

「うちじゃ、クスリは扱ってないのは知ってるだろう」

「組に秘密で売ってたので、殺したか。見せしめのためにさんざんいたぶって」

具志堅が構わず続けた。

「そこまで間抜けじゃない。すぐに足が付くような真似はしない」

「おまえがついてるからな。しかし、おまえのところでないとすれば、どこがやった」

「そっちで調べてくれ。教えてくれれば礼はするよ」

「本土か大陸か。黒琉会じゃ大騒ぎだろう。このまま放っておくわけにはいかん。シマを荒らされてるんだから、メンツが立たないという奴だ」

「俺がそんなもの大事にすると思うか」

「おまえは黒琉会のトップじゃない。せいぜい五本の指に入ってる程度だろ」

両側の子分たちが身構えた。その二人を喜屋武が制して言う。

「こいつらは口だけだ。手出しできない相手だと、いくらでも強がる」

「そんなにビクつくな。取って食おうって言うんじゃない。お互い、利益になるようにやろうって言ってるんだ。おまえらが危険ドラッグについての情報をくれれば、俺たちにも借りができるということだ」

「よほど困ってるんだな。一つ選択肢を減らしてやろう。俺たちを疑ってるのなら、時間の無駄ということだ」

　喜屋武は言い捨てると車に乗り込んだ。車はエンジンを大きく吹かし出口に向かった。車が駐車場を出るのを見送り、反町と具志堅も車に戻って駐車場を後にした。

「警視庁からの二人の話はマズいですよ。話したことがばれると――」

「喜屋武はすでに知ってる。大して驚いてなかっただろう。松山をおまえが連れ歩いたんだ。おまえのことは黒琉会も知ってる。あいつらの情報網は県警より上だ」

「たしかに、そうでしたが――」

「やはり、黒琉会抜きで沖縄で商売しようなんて無理な話だ」

　具志堅が呟くように言う。

「販売網を持たない外車のメーカーのようなものだ。性能がよくても、どうやって売る」

　だから、基地内で商売しようとしている。コネさえあれば入り込め、買い手はいくらでもいる。反町は出かかった言葉を呑み込んだ。ケネスの思いつめた顔が浮かんだのだ。

「喜屋武は本当に情報をくれますかね」

「黒琉会関係のことで噂が流れたら、喜屋武が流したということだ。直接会って教えてくれるわけじゃない」

県警本部に戻り、エレベーターを降りたとき、反町を見て暴対の刑事が寄って来た。

「おまえ、〈月桃〉に出入りしてるそうだな。いい女を集めてるので有名な店だ。高いだろう」

暴対の刑事が薄ら笑いを浮かべて言う。谷本というちょっと癖のある刑事だ。

「仕事半分、たまにはプライベートです。明朗会計で行ってますよ」

たしかに巡査部長の身では、たびたび行ける店ではない。今まで一万円以上払ったことはないが、あれは愛海の心遣いか。

「〈月桃〉に何かあるのか。あそこには黒琉会の奴らも行くんだろ」

「それは、暴対のほうがよく知ってるんじゃないですか」

「危険ドラッグの情報があったのがつい先日だ。その前から見張る理由は何だ」

「じゃ、お互い情報交換ですね」

「まずおまえからだ」

愛海からはその後、何もない。他愛ない話をして一時間ほどで店を出ている。その後、巨漢の男を探して松山の通りを数回往復して県警本部に帰って来る。その反町の行動を暴対は把握しているのだ。〈月桃〉内部での反町の言動は知らない。

「今のところ何もありません」

反町をじっと見つめて、後で一課に知らせると言うと行ってしまった。

反町がエレベーターを待っていると、背後から腕をつかまれた。ノエルだ。そのまま屋上に連れて行かれた。

「あんた、愛海ちゃんの店に通ってるんだって」

「おまえまでなんだよ。今度は、おまえが俺をつけてるのか」

「誰か他の人にも言われたの」

「松山に行くついでに時々寄ってる。貴重な情報源だ」

反町はノエルから目を逸らせて言う。情報源という言葉が反町の心に苦く残った。

「赤くなってるよ。愛海ちゃん、美人だからね」

「バカ野郎。そうじゃない。いろいろ頼みごとをしてる」

「冗談。あんたが赤くなっても分からない。ただの陽焼け以上に黒いんだから。こういう話、嫌いじゃない。でも、愛海ちゃんを泣かすようなことしたら、承知しないからね」

「泣かすって、彼女、ぜんぜん泣きそうにないだろ」

「もう涙も涸《か》れてるかも。さんざん、苦労してるのよ。特に男にはね」

ノエルが反町を睨んで言う。

「小学校時代からおまえには、ずっと助けられたって言ってたぞ。おまえの後ろ姿を見て頑張ったって」

「新しい情報はないの。泊港で見つかった遺体は黒琉会のチンピラだったんでしょ。彼がオーバンに危険ドラッグを売りつけた巨漢だったんじゃないの」

ノエルが話題を変えた。反町の脳裏に喜屋武の顔と言葉が浮かんだ。

「おそらく違う。売人はやはり日本人じゃなくて中国人だと思う」

「中国マフィアってこと?」

「それも調べてる。目立つ男だ。すぐに見つかると思ってたんだが」

消えてしまった。既に出国しているのか。せめて名前が分かれば入管に問い合わせることができるのだが。

「何か分かれば、必ず知らせてよ」

そう言い残してノエルは行ってしまった。

三十分後、暴対から一課に連絡が入った。反町に話しかけてきた谷本が言っていたことか。松浦治樹に刺青はない、ということだった。

「だったら、なぜ右腕は切られたんだ。コレクターってわけじゃないだろ」

誰も笑わない。不気味な沈黙が一課に流れた。

その日の那覇署での捜査会議で、反町は秋山から聞いた話を新情報として話した。警視庁からはまだ何も言ってこない。秋山の名前を出してでも情報の共有を優先すべきだと判断したのだ。

「先日沖縄に来た秋山巡査部長からの情報です。沖縄県警には近く正式な報告が来ると思います」

「前置きはいいからさっさと話せ」

反町は新宿と渋谷での殺傷事件と危険ドラッグとの関連性について話した。

「東京では錠剤の危険ドラッグが出回っています。龍の剣、ドラゴンソードと呼ばれているそうです。かなりの幻覚作用があり、凶暴になり、発熱作用もあります。アメリカのクラウドナインと同種の危険ドラッグだと思われます」

部屋中が静まり返って反町の話を聞いている。

4

夕方になって、警視庁から連絡が入った。新宿と渋谷での殺傷事件の詳細だ。反町の話とほぼ同じで、ドラゴンソードの名も出ている。

「東京のドラゴンソードの売人は沖縄から戻って来た奴から買ったと言ってる。さらに、ネット販売もあるらしい」

古謝一課長が全員に聞こえるように言う。

「沖縄から戻って来た奴って何者ですか」

「このケースは観光で沖縄に来て、買って帰って転売したようだ。一パック三千円で買って八千円で売った。クラブで十二人に。旅費なんて十分出るって言ってるようだ」

「素人だな。簡単に足がついた」

「ネット販売もやはり転売だ。沖縄で仕入れて本土で売る。日本国内の物流だ。宅配便で簡単に大量のブツが運べる。マンゴーの箱の中身が危険ドラッグでもいい訳だ」

「沖縄での出所がカギになるな。警視庁も暗にプレッシャーをかけてるんだ。さっさと突き止めろってことだ。二人も送り込んできたんだからな」

刑事たちが言い合っている。

「おまえ、知ってたな。東京の事情をだ。そういう顔だ。ドラゴンソードも知ってたし」

具志堅が反町に身体を寄せて小声で言う。

「東京については初耳ですよ。沖縄発の犯罪か。何としても早く犯人をあげなきゃ」

「はぐらかすな。今後は入手した情報は必ず俺には知らせるんだぞ。時間の無駄はしたくないからな」

具志堅が反町の手首をつかんだ。思わず顔をしかめた。この大きくもない身体のどこから、これだけの握力が出るのか。反町は何度も頷いた。

陽が沈みかけたころ、反町は国際通りにある〈B&W〉でケネスと待ち合わせをした。三人の米兵の事情聴取の結果を聞くためだった。

通りにはネオンが輝き、車の数も増えている。土産物店と共に、飲食店にも客が入り始めたのだ。琉球の民族衣装を着た女性が立っている店もある。昼間とは違った様相を見せている。〈B&W〉も通りに面した入口付近は、若い男女の客で混みあっていた。

奥の席に行ったがケネスの姿が見えない。スマホを出したとき、憂鬱そうな顔をしたケネスが入って来た。かなり落ち込んだ様子だ。そんなケネスを見るのは初めてだった。

店の奥はさほど混んではいないが、反町はケネスに身体を近づけ声を潜めた。

「ドラゴンソードはやはり基地内で売買されてるのか」

「そういうケースもあったってこと。三件のうち一件。二件は国際通りと松山で売人から買ってる。声をかけられムリヤリ買わされたと言ってる。彼らだって被害者でしょ」

そんなわけないだろう。反町は言葉を呑み込んだ。

「じゃ、加害者をつかまえようぜ。売人については聞いたか」

「巨漢の日本人。英語は上手だった」

やはり同じ男だ。反町たちが見つけようとして見つけられない男。おそらく中国人。

「基地内売買の一件は誰が扱ってた」

「海兵隊の軍曹。彼は現在、イラク」

「だったら聞けばいいだろ。誰から、どうやって入手したか。電話もあるし、メールだってある」

「戦地の米兵はあらゆることで優先される。彼らは命を懸けて祖国のために戦っている。その心を乱すようなことはできない」

「崇高なことだな。そいつは、いつ帰ってくるんだ」

「半年後。沖縄に帰ってくるか、それともアメリカ本土へ戻るかは分からない。戦死すれば故郷のテキサス」

「基地外で手に入れた二人に会いたい」

「やはりイラクに行けば会えると思う。今ごろは輸送機の中のはず」

「臭いものには蓋か。こういう諺《ことわざ》は分からないだろう」

　ケネスが泣きそうな顔で頭を振った。

「ケネスを泣かせたらダメだって言ったでしょ」ノエルの言葉が脳裏をかすめる。たしかに、ケネスも悩んでいる。おそらく上司の圧力を直接受けているのだ。

「基地内で作られてるってことはまずないでしょ。そのメリットがない。基地に入る場合、軍用荷物として持ち込まれるか、各自に郵便で送られてくる。日本の税関はノーチェック。だから、外で作られたものを持ち込むほうが危険がない」

「アメリカ本土から送られてくるのか、他の地域からか」

「海兵隊の作戦は世界中で展開されてる。でも、今までの経緯から考えるとおそらくアジアだね。兵士も過去にアジア地域に滞在した者は多い。彼らに友人から荷物が届けば、チェックしようがない。その軍曹もフィリピンに二年いた」

「アメリカ軍にとっては、これ以上、沖縄でもめたくないってことか」

「そうじゃない。彼らの移動はあくまで作戦上の――」

「他に事件は起こっていないのか」

反町はケネスの言葉をさえぎった。

「ないね。このまま、何事もないといいんだけど」

「じゃ、基地内の危険ドラッグ騒ぎはひと段落ってところか。だのになんで、そんなに憂鬱そうな顔をしてる」

「最初にイラクに送られた兵士が気になることを言ってたと報告が入ってる。Xデイには気をつけろ。沖縄に残る仲間の兵士に言ったらしい」

Xデイ、反町は呟いた。妙に不気味な響きとなって返ってくる。

「捨て台詞《ぜりふ》だろうとは思うんだけど、何だか気にかかる」

「刑事の勘だな。おまえだって、警察官だ」

ところで、と言って反町はケネスを見据えた。

「黒琉会の組員の遺体について何か知ってるだろ。遺体の状態をいやに気にしてた。あいうのは好きじゃないおまえがだ。おまえ、嘘がつけないタイプなんだ。刑事には致命的だ。特に俺に対してはな」

ケネスのため息が聞こえる。憂鬱そうな顔がますます曇ってくる。

「殺した相手の右腕を切り取るっていう組織を聞いたことがある。黄泉《よみ》の国から戻ってきても仕返しができないようにって理由みたい。中国マフィアの一つらしい」

「フラーが。そういうことはさっさと言うんだよ。その組織の名前は」

思わず、具志堅の口調になった。

「知らない。いや、僕には関係ないと思って、詳しく調べなかった」

ケネスがスマホを出して操作すると、反町の前に置いた。

思わず顔をしかめた。身体中を切り刻まれたアジア人らしき男が映っている。右腕が付け根からない。松浦と同じだ。

「右腕はどうするんだ。取っておくわけじゃないだろ」

「僕が読んだケースではゴミ袋に詰めて捨てられてた」

反町はため息をついた。


その夜、反町は下宿にそのまま帰る気になれなかった。気がつくと、〈月桃〉に向かっていた。大人数の客が帰った後で店には数人の客がいるだけだった。

反町はカウンターの隅の席に座り、愛海と向かい合っていた。

「俺は県警の刑事だ。給料だってたかが知れてる。だからって――」

反町は黙り込んだ。後の言葉が続かない。

「どうしたの急にそんなこと言いだして」

「そんなにたびたび、来ることができないってことだ」

「あんたは気にしなくていいのよ。なんだったら――」

「今度、飯食いに行かないか」

「いいけど、店が閉まるの遅いし」

愛海が戸惑った顔をして反町を見ている。

「明るいときがいい。愛海と会ってるのはいつも夜だ。どこに住んでるんだ」

「金城町。ここから車で二十分くらい。渋滞でなければということだけど」

「俺は与那原町から自転車で通ってる」

「自転車通勤なんだ。今どき信じられない」

「サーフィンはやらないのか。ここは沖縄だし」

「泳ぐのは得意じゃない。水着、あんまり着たくないし」

「スタイル抜群だぜ。男はみんな振り向く」

「肌を出すの好きじゃなかったから」

「俺なんて、見てみろよ」

反町は愛海の前に顔を突き出した。愛海が声を上げて笑い出した。他の客が何事かという顔で二人を見ている。

「今度、行ってみようかな」

「よし、決まりだ」

そのとき、ドアが開いて男が入ってきた。見るからに成金らしい三人組の中年男だ。三人ともかなり酒が入っている。

三人はまっすぐカウンターに来てスツールに座った。

「ここは美人をそろえてるって聞いたんで寄ってみた。あんた、黒人とのハーフか」

いちばん年配の小太りの男が、店の中を見回してから愛海に目を止めた。

「ほんとだ。いい女がそろってる。ボトル入れるよ。この店でいちばん高い酒」

「あっちの若い子、こっちに呼んでよ」

一人の男がボックス席のほうに行った。

カウンターにいた女の子が愛海に向かって顔をしかめている。

「お客さんたち、かなり酔ってますよ。お客さんは大歓迎なんだけど、酔っぱらいは早く帰って、また来てね」

「俺たちが酔っぱらいだって言うのか」

男が反町の横に来てカウンター内の愛海に向かって身体を乗り出す。酒くさい息が反町の顔にかかる。そのとき、女の子の悲鳴が上がった。

「この人、私の服の中に手を入れてくるんです」

「うちはそんな店じゃないですよ。ここは警察官立ち寄りの店よ。そろそろ見回りに来るし、もう来てるかもしれない」

愛海がカウンターから出てきた。

「金を払えばみんな納得だろ。金ならあるぜ」

小太りの男がポケットから財布を出し、一万円札を数枚、カウンターに広げた。

「お金じゃなくて、ここは美味《おい》しいお酒を楽しく飲むところ。酔っぱらいがクダ巻くところとは違う」

愛海が扱い慣れた口調で言う。

「客に因縁をつけようって店なのか」

反町は見かねて立ち上がった。

「おい、やろうっていうのか」

小太りの男がすごむ。

「俺が警察官なんだよ。なんなら、署で話を聞こうか」

警察手帳を出して見せた。男たちの態度が急変し、反町を値踏みするように見ている。

「あんた本物の警官か。そうは見えないぜ。警察手帳なんて今時、ネットで買えるし」

「だったら試してみるんだな」

反町と小太りの男はしばらく睨みあっていた。先に視線をそらせたのは小太りだった。

「他で飲みなおそうぜ。こんな店、二度と来るか」

カウンターの金をかき集めると、店を出て行く。他の男たちも慌てて後を追った。

「アリガト。時々いるのよね、ああいうのが。本当に助かったわ」

「手帳を見せただけだ。何もしてない」

「それだけであの効果は最高ね。黄門さまの印籠《いんろう》みたい」

愛海が嬉しそうに言う。反町は可愛《かわい》い笑顔だと思った。

5

女が暴れていると告げられたのは、反町が一課に戻ったときだった。

「なんで一課が行くんだよ。痴話喧嘩か酔っぱらいだろ」

「女が半狂乱だ。連れの男がベランダから落ちた。海に面したリゾートホテルの八階だ。具志堅さんはもう行ってるぞ。ホテル名は〈オーシャン・ビュー〉。場所は――」

知ってます、と怒鳴ると反町は部屋を飛び出した。具志堅が行くということは、現在捜査している事件と関係があるということだ。

到着すると現場には所轄の刑事たちが来ていた。顔見知りの若い刑事に案内されて反町は男が倒れているところに行った。

「ひどいな。顔がぐしゃぐしゃだ」

思わず顔をそむけた。頭を下にしてダイブするように落ちたのだ。男は全裸だ。

見上げると各部屋にベランダが付いていて、テーブルと椅子が置かれている。建物から数歩離れると一つのベランダに数人の男がいるのが見えた。

「自殺か事故か、それとも――」

「全裸で飛び降り自殺をする者はいないでしょ。目撃者がいます。ベランダから女が男を突き落としたと言っています」

「あの柵を越えてか」

「テーブルの上に上がった男を女が突き飛ばすように見えたそうです。裸の男が叫んでいたのが聞こえたとも言ってます」

「何を叫んだんだ」

「ワーとかオーとか、聞きとれなかったそうです」

「具志堅さんはどこにいる」

「女のところです。客室で事情を聴いています」

事情聴取と言っていたが、ただ女を取り囲むようにして見ているだけだ。

素肌にバスローブを羽織った女が隅の椅子に座り、何事か呟いている。

「これは夢だ。これは夢だ。早く覚めて。早く覚めて」

近寄って聞くと、低い声で念仏のように唱えている。

具志堅がベッドに座って、女を見ていた。横には所轄の刑事が二人立っている。一人は女性だ。

「あれでもだいぶ落ち着いてきたんです。三十分前は、口から泡のような涎《よだれ》を垂らして目はうつろで空を見ているだけでした。やっと自分が何をしたか、自覚してきたようです。死んだ男は加藤昭夫《かとうあきお》、二十二歳、女は小池陽子《こいけようこ》、十九歳。二人とも東京から来た学生です。運転免許証があります」

所轄の刑事が反町と具志堅に低い声で言う。

反町は具志堅がわずかに顔をしかめるのに気づいた。具志堅にしてみれば、名字の違う男女が一緒に旅行するなどとんでもないことなのだ。まして女は未成年だ。

「薬物は？」

「部屋からは出ていません。女は明らかに薬物使用の状態なので、特に注意して調べているんですが」

ベッドの上にはスーツケースが置かれ、中身が並べられている。

「危険ドラッグだな。吸引器なんかは出てないのか」

「あれだけひどければ、部屋の中でやったと思うんですがね」

所轄の刑事がベッドの上に広げたスーツケースの中身に視線を向けた。

「ハーブ系の危険ドラッグというより、ＬＳＤのような錠剤かもしれません」

「聞いてないのか。東京で出回っているドラゴンソードには錠剤のモノもあるらしい」

刑事たちの会話を聞いていた反町の視線が陽子に止まった。

「あれは――」

反町は陽子の口を指した。口の周りに血がついているのだ。

「どこかにぶつけたか、男に殴られたのか。歯が折れているかもしれないんですが、ぶつぶつ言うだけで口を開けようとしないし。まったく、要領を得ません」

「早く病院に連れていけ。ここに止《とど》めておいても意味がない」

具志堅が部屋の様子を見ながら所轄の刑事に言う。

反町は陽子に近づき口の周りをよく見た。怪我をしているのではないようだ。

「もう一度、男のほうを見てきます」

反町は下に降りた。男が運び去られる寸前だった。

腕と足、わき腹から血が流れている。目を近づけると肉がえぐれているところもある。

あきらかに、噛まれた痕だ。食いちぎられ、歯形のようなものがついている。検死医が調べれば分かるだろう。

「かじられた痕だろ。何が起こってるんだ」

振り向くと具志堅が立っている。

「おそらく女が男に噛みついて、驚いた男がベランダに逃げたんだと思います。そしてテーブルに上がった。探せば危険ドラッグが出るはずです。クラウドナインです」

「なんだそれは」

横で遺体の写真を撮っていた中年の鑑識官が聞いた。

「凶暴性を増すドラッグです。アメリカではホームレスが顔を食いちぎられました」

「食いちぎるだと。人が人をか」

「ゾンビドラッグとも呼ばれています。使用すると発熱、発汗して全裸になる場合もあるそうです」

「ひどいな」

具志堅がぽつりと言う。

反町は具志堅と歩いて県警本部に向かった。相変わらず具志堅は何も言わず、ひたすら歩いている。

反町が一課の部屋に戻ったとき、所轄の刑事から電話があった。

〈女は病院でも泣きじゃくっていましたが、現在は精神安定剤で眠っています。弱い薬で数時間後には意識は戻るそうです。事情聴取はその後ということになっています〉

「恋人に嚙みついて、八階から突き落としたんだ。泣くだけじゃすまない。正気に戻ったら死にたくなる」

〈私は交代が来るまで病院にいます〉

「ついに一般人に死者が出た。急がなきゃもっと出そうだ」

スマホを切って反町はひとりごとのように言った。

危険ドラッグが沖縄で広がっている。しかも一般市民の間にだ。表面に出ない件数を考えると、既にそうとう広がっているかもしれない。

「危険ドラッグを吸ったのは本人の意思だ。だから、起こったことのすべては本人が受け入れなきゃならないだろ」

「いつもキツい言い方だな、具志堅さんは。相手は二十歳前の小娘です」

「その小娘が選挙権を持つようになったんだ。自覚しろと言いたいね。正気に戻ったらすぐに知らせろと言っとけ。俺が事情聴取する」

具志堅が強い口調で言う。

「男と女の尿検査で、やはりメチレンジオキシピロバレロンが検出されました。マイアミゾンビ事件のクラウドナインとは化学式がほんの少し違うだけです」

科捜研から戻ってきた若手の刑事が報告する。

「沖縄にもいよいよゾンビが蔓延《まんえん》するか」

一課の部屋に不気味な空気が流れる。

陽子の意識が戻ったと、報告があったのはそれから三時間後だった。

反町たちが市民病院に到着すると、所轄の刑事は報告のために帰っていった。女性警察官が一人残った。

陽子がベッドで上半身を起こしうつろな視線を漂わせている。オーバンのときと同じだが、意識はしっかりしていそうだった。

「俺たちが知りたいのは、使用した危険ドラッグをどこで手に入れたかってことだ」

「私、アキちゃんを殺したの？　嚙みついたんでしょ。そしてベランダから突き落とした。本当なの」

目が合うと陽子が問いかけてくる。アキちゃんとは死んだ男のことだろう。

「誰がそんなこと言ったんだ」

「ここにいたお巡りさん。私の意識が戻ってないと思って喋ってた。ねえ、本当なの」

反町を押し退けて具志堅が陽子のベッドに近寄った。

「本当だ。あんたは、やっちゃいけないものに手を出した。その結果、人が一人死に、もう一人がその罪を背負って生きることになった。それがあんただ」

「ちょっと、今はやめてください。そういう言い方は」

女性警察官が驚いて、具志堅を押し戻そうとする。

一瞬、呆然とした顔をしていたが、突然、陽子が涙を流し始めた。

具志堅がその姿をじっと見つめている。反町もこの女がこれから背負うものを考えると、その姿から目が離せなかった。

ノックの音がして看護師が入ってきたが、四人の姿を見て慌てて出ていく。

すぐに医師を連れて戻ってきた。

「どうしたんですか。病室の様子がおかしいっていうんで来ました」

「彼女、意識が戻ってきました。大丈夫なようでしたら、話がしたいんですが」

具志堅の言葉で、医師が陽子を診断した。

医師の許可が出て、反町と具志堅が事情聴取を始めると素直に答え始めた。

陽子の話から危険ドラッグは錠剤。三錠買ってすべて二人で飲んだ。ハーブの吸引タイプから錠剤へと変わっている。直接体内に取り込むので幻覚作用も増しているはずだ。

「どこで、どんな売人から買ったか、詳しく話してくれ」

反町の問いに、陽子は記憶を引き出すように何度も考え込み、低い声で話した。危険ドラッグは国際通りの路地を入ったところで大男から買った。加藤が男にチャイニーズかと聞くと、そうだと答えた。男は日本語を少しと英語を話した。

「右腕に刺青はなかったか」

「ありました。かりゆしウェアの袖をまくり上げたときに見えました。龍の首に短剣が刺さった刺青です」

「どんなかりゆしウェアだった」

「赤い日の出模様。袖から見える龍と絡み合って、血で染まっているようで怖かった」

「そいつだ。オーバンが買ったのと同じ売人だ」

反町は一課に電話をして、付近の防犯カメラの映像記録を集めるように頼んだ。

「誰か女につけろ。厄介なことになると面倒だ」

具志堅が反町の耳に口を寄せて言う。

「あの女、見た目より純情そうだ。思いつめたら、何するか分からん」

「逃げたりしませんよ。ずいぶん落ち込んでいるようだし。どこに逃げるって言うんです。ここは沖縄ですよ。友人もいないし、土地勘もない。それに女性警官がついてるし」

「フラーが。恋人を殺してるんだ。それも噛みついて突き落とした。自殺でもされたらどうするんだ。しばらくは徹夜で監視だ。今ついている女性警官の交代要員がいる。生活安全部の女性警官がいただろう。あいつに頼め」

反町はノエルに電話して、生活安全部に連絡をとるよう言った。

〈聞いてみるけど、突然じゃ困ると思うよ。あそこも女性警官は忙しそうだし〉

「具志堅さんに言われて考えてみると、確かにそうなんだよ。自分のしたことを聞かされて、ずっと泣いてたもんな」

〈生活安全部でなきゃダメなの〉

「俺が付き添っててもいいんだけど、一晩中病室にいるってわけにはいかないだろ」

〈私でもいいわけね。一晩くらい付き添って、話し相手になってあげる〉

「病室、三階なんだよな。気をつけてくれよ。飛び降りでもされちゃ、後味悪いし」

〈もっと、まともな言い方できないの。ホントにデリカシーがない人よね〉

電話は唐突に切れた。

ノエルが到着したので、警備の警官を置いて、反町は具志堅と県警本部に戻った。

「まもなく防犯カメラの記録が集まります。今度は国際通りです。時間もはっきりしています。必ず映っていいます」

部屋に入ると刑事が集まっている。

二時間後には加藤と陽子が映っていそうな場所の防犯カメラの映像が集められた。

前回と同じように会議室に関係部署から人が集められ、映された。

「GIカットの巨漢だ。短パンに赤い日の出模様のかりゆしウェアを着用。右上腕部にドラゴンの首にナイフの刺青。陽子の証言だ」

「あの二人組じゃないですか」

反町の声に部屋中の視線がモニター画面に集中する。

国際通りの土産物店から出てきた二人の男女が手をつないで通りを歩いている。女はアイスクリームを舐《な》めている。陽子だ。時折り、加藤のほうに差し出して舐めさせていた。二人の笑い声まで聞こえてきそうだ。

二人は土産物店をのぞきながら通りを歩いていく。画面から消えた。

「つながっている映像はどれだ」

古謝が大声を上げる。操作係の若い刑事が慌てて連続した防犯カメラの映像を映した。

国際通りにはまだ十分な数の防犯カメラが設置されていない。

三台目の防犯カメラに、二人が通りから横道にそれる映像があった。

「誰かに声をかけられたのか。止めてみろ」

全員の目が二人の前方に集中する。

「いたぞ。赤い日の出模様のかりゆしウェアの男。次の映像を用意しろ」

かりゆしウェアの男が二人の前に立ち、話しかけている。加藤が何度か頷いた。二人は男の後について横道に入っていく。

「横道の奥まで映っているものはありません」

「くそっ。男の映像はあれだけか」

「すぐに科捜研に回せ。映像を鮮明にするんだ。それと写真を作ってもらえ。他の者は残りの防犯カメラの映像をチェックして、男が映っているものがないかを調べろ。他の観光客にも売ってるはずだ」

古謝が立て続けに指示を出した。

反町のスマホが震えている。陽子に付き添っているノエルからだった。

〈加藤が買ったのは売れ残っていた三錠全部。加藤が一錠、彼女が二錠飲んだって〉

「他に何か聞き出せたか」

〈加藤が売人にもっとほしいって言ったみたい。東京の友達に沖縄土産。だからどこに行ったらまた買えるかって聞いたら、電話するって言ったらしい〉

「電話って、加藤の携帯にか」

〈加藤が男に番号を教えてたって、陽子が言ってる。死んだってことが分かればまず電話はないよね〉

反町はスマホを耳にあてたまま駆け出していた。一課の部屋に戻った。

「加藤の所持品はどこですか。スマホがありましたよね」

「科捜研に運んだ。スマホの通話記録なんかも調べたいからって。何かあった――」

反町は答えず飛び出していた。

「加藤のスマホはどうなってますか」

科捜研に飛び込むなり聞いた。

「まだ手を付けちゃいないよ。まずは薬物検査だろ」

「そのスマホ、貸してください。売人から電話があるかもしれません。もう、かかっているかも」

反町は白手袋をはめながら言う。反町を追って、具志堅が部屋に入ってきた。

二人は加藤のスマホを持って一課に戻った。

「売人からの電話は入ってるか」

「三件の電話がありますが、登録された者からです。売人からはまだないようです」

刑事たちが録音と発信場所を特定する準備をした。

相談の結果、電話には反町が出ることになった。歳が若いし、地でいけるだろうということになったのだ。

「陽子の話によると加藤は後先考えず、何事につけその場の雰囲気でやってしまうタイプらしい。そんなノリで応答しろ」

「しかし本当にかかってくるのか。だったら加藤という男、危機感ゼロの奴だな。見ず知らずの奴、しかも薬物の売人に電話番号を教えるんだから」

「それだけ欲しかったんだろ。日本人が外国で犯罪の対象になるのも分かるな」

「できるだけ小さな声でボソボソ話せ。そして話を引き延ばせ。できれば相手の居場所、名前、なんでも聞き出せ」

「加藤じゃないこと、悟られませんかね。俺と加藤の声があまりに違うとか」

「会ったの一度だぞ。それも五分も話してはいないだろ。外国人なら日本語を聞き取るのに精いっぱいに違いない」

一時間以上がすぎたとき、スマホが鳴り出した。非通知の表示が出ている。

部屋に緊張が走った。

第四章　ドラゴンソード

1

部屋は静まり返っていた。刑事たちの視線は机上のスマホに注がれている。

「気楽にいけ。もう危険ドラッグのことなんか忘れてるふりをして、誰だか聞いてみろ」

具志堅が反町の緊張をほぐすように言う。

反町は大きく息を吐いてから鳴り続けるスマホを取りタップした。沈黙が続いている。

「誰ですか」

〈おまえ、山田か〉

「違うって――。いや、山田だ。なんか用か」

咄嗟《とっさ》に言いかえた。加藤はさすがに本名を言わず、偽名を使ったのかもしれない、と判断したのだ。

〈どうだった〉

「どうだったって――アレね。メチャクチャ最高だった。アレに比べるとハッパなんて。彼女もメチャ良かったって。病み付きになりそうだ」

〈もっとほしいって言ってたな〉

「どこで手に入る。友達への土産に持って帰りたい。俺たち明日の夜、東京に帰る」

〈緑ケ丘《みどりがおか》公園だ。場所は国際通り中央の北、調べれば分かる。明日午後一時に公園を歩いてろ。俺から声をかける。女も連れてこい〉

「それじゃあ――」

最後まで言い終わらないうちに電話は切れていた。たどたどしい日本語だったが、意味は理解できる。やはり男は中国人だ。

「おまえ、道を間違えたな。真に迫ってたぞ。今でも遅くはない。刑事を辞めろ」

具志堅が真剣な表情で囁く。

「刑事は俺の天職です。必死だっただけです」

「加藤という男の身長は？」

古謝一課長が聞いた。

「百六十二センチ、体重六十七キロ。小太りで茶髪、色白です」

「おまえじゃ無理だな。体型が違いすぎるし、おまえの顔は一度見たら忘れんだろう」

「二課の奴がいただろ。あの、準キャリだ。ガキっぽいし、顔も似てなくもない」

具志堅が声を上げた。

「ダメもとでやってみる価値があるかもしれんな」

「無理です。赤堀はいくら頼んでも、やるなんて言いませんよ。こういう仕事は嫌ってます。それにあいつは茶髪じゃない」

「誰が頼むと言った。これは課長、いや刑事部長命令だ。すぐに呼んで来い。髪は染めればいい。女と二人ならなんとかなるだろう。私は部長に報告に行く」

「女はどうします。彼女を連れ出すわけにはいきませんよ」

「似てる女性警官をすぐに探すんだ」

古謝の言葉で部屋は一気に騒がしくなった。

反町は捜査二課に行った。赤堀がいつもと同じようにパソコンに顔を付けるようにして、キーボードを叩いている。反町が後ろに立つと振り返った。

「なんか用か。よくないことらしいな」

「なんで分かる」

「顔に描いてある。刑事としては致命的だ。すぐに顔に出る」

先日、反町がケネスに言った言葉が返って来る。ノエルにも言われたことだ。

「加藤――ホテルから落ちて死んだ男だが、代わりに売人に会ってほしい」

赤堀は眉根をすぼめて反町を見ている。意味をつかみかねているのだ。

「おまえが加藤の代わりに売人に会いに行くんだ」

「そんな危ない真似ができるか。僕は二課だ。一課じゃない」

「部長命令だ。文句があれば部長に言ってくれ」

反町は経緯を話した。赤堀が無言で聞いている。

「危険なことじゃない。俺たちが張り付いている。何かあればすぐに駆け付ける」

「何かあってからじゃ遅い。相手はドラゴンソードの売人だろ。中国マフィアの可能性が高い」

「おまえも刑事だろ。多少の危険は覚悟してるはずだ」

「僕は身体を張るために警察庁に入ったんじゃない。頭を使って仕事をするためだ」

そうは言いながらも覚悟を決めたように立ち上がった。部長命令には逆らえない。

加藤昭夫は赤堀が、小池陽子は生活安全部の女性警官がやることになった。二人は加藤と小池が売人と会ったときと同じような服に着替えた。赤堀は髪を染めることには最後まで抵抗したが、一課長自ら染め直し用の黒い染料を渡して、やっと納得させた。

翌日、昼すぎから緑ヶ丘公園には捜査一課の刑事が様々な服装で張り込んでいた。反町は具志堅と公園横の通りに止めた車にいた。

午後一時十分前に加藤と小池に扮装《ふんそう》した赤堀と女性警官が公園に入ってきた。

「相手はかなり目立つ男です。自分でも自覚しているでしょ。それが、こんなところに現れますかね」

「俺もそれを考えている。ここじゃ人が少なくてさらに目立つ」

反町の言葉に具志堅も同意した。

「あの二人、もっと恋人らしくしろ。あれじゃ、喧嘩してるみたいだ」

県警本部を出る前に三十分程度のリハーサルをやったが、赤堀はどうしても腕を組みたがらない。女性警官も赤堀の態度に完全にキレていた。

二人はしばらく公園内を歩いていたが狭い公園だ。太陽はじりじりと照り付けている。赤堀のいら立ちと女性警官のやる気のなさが伝わってきそうだった。

公園内にはカップルを装った刑事が一組と様々な格好の刑事が五人いる。公園内の一般人以上だ。頻繁に来ているものにとっては、おかしく感じるかもしれない。

赤堀が巨大なガジュマルの下にあるベンチに腰掛けた。一メートルほど離れて女性警官が座る。

「もっと近づけ。それじゃ、不自然だろ」

「フラーが。道路に近すぎる。売人があらわれても道路に出て国際通りの人混みに紛れ込まれると逃げられる」

具志堅の呟きが終わらないうちに赤堀がスマホを出す。加藤のスマホを持たせている。

「あの野郎、何をやってる」

赤堀がポケットから財布を出して金を数えた。その金を右手に持って周囲を見始めた。

公園に入ってきた小柄な若者が二人に近づく。持っていた紙袋を赤堀の膝に置くと、
金をひったくるように取ってポケットにねじ込む。背後の低い柵を飛び越えて国際通りに向かって走り出した。その間、数秒程度だ。

〈追え。あいつをつかまえろ〉

無線に主任の声が入ると同時に、公園内の刑事たちがいっせいに赤堀に向かって走り出す。周りの通行人が立ち止まって、何事かと見ている。

反町と具志堅は車を降りて公園に入った。男を追っていった刑事たちが戻ってきた。

「くそっ、通行人に紛れ込んだ。誰か写真に撮っているか」

「なにが巨漢だ。ちびの部類だぞ。すぐに手配するんだ」

巨漢を探せ、が刑事たちの合言葉になっていたため、虚を突かれた感じだった。

「何が起こったんだ」

反町は赤堀のところに行って聞いた。

「三万を出して右手に持っていろとスマホに指示があった。金を出したと同時に男がきて、紙袋を置いて金を取っていった。考えてる時間なんてなかった」

反町たちが見ていた通りだ。女性警官も初めて赤堀に同意している。

紙袋の中には五錠入りのドラゴンソードの袋が六十袋、計三百錠入っていた。

「良心的じゃないか。ちゃんとブツは置いていった。一錠百円か。危険ドラッグにしちゃあ安すぎやしないか。五倍で売っても一袋二千五百円だ。バーゲンでもやってるのか」

年配の刑事が呆《あき》れたような声を出す。

「県警の完全なミスだ。十人以上が張り込んで、目の前の犯人を取り逃がした」

「単なる運び屋だ。小遣い銭でブツを運んで金を取ってくる。どうせ何も知らん」

具志堅が反町に小声で言うが、憶測の域を出ていない。

「確かにバーゲンセールですね。こんな格安の危険ドラッグは聞いたことがない。胃薬か風邪薬並みだ」

「それだけに、火が付きやすいだろ。いったん世に出ると爆発的に広がる恐れがある。それから値上げしても遅くはない」

「売人は我々が張り込んでるのを知ってたんでしょうかね。動きが素早すぎる」

「だったら、来やしなかった。わざわざ、ブツまで持って。いくら格安だと言っても、押収されたらパアだ。しかし用心していたことは確かだ。あれは運び屋にすぎない」

具志堅もあまりに簡単に出し抜かれたので混乱している。明らかに県警の失態だった。

マスコミに追及されれば反論できない。

　夕方には科捜研から数枚の運び屋の写真が届けられた。

　公園から道路を隔てた沖縄料理店から、望遠レンズを使って撮った写真が男の正面を捉え、いちばん鮮明だった。顔もしっかり写っている。もしもを考え、何か所かカメラを持った刑事を配置していたのだ。

「まだガキじゃないか。こんなのに逃げられたのか」

「こんなのだから逃げられた。そこらを歩いている観光客と変わらんだろう」

「スマホの指示はこの男が出したのではないな。公園に入ってきたとき、そういう素振りはなかった。紙袋を持ってまっすぐ赤堀のところに行った」

「本命の売人はどこかに隠れて見てたんでしょうかね」

「俺だったらそうするね。何が起こるか、捜査の進展具合も分かる」

「相手は警察が張り込んでいるのを知ってたってわけか」

「用心しただけかもしれない。加藤の死亡記事が新聞に出たのは今朝だが、記事は大きくはなかった。中国人なら日本の新聞なんて読まんだろうし、テレビも見ないんじゃないか。売人が知ってた可能性は低い。知ってたら来やしない」

「この失敗は尾を引くぞ」

　刑事たちの言葉を無視して、具志堅が低く重い声で呟く。

翌日には写真の男が見つかった。

公園から百メートルばかり離れている国際通りの土産物店の店員だった。直ちに県警本部に任意同行を求めて取り調べた。

店員は客から突然一万円で頼まれたと言った。金を受け取って、紙袋を渡してくる役割だ。店から公園まで走れば二、三分だ。トイレ休憩より早くすむ。ヤバい話だとは感じたが、最高のアルバイトだと思ったと泣きながら話した。

「嘘はないようだ。店員は十九歳。那覇市新都心のマンションに両親と住んでる。店の同僚にも聞いたが、今までに問題を起こしたことはない」

「どんな男に頼まれたと言ってる」

「身長百七十センチくらい。痩せた男だ。短パンにTシャツ、サングラスをかけていた。日本語を話したが日本人ではなかったそうだ。初めて見る顔だと言ってる」

「タトゥーの巨漢とは違うな」

まあ聞け、と刑事は辺りを見回し、注意を促す。

「もったいぶらずに、早く言え」

「右上腕部にタトゥーがあった」

「青いドラゴンに短剣ですか」

反町は思わず声を出した。刑事が反町に向かって頷く。

「念のためにタトゥーの絵を見せたら同じだと言った。巨漢じゃないが同じタトゥーをしてたってことだ」

「大規模な組織犯罪に広がる恐れがあるな」

どこからか声が聞こえる。刑事たちの話を聞きながら、具志堅が考え込んでいる。

「気になることがありますか」

「おかしいとは思わないのか。三万円の仕事で一万円の報酬だ。材料費や人件費だってあるだろうが。儲《もう》けなんて考えない、ど素人の犯行か。それにしちゃあ、けっこう手が込んでいる。数人でできる仕事じゃない。目的は何なんだ」

「目的って——確かに一錠百円は安すぎますね。裏に何かあるってことですね」

「たしかに大規模組織犯罪に広がる予感がする」

具志堅が呟くように言う。

2

具志堅の言葉に反して、公園での受け渡しを最後に沖縄での危険ドラッグの動きはなりをひそめた。松山や国際通りにも売人らしき者はあらわれない日々が続いた。

「もっと地道に捜査だ。必ず犯人は痕跡を残している」

反町は自分に言い聞かせ、パソコンの前に座った。

半年前にさかのぼって、那覇市近郊での事件を調べた。傷害事件、交通事故、さらに交番の警官が出動しただけの事件にも手を伸ばした。

不審な事件は二十件近く出てきたがさらに五件に絞った。交通事故が二件、傷害事件が二件、一つは公然わいせつ事件だ。

公然わいせつ事件は、全裸で公園のブランコに乗っていたというのだ。警ら中の警察官が声をかけると、暑かったのでと言い訳したらしい。汗をかいていたし、ろれつがおかしかったのは、酒のせいだと報告書には書いてある。男はかなり酔っていて、アルコール臭かった。公園横のマンションの住人だったので、妻に衣類を届けさせ、そのまま家に帰している。

二件の交通事故の運転者は共に無職の二十代後半の男だ。ぶつかったのは電柱と塀で、人身事故ではない。前方不注意となっていた。いずれも見通しがよく、普通に走れば事故など起こしそうにない場所だ。

傷害事件は殴り合いだ。肩が触れた、触れないで始まり、警察官が出動している。どちらも、軽い打撲傷で当人同士の話し合いで決着している。喧嘩をふっかけた男は教師で、普段はおとなしく仕事熱心で評判だった。やはり酒に酔っていた。

「洗い直してみるべきだな。解決した事件と事故だが不自然だ。全裸男からいくか」

反町は呟いていた。

下宿への帰りに反町は、全裸男のマンションに寄って男を呼び出した。三十四歳で不動産会社勤務だ。

「もう、勘弁してくださいよ」

警察手帳を見せると男が反町に向かって半泣きの声を出す。

「新聞に載ったので、家族からも会社の同僚からもからかわれっぱなしです。妻からは変態扱いです。子供が小さくて本当によかった」

娘がいるが一歳三か月だという。

「酒を飲んでたと言ってるが、飲んだのは酒だけですか」

反町の言葉に男は視線を外した。来る前に近くの交番に寄り、男を保護した警察官に話を聞いていた。男の話だと、家で酒を飲んでランニングシャツ姿で涼みに出たが、気がつくと全裸になっていたという。

「たしかに暑い日でした。昼間は三十八度もあった。夜も気温はあまり下がっていない。しかし、酒が入るといつもああなるわけじゃないんでしょ」

男の顔色が変わった。

「もうこの事件は終わってるんだ。酒の上での馬鹿な行動ということで。これから先は俺のまったく個人的なでしゃばりだ。公になることはない」

反町は慎重に話した。この男は二度と危険ドラッグには手を出さないと思っているはずだ。まだ十分に安全圏にいる。

「俺はあんたが何を言おうと問題にしない、って言ってるんだぜ」

男が顔を上げ、一度反町を見てから目をそらせる。長い沈黙の後、話し始めた。

「あの日、松山のスナックで飲んで家に帰ると、ズボンのポケットに袋が入っていました。店を出たところで声をかけられ、買ったものです。かなり酔っていたし、これは大麻や覚醒剤とは違って、違法なものじゃないって言われて、つい手が出てしまいました。三袋で三千円。値段も高額じゃなかったので」

男が涙をこぼし始めた。

「いや、違法なものです。買ったものは残っていないんですか」

「後で状況を聞いて、怖くなりました。使ったのは一袋、残りはトイレに流しました」

「声をかけてきた男に見覚えは」

「ありません。がっちりして背の高い男でした。私より十センチは高かったかな。おそらく百八十センチ以上」

「日本語で」

「そうですが外国人です。ひどい日本語でした。おそらく中国人」

「他に気がついたことは」

男が考え込んでいる。

「右の上腕部を見ましたか」

「Tシャツでしたが別に何も気がつきませんでした。酔っ払っていたせいかもしれません。何かあるんですか」

逆に反町が聞かれた。

「そのドラッグは錠剤でしたか」

「吸引式のものです。昔は脱法ハーブと言ったんでしょ。別のものが出てるんですか」

「念のためです。気にしないで」

つい最近までは、ドラゴンソードは錠剤ではなくハーブで吸引式だった。それが、最近になって錠剤へと変わっている。他に目ぼしい情報はなかった。しかし、男がドラゴンソードをやったことは間違いない。凶暴にはならなかったのか。

次の捜査会議で話すかどうか迷った。話せば男のことも言わなければならない。

「具志堅さんに聞いてみるか」

反町は迷いを振り払うように呟いた。

スマホの呼び出し音で起こされた。ノエルからだ。デジタル時計は四時五十九分、窓の外は暗い。スマホをタップすると同時に五時に変わった。

「一時間、早くきてよ。国際通り入口のコーヒーショップで待ってる。朝食を奢《おご》るから」

反町が声を出そうとしたときには切れていた。

まだ時間はある。寝たのは今日になってからだから、四時間ほどしか寝ていない。もう一度、寝ようとしたがノエルの思い詰めた顔が浮かんでくる。闇の中でノエルの母と父のことを考えていた。気がつくと七時前だ。いつの間にか眠っていた。

慌てて飛び起きて着替えた。


「これを見て」

反町が椅子に座ると同時に、ノエルがタブレットを突き出した。

「この二か月間に沖縄から日本に入国した中国人のリスト。フェリーと飛行機よ」

「どこで手に入れた」

「入管から借りたデータを編集した。入国は那覇空港と那覇港でしょ。それを個人、団体、性別、年齢で検索できるようにした」

「おまえ、こんなのもできるのか。頭いいな。時間がかかっただろう。俺には無理だ」

「必死だもの。それに、いつか作らなきゃと思ってた。国際犯罪対策室でしょ。最近は中国人観光客がだんぜん増えている。同時にトラブルもね」

必死だもの。何げなく言ったノエルの言葉だが、なぜか反町の心に突き刺さった。

「二十代から四十代後半までの男で、一人か五人以下の男だけの団体をまとめてみた」

タップに従いタブレットのページが変わっていく。

「この中にドラゴンタトゥーの巨漢がいると言うのか」

「分からない。でも、参考にして。あんたのパソコンに送っておく」

言葉の端々にノエルの必死さが伝わってくる。

「ありがとうよ。具志堅さんに話して、どう使うか考えてみる」

「お願いがある」

ノエルが反町を見つめる。

「アキラさんに会わせて。帰ってるんでしょ」

的場《まとば》輝《あきら》、通称アキラだ。伝説のサーファーと呼ばれている。那覇市のサーフボード店のオーナーだ。ハワイと東南アジアのいくつかの国にも、店を持っている。反町が学生時代、毎年夏、沖縄に通っているときに知り合った。反町はアキラからサーフィンの楽しさを学んだ。

新原ビーチの近くに住んでいるが、ハワイにも家を持ち、年の半分はハワイに住んでいる。五十代で反町の父親ほどの歳の男だが、なぜか反町とはウマが合い、沖縄に帰っているときはよく会っていた。

「サーフィンなら俺が教えてやる」

「そんなんじゃない」

「分かってる。しばらくサーフィンはやってないし、アキラさんについても知らない」

「じゃ、聞いてみて。私の情報だと彼は那覇に帰ってる」

「今日中に連絡する。帰って来てたら、三人で飯でも食おう」

行方不明の父親に関係して聞きたいのだろう。ずいぶん前から頼まれていたが気乗りがしなかった。

アキラはノエルの父親と同じ年代だ。頻繁に基地に出入りしていたので、基地の事情には誰よりも詳しい。ひょっとするとベイルとも接点があったのかもしれない。

時計を見ると八時前だ。反町は立ち上がった。

「行かなきゃ。具志堅さんはもう来てる」

3

自転車を止めて反町は海に目をやった。青い海と空の境がくっきりと見える。

反町は那覇市の西、那覇空港の近くにあるアキラが経営するサーフィン関係の専門店に来ていた。通常は店長の山本《やまもと》に任せきりで、山本の注文で本場のサーフボードや情報をハワイから送ってくる。山本もアキラのサーフィン仲間で、サーフィンが縁で沖縄に住みついている。

反町の顔を見ると、山本がレジから出てきた。

「しばらくご無沙汰でしたね。いい色してますね。いつやってるんですか。仕事、忙しそうなのに」

「サーフィン焼けプラス仕事焼けだ。微妙に違うだろ。毎日、太陽の下を歩いてるとこうなるんだ」

「刑事が忙しいって、いい世の中じゃないな。俺たちが忙しければね。平和な証拠だ」

「アキラさんは帰ってるか。もう、半年以上も会ってない」

山本が腕時計を見る。彼のダイバーズウォッチは店長を引き受けたとき、アキラからプレゼントされたものだ。数十万円するらしい。

「あと一時間もしたら来ますよ。先週帰ってきたんです。アキラさんも反町さんに会いたがってました」

反町は待つことにした。レジ横の椅子に座り、サーフィンの雑誌を広げた。

肩をドンと叩かれて目を覚ました。いつの間にか眠っていたのだ。

「サーファーらしくなったな。サーファーの刑事、まだやってるのか」

アキラは反町の身体を抱きしめて言う。男同士の抱擁。アメリカ式なのだろうが、反町にはどうも馴染めない。アキラもそれを知っていて、わざと大げさに振る舞っている。

「刑事のサーファーですよ。サーファーの刑事じゃなくて」

「おまえのそういうところが好きなんだ。けじめってものを大事にしてる。個人的には刑事という職業にはいろいろ抵抗があるが」

アキラについての噂はいいことも悪いことも山ほどある。若いころは、基地の米兵と違法スレスレのこともやっていたらしい。

バーをはじめ飲食店をやっていたが、最終的に今のサーフショップに落ち着いた。趣味と実益を兼ねた仕事で、上手く行っている。

「フィリピンの店じゃ大変だったそうですね」

フィリピンにも同じような店を持っていたが、閉めたと聞いていた。

「俺は基本、出店を決めると現地の信頼できるモンにやらせる。歩合制にしておけば、頑張って働く。しかし、売り上げが増えるとおかしくなるんだ」

アキラの声が低くなり、軽く息を吐いた。

「人間の業っていうんだろうな。実際に稼いでるのは自分だ。全部、自分のもんだと思えてくる。金を出して店を構えた者なんてどうでもよくなる。そうじゃないんだけどな。こういう趣味の店はオーナー色ってのが大事なんだ。店はオーナーの鏡だ。その道のエキスパートの顔と、アドバイスや商品選択があって成功するんだ」

「それで、フィリピンの店を畳んだんですか」

「初めは譲ろうとしたんだが、値段がかけ離れてた。それでもよかったが、どうせすぐにつぶれる。大きな負債を抱えてな。そうなると俺を責める。だまされたと言って。だから閉めることにした」

　確かにその通りなのだろう。沖縄の店が繁盛しているのは、伝説のサーファー、アキラの店の看板とともにアキラが常に最新の情報と商品を送ってくるからだ。あの店に行けば、サーフィンの最新情報が手に入る。ホームページも日本語と英語の両方があって、毎日更新している。アクセスは全世界からある。山本店長はそれを知っている。

「現地の人間だけでやれば必ず失敗する。サーフィンなんてオタクのスポーツだ。情報が第一だってことが分かっていない。それも最新のな」

「言ってやればいいのに」

「言ったよ。しかし、聞く耳は持たない。関わり合いにならないほうがいいと思った。五百ドルで簡単に人が消える国だ」

　なにかもっと深刻なことがあったのだろう。反町はそれ以上聞かないことにした。

　反町のスマホが震え始めた。待ち受け画面を見るとノエルからだ。

　着信を切ると、アキラがスマホを反町から取って待ち受け画面を見ている。

「おまえのガールフレンドか。いい女じゃないか」

「だったら、いいんですがね。今のところ、友達です。松山で店をやってるんです。今度、一緒に行きましょう。サーフィンも教えてやるって約束してるし」

反町の待ち受け画面はカウンターにもたれて笑っている愛海の写真だ。メールを見る振りをして撮ったものだ。シャッター音は聞こえたはずだが、愛海は何も言わなかった。待ち受け画面に使っていることを愛海は知らない。

アキラが愛海の写真を見つめて考え込んでいる。

「どうかしましたか」

「おまえいくつだ。俺と二回り近く違うから三十前か」

「二十八です」

「早いとこ、結婚するんだな。すぐに俺みたいになるぞ」

アキラの家族については知らない。昔、何度か結婚と離婚を繰り返したことがあると聞いたが、反町と知り合ってからは、少なくとも結婚はしたことがない。会うたびに一緒にいる女性が変わっている。

「しかし女は魔物だ。なにを考えているか分からない」

しみじみとした口調で言う。

もう一度、愛海の写真を見てからアキラはスマホを反町に返した。

「ところで――アキラさんは昔、基地に出入りしてましたね。三十年余り前のことですが。伝説のサーファーと呼ばれてた。山本さんに聞きました」

「あのころは楽しかったよ。俺にとってはという意味だけど。基地の若いのとサーフィン三昧だった。音楽、ファッション、生活もアメリカの真似して」

「ジェームス・ベイルという海兵隊の少尉を知りませんか。突然、消えてしまったと聞いています。当時の基地に詳しければ知ってるかと思って」

アキラの顔がわずかに変化した。動揺だ。怯えも混ざっているように見える。

「彼もサーフィンをやったって聞いてます。ひょっとして接点があるかと思って」

反町はウソを言った。ベイルのことは何も知らない。我ながら嫌な仕事だと思った。

「知ってることを教えてくれませんか。俺の仕事と関係あるかもしれないんです。つまり、犯罪に関係がある。俺としてはどうしても聞いておかなきゃならないんです」

反町はアキラを見つめた。

アキラは視線を下げ、何かを考え込んでいる。やがて決心したように顔を上げた。

「最近では、去年タイのプーケットで偶然会った。本当に偶然だったんだ。この手の偶然は時々ある。外国に行くと、外国人の集まる場所が町ごとにあるからな。無意識の内に顔を出すんだろうね。俺も自分が日本人だなんて思っていないが、つい足が向く」

「なんとなく分かります。その気持ち」

「プーケットはもう十年以上前になるが、大津波があった。多数の死傷者が出ている。そのときいたら俺も絶対にヤバかったな。あの時間は大抵海に出てる」

アキラは神妙な顔で言って、かすかに息を吐いた。

「綺麗な海岸だ。いい波が来るんだ。俺も年に何回か行ってる。俺の店は一等地にあったんだが、全面的に現地の人間に任せてた。俺は彼から店の売り上げの報告を受けてサーフボードや潜水用具をハワイや日本で仕入れて送るだけだけどね」

「なぜ、ベイルがそこにいたんですか。アキラさんに会うためじゃないでしょ」

「俺だって驚いたよ。突然、声をかけられたんだから。偶然って怖いが、外国に長いと時々あるんだ」

「何をしてるか聞きましたか」

「聞かなかったよ。海兵隊から消えたってことは聞いてたから。どうせよくないことは分かってた。犯罪がらみだってことは想像がつく。関わり合いにはなりたくなかった」

「どんな感じでした。服装とか誰かと一緒にいたとか」

「羽振りは良さそうだった。白のスーツで決めてた。高そうだったな。やはり格好よかったよ。他には——。おまえ、やっぱり刑事だな。しかも、腕利きに見えてきた」

アキラは声を上げて笑って、反町の肩を抱いた。

「ベイルとは沖縄で会ったことはないんですか」

「あったよ。何十回も。ただし、大昔だ。三十年近く前にな。しかし一緒にいるところを、あまり見られたくない男でね」

「いい男なんでしょ」

「好かれてないんだ。歩いてくるのが彼だと分かると、道を変える者が多かった。彼はやりすぎることがある。だから、近づきすぎると怖い。もっとも、女には別だったが。女はみんな振り向いた」

「写真はないんですか」

「ない」

アキラが強い口調で言い切った。

「でも、古いんでしょ。三十年近く前からの知り合い。だったら一枚くらい――」

「彼が撮らせないんだ。初めはやんわり断ってたが、冗談で撮ろうとしたことがある」

アキラは左手を出した。手の平に直径二センチ大の火傷《やけど》の跡がある。

「昔、やんちゃしてたころの根性焼きなんかじゃない。葉巻を押し付けられた。ジョーク、ジョークと笑いながらね。しかし笑ってるのは顔だけで目は笑っちゃいない。笑ってたのは俺だ。下手に逆らうと殺されると思った」

アキラの黒い顔が青ざめているように見えた。写真を撮られるのをひどく嫌がってたの。黒人の血が混じってるの。ふっと、反町の脳裏を友里恵の言葉がかすめた。関係があるのかもしれない。

「あのときの目。心底、恐ろしいと思ったね。人の痛みなんてなんとも思っちゃいない、むしろ楽しんでいる目だ。当然、人の死に対してもね。本物のクレイジードラゴンだ。あのころジェームスはそう呼ばれていた。右腕にタトゥーをしていた。短剣が首に刺さった青いドラゴンだ」

アキラが反町の右肩を叩いた。

反町は聞きながら鳥肌が立っていた。暴力団を相手にしているともっとひどい話を聞くが、なぜかひどく身近に感じた。ノエルの父親だと知っているからだろう。

アキラの視線が反町の肩越しに止まった。反町が振り向くとノエルが立っている。

「なんだ、おまえ。俺をつけてきたのか」

「いつまで待っても、会わせてくれないからね。自分で来るしかないでしょ」

アキラがそれとなくノエルの背後に回ると口に人差し指を当てている。今までの話はなしにする。反町が頷くとアキラはノエルに声をかけた。

「あんたがジェームスの娘のノエルか」

「父から聞いたのですか」

「こいつからだ」

アキラがノエルに視線を向けたまま反町を指す。

「私の顔に何かついてますか」

「失礼。ジェームスとはあんたが生まれたころ、付き合っていた。一緒にサーフィンをした仲間だ」

「父はどこに行ったの。いえ、どうなったの」

「消えてしまった。それだけだ」

「あなたはここでの父の唯一の日本人の友達だったと聞いています」

ノエルがアキラを見つめている。

「教えてください、父についてあなたが知っていることを」

「何を聞いたか知らないが、俺は米兵にサーフィンを教える代わりに基地内のビーチを使わせてもらってただけだ。ついでにサーフィンの新情報も仕入れることができた。彼は生徒の一人だ」

「もっとあるでしょ。三、四年は沖縄で一緒にいたと聞きました」

「そんなになるのか。彼は沖縄滞在の米兵としては長いほうだ。沖縄が気に入ってて、あんなことがなければもっといたかったんじゃないのか」

「あんなことって」

アキラは黙っている。話すべきかためらっている。いや、そのふりをしているだけだ。彼は話すつもりだ。

「話してくれるまでは帰らないから」

ノエルがアキラを睨むように見て言う。

「あんた、自分の父親のことを知って、失望しないか」

「もうしてる。母と私を捨てたことで」

「ジェームスはいい奴だった。一緒に遊ぶ分には。そして、彼がまともなときには」

まともなときには、とアキラがはっきりした口調で言う。

「まともでないことがあったのか。彼はアメリカ海兵隊の——」

「黙ってて。私は彼の話を聞きたい」

ノエルの鋭い声が反町をさえぎる。

「キレると見境がなくなる。あいつが半殺しにした奴らを何人も知ってる。俺たちが止めなきゃ、確実に殺してる。何人もね」

アキラはノエルから目をそらせ、深く息を吐いた。

「あいつより強い奴はいくらでもいた。しかし、あいつは喧嘩に負けたことがない。なぜだか分かるか」

反町の頭にふっとチャンの顔が浮かんだ。おそらく、あいつもそういう人間の一人だ。

「結果を問題にしない奴でしょ。死のうが生きようがどうでもいい。殺そうが生かそうがどっちでもいい。そうなると手段を選ばない。勝つためになんでもやります」

「その通りだ。同じような人間を知ってるのか」

ノエルが凍ったようにアキラを見つめている。

「基地の中でもいろいろ仕出かしたんじゃないのか。とどのつまりは、最前線送りだ。上官を殴ったとか、部下を半殺しにしたとか、噂は腐るほどあった。本人には怖くて聞けなかったけどね」

アキラはそれっきり口を閉じてしまった。話しすぎたことを後悔するように立ち上がり、サーフボードの前に立って手で触り感触を確かめている。アキラがそれ以上話す気がないと分かるとノエルが立ち上がった。

アキラに向かって深くお辞儀をすると店を出ていく。

反町は口を開きかけたが、言葉を思いつかない。アキラに姿勢を正して一礼すると、ノエルの後を追った。外に出たがノエルの姿も、車もどこにも見えない。

反町は県警本部に向けて自転車を走らせた。横をノエルが乗った黄色い軽自動車が追い抜いていく。反町はペダルをこぐ足に力を入れた。

4

反町は目を細めた。目の前にはサトウキビ畑が広がっている。その向こうの太平洋の輝きがまぶしい。十月の沖縄の風景だ。

反町は新原ビーチに近いノエルの母、友里恵の家から五百メートルばかりのところにあるアキラの家に来ていた。昨夜、眠れないままに闇を見つめていると、アキラの顔が浮かんだ。やはり彼は何かを隠している。

「アキラさん、やはり何か隠してる。ノエルとの話を聞いてて確信しました。俺に教えてくれませんか。ノエルに言うなと言われれば、言いませんから」

「知らないほうがいい真実もあるんだ」

海の見えるベランダの椅子に座り、アキラはしみじみとした口調で言う。

反町はアキラを見据えた。

「ベイルとは彼が沖縄にいたとき、何度も会ってたんでしょ。だったら、写真の一枚くらいあるはずです」

「ないと言っただろ」

「俺はアキラさんのこと、尊敬してました。あのビッグウェイブの中にためらうことなく突っ込んでいくアキラさんのことを。ただの無鉄砲な人じゃない。波を知り尽くした人だ。その上で挑戦していく。勇気がなきゃできることじゃない。アキラさんは、何を隠してるんです」

アキラが苦しそうに身体を揺らした。反町から目を逸らせようとしたが、それができないようだ。反町は続けた。

「ここで何かが起ころうとしています。きっと、大がかりな犯罪です。多くの被害者が出ます。おそらく命をなくす者も。ベイルはそれにかかわっている」

アキラは無言のままだ。反町は軽く息を吸って吐いた。

「俺は刑事だ。犯罪を防ぎ、住民を犯罪から守るのが仕事です。そのためなら、できることは何でもします」

「俺に何をしろというんだ」

「知ってることを話してください。アキラさんが犯罪を憎んでることを知ってます」

アキラは考えている。やがて立ち上がり、奥の部屋に行った。

しばらくして戻ってきて、テーブルに一枚の写真を置いた。海辺のバーでの写真だ。三人の男が談笑している。窓枠が写っており、店の外からのショットらしい。

「こんなのを持ってると知られたら、俺は間違いなく殺されるね」

誰に、と出かかった言葉を反町は呑み込んだ。

「友達が送ってくれた。プーケットの浜のバーだ。去年の八月、偶然通りかかって俺がいたので撮ったそうだ。ジェームスは写真を撮られたことを知らない」

アキラは真ん中の男の上に指を置いた。

反町は写真にかがみ込んだ。アキラの横のウイスキーグラスを持った男を見つめた。

鼻筋の通った整った顔の五十前後の白人。髪は白髪に近い。ノエルの母親が言うとおり、とても黒人とのハーフとは思えなかった。

「横の男は関係ない。地元の有力者だ。たまたま一緒にいた」

「この写真、貸してもらえますか」

アキラはダイバーズナイフを出して、写真を切り始めた。

ベイルの部分だけを切り取って、反町に渡した。ライターを出して灰皿の上にかざすと、残りの部分を燃やした。

「出所は口が裂けても言うんじゃないぞ。場所も日にちもおまえは知らない」

「承知しています。感謝します」

「おまえ、やはり刑事のサーファーだ。しかも腕利きの」

反町は立ち上がり、姿勢を正して頭を下げた。

アキラは軽く頷いた。気のせいか、ほっとしたような顔をしている。


県警本部に帰ると、科捜研に直行した。

知り合いの所員に縦横三センチ、二センチの写真を引き伸ばすように頼んだ。

「反町さんはいつも無理を言うね。ピンボケの写真を持ってきて引き伸ばせってか。望遠で撮ってるんだろ。粒子がかなり粗い」

「お願いしますよ。あいつらは凄い。防犯カメラに一瞬写った車のナンバーでも読めるようにする匠《たくみ》だって、具志堅さんが言ってました」

「これ誰だ。外人さんだろ。場所といつ撮られたかは分かってるのか」

「関係あるんですか、そんなこと」

「知ってるに越したことないだろ。言えばやりやすい」

「提供者に約束したんです。口が裂けても言わないって」

「言ったほうがより鮮明になる。光線など、調べる手間が省ける」

「去年八月のプーケット。午後の早い時間。店で飲んでたのを外から撮ってます」

反町は自分でも節操がない男だと思いながらしゃべった。

「三時間後に来てくれ。過大な期待はダメだぞ。モノがモノなんだから」

所員は反町の肩を叩いた。

写真は一時間後、捜査一課に届けられた。驚くほど鮮明になっている。改めて見ると、ベイルは確かにハンサムな男だった。ノエルに似ているかと言えば――似ている。

反町はノエルに見せるべきかどうか迷った結果、見せないことにした。

まだ早すぎる。それに、この男がノエルの父親ジェームス・ベイルであるという証拠はアキラの言葉だけだ。だが反町は確信していた。ノエルは自分を母親似だと言っていたが、ベイルにも驚くほど似ている。

5

インターホンで名前を言うとすぐに友里恵が出てきた。

「今度はゆっくりお茶でも飲みに、と言ってくださったので来ました。ゆっくりはできませんが」

友里恵は驚きを隠せない顔をしている。それでも反町を中に招き入れた。

反町は部屋に入ると、写真をテーブルに置いた。

写真を見た友里恵の顔色が変わり、指先が震え出した。二十五年がすぎているが、ジェームスだとすぐに分かったのだろう。

「ノエルの父親なんですね」

「どこでこの写真を」

「言えません。ただ、生きているのは確かなようです。ノエルはこの写真を知りません」

友里恵が写真を手に取った。愛おしさが全身に滲み出ている。まだこの男を愛しているのは明らかだった。

「昔の写真を見せていただけませんか」

「すべて燃やしてしまった――」

「そんなはずはない。あなたはその男を愛していた。そして今も。持っているはずです」

目の前の友里恵を見ていると、そう確信できた。

友里恵は考え込んでいる。立ち上がると隣の部屋から一冊の本を持って戻ってきた。

『白鯨』の英語のペーパーバックだ。

ページの間から一枚の写真を取り出す。海兵隊の士官の制服姿の男が写っている。

「この一枚だけは取っておいた。私のためというより、ノエルのため。あの子だって、いつか自分の父親を見たいという時が来る。その時のために」

今だって、知りたがっている。反町はその言葉を呑み込んだ。

反町はコーヒーカップに手を伸ばした。カップが倒れ、テーブルにコーヒーが広がる。

慌てて写真をつまんで立ち上がった。友里恵が台所に台拭きを取りに行った。

反町はテーブルに写真を置くとスマホを出してシャッターを押した。

「そそっかしいドジ男。ノエルが言ってたのよ。でも、当たってるのかな」

友里恵がテーブルを拭きながら言う。

「彼は葉巻を吸うんですか」

「私と暮らしてたときはタバコだった。でも、吸っててもおかしくはない。たまに持って帰ってたから。私の知らないところで吸ってたかもしれない」

「吸ってるの見たことないのですか」

「葉巻って独特の香りがするの。そんな匂いがすることもあったわね」

「これからまた、那覇に戻ります。コーヒー、申し訳ありませんでした」

反町は立ち上がった。

「その写真、くれないでしょうね。未練があるというんじゃなくて――」

「捜査資料です。申し訳ないですが」

「じゃ、スマホで撮るというのはダメなの。それであなたとアイコになるんだけど。これからは面倒なことをしないで直接言ってちょうだい。そのほうがお互い楽でしょ」

「誰にも見せないでください。約束してくれますか」

友里恵が頷くと、反町はしまいかけた写真をテーブルに置いた。友里恵がスマホを出して写真を撮った。

「ノエルにはまだ見せないでください。なんだか、彼女を苦しめそうな気がする」

「私にだって常識はある。それに、ノエルを誰より愛している」

友里恵の目には涙が浮かんでいるようにも見えた。


反町は迷った末、赤堀を屋上に呼び出した。

「今日は何だ。もう松山には行かないし、他人の代理もやらないからな。あれは特別だ」

そう言いながらも赤堀は茶髪のままだ。すぐに元に戻せる、と一課長みずから黒い染料を渡したが使っていない。

反町はスマホに取り込んだベイルの写真を見せた。赤堀が無言で眺めている。

「ノエルの父親か」

反町が頷くとさらに見入っている。

「どこで手に入れた」

「企業秘密だ」

「確かなのか。ノエルの父親っていうのは」

「間違いない。ノエルの母親に会って確かめた」

次に反町は友里恵が持っていた写真を見せた。

「二十五年前の写真だ。面影が残っている。よりノエルに似てるだろ。あいつは自分はママ似だと言ってたけど、パパにはもっと似てる」

「どうするつもりだ。ノエルには見せたのか」

「迷っている。この男が現在どこにいるかも分からない。おそらく名前も変えている」

「警察庁に問い合わせることもできるが、写真だけじゃな。それに外国人だ」

「ケネスに見せるつもりだ。あいつは、俺たち以上に知ってるような気がする」

「それしかないな。僕も付き合うぞ」

赤堀は反町のスマホを勝手に操作して、二枚の写真を自分のスマホに取り込んでいる。

止めようとしたが、手遅れだった。

反町は赤堀と一緒にケネスをいつもの店〈B&W〉に呼び出した。最初は嫌がったが最終的には反町の言葉に従った。

陽が沈みかけた国際通りはさらに観光客が増えている。夕食の店を探す客目当てに、メニューを持った店員も目立つ。

二人は奥の席に座ってケネスを待っていた。やってきたケネスを二人の間に座らせた。

「この男、おまえ知ってるだろ」

反町はスマホをタップした。友里恵が持っていた写真があらわれる。

ケネスの目は写真に釘付けになっている。

「海兵隊の将校の礼服なんだろう。格好いいな」

「どこで手に入れたの」

「質問をしてるのは俺たちだ。おまえは、この写真の男を知ってるんだな」

「そりゃ、探してましたから。昔の記録を見ています。これは沖縄に赴任した当時のモノだと思います」

「誰だ。名前と階級を言ってみろ」

「アメリカ合衆国海兵隊、ジェームス・ベイル少尉」

ケネスが消え入るような声で答える。

「やはり知ってて黙ってたんだな。彼はいま、どうしている」

「前にも言ったでしょ。軍の極秘作戦途中に消えてしまったって。生死も分からない。だから、家族には行方不明だと連絡をしてる。アメリカの家族にだけど」

「家族がいるのか。そんな話、初めてだぞ。軍事機密でもないだろう」

「言う必要もないでしょ。本人とは関係ない。家族といっても両親」

「ノエルの父親だぞ。認知もしている。アメリカじゃどうなってるか知らないが」

「出身はサザンカリフォルニア、サンディエゴよ。海軍基地のある町。カリフォルニアの南、メキシコ国境の町。両親と兄、妹がいるけど、淡白な家庭のよう」

「どういう意味だ」

「お互い、あまり干渉しない。普通は生死が分からない場合は、家族の誰かから、定期的に軍本部に問い合わせが来るんだけど、彼の場合、一切来てない」

「彼らが、ベイルが生きているのを知ってるってこともあるだろ」

「ベイルが連絡を取り合ってるって言うの」

ケネスが怪訝《けげん》そうな表情をした。

「地球の裏側からだって、スマホで直接話ができる時代なんだぞ。それも顔を見ながら。軍はまったく情報をつかんでないのか」

「調べたけれど何もなかった。彼はさほど重要人物じゃないからでしょ。重要だったら、ペンタゴンかCIAで把握している」

「だったらベイルは生きてるってことだな」

ケネスは答えない。

「なんでノエルに教えなかった。死んでいないことだけでも」

「現在の状況がまったく分かってない。この写真はノエルが持ってたんでしょ」

「クレイジードラゴン。知ってるか」

反町は答えずケネスに聞く。ケネスが顔を上げた。驚いた顔をしている。

「ベイルの基地での仇名《あだな》だ。知ってるんだな。沖縄から突然いなくなったわけも」

「反町さんも知ってるんですね。だったらなぜ僕に――」

「いいから言ってみろ。俺はお前に聞いてるんだ」

「部下に大けがを負わせて、それをとがめた上官を殴った。その上官がジョージ・ハワード中佐。この前、僕と一緒にいたでしょ。当時は中尉で、ベイルの上官だった」

「彼がベイルを前線に飛ばしたのか」

「命令を出したのはもっと上。裁判と営倉逃れにはそれしかなかった。彼の経歴に傷がつくのを防ぐため。違法なんだけど。しかし、ベイル少尉は半月後に消えてる。敵に捕らえられたか、脱走か。当時は話題になったらしい。でも結局は分からずじまい」

反町はスマホをさらにタップした。画面はアキラからの写真に変わった。

ケネスの目は貼りついたように動かない。

「ジェームス・ベイルについての情報だ。去年、タイのある場所で会った者がいる。おまえらは知ってたか」

ケネスは写真を見つめたまま首を横に振っている。

「俺の話はこれだけだ。新しい情報が入ったら知らせるんだぞ」

「この写真、もらえないの」

「当たり前だろ。ギブ・アンド・テイクだ。もっとしっかりした情報を持ってこい」

反町は写真を消すとスマホをポケットに入れようとした。その腕をケネスが押さえる。

「ブルードラゴンの組織が少しずつ明らかになってきてる」

ケネスが渋々という口調で話し始めた。

「初めに我々が想像していたより、遥かに巨大で国際犯罪に関わっている組織だった。ベイル少尉は海兵隊を脱走してから香港に潜んでいた。そこで香港マフィアと関係ができた。初めは軍から持ち出した武器を売りさばいていただけだけど。トラック一杯分の武器を持ち出したの。M16自動小銃、ピストル、手投げ弾、小型ミサイルまでね。でもすぐに、武器より高値で売れるものがあることに気づいた」

ケネスは反町を見ている。反町はケネスの頭を平手で殴った。

「バカ野郎。もったいぶるな、さっさと言え」

「情報。そのほうが高く売れることに気づいた。それも、武器みたいに一度売れば終わり、というものじゃない。香港マフィアは中国軍とつながっていたんでしょ」

「ベイルの情報なんてたかが知れてるだろう。半月もたてばクズ同然だ」

「情報の種類にもよる。新しい情報を仕入れることもできる。アジア駐留アメリカ軍の兵士に麻薬を流して手なずける。ブルードラゴンは次第に力を付けていった」

「ブルードラゴンのボス、彼がジェームス・ベイル少尉だと言うのか」

今まで黙って聞いていた赤堀が声を出した。ケネスが赤堀に視線を移して頷く。

「あのドラゴンに短剣のタトゥーはなんだ」

「ベイルに忠誠を誓う証《あかし》。ブルードラゴンの幹部しか入れてない」

「ここの野郎はどうなんだ。危険ドラッグのただの売人だぜ」

「ドラゴンソードは完成品じゃなかった。危険ドラッグは化学薬品を調合して作る。ベースになる薬剤は決まってるけどね。彼らは人体実験をやりながら開発してた」

「死んだり、おかしくなった奴らは人体実験のモルモットってわけか」

「その要素と、小遣い稼ぎが一緒になってると考えて間違いない」

ケネスはかすかに息を吐いた。

「ブルードラゴンは香港ばかりではなくタイやフィリピンにも勢力を拡大している」

ケネスは言い終わると、反町の手からスマホを取って、自分のスマホにベイルの写真を転送した。

「ベイルの動向については、今も調べてはいるのか」

「形だけはね。でも、どうしようもないというのが実状。アメリカは全世界に部隊を展開してる。こういうケースは必然的に起こる」

「必然的か。おまえ、日本語うまくなったな。前から、うまかったんじゃないか」

「毎日、勉強してる。日本が大好きなんで。除隊したら、日本に住みたいな」

「そのときは便宜を図ってやるよ。俺たちは友達だからな」

反町と赤堀は夕食を食べていくと言うケネスと別れて店を出た。


反町は赤堀と一緒に県警本部まで歩いた。

スーツ姿の赤堀の額には汗が滲んでいる。「ここは沖縄だぜ。スーツは似合わない。せめて、かりゆしウェアにしろ。あれだってここじゃフォーマルウェアだ」反町は何度か言ったが、赤堀は聞く耳を持たない。

「ケネスの野郎、よくしゃべったな。だがまだ何か隠してると思わないか。アメリカ軍は他にも何かつかんでる。公にできないことだ」

県警本部に戻り、エレベーターを降りたとき反町は言った。

「考えすぎじゃないか。ケネスはいい奴だ。アメリカ軍の憲兵にしては」

赤堀が他人を褒めるのは初めて聞いた。

「俺だってそう思ってる。しかしあいつは、俺たちの目を見ようとしなかっただろ。ウソのつけないタイプなんだ。絶対に他に何かある。ハワード中佐がなぜ危険ドラッグを気にかけているのか分かったぜ。やはりクレイジードラゴン、ベイルが関係してる」

「じゃ、聞き出して僕にも教えてくれ」

赤堀が言い残して自分の部屋に帰っていく。

捜査一課に戻る途中の反町を見つけてノエルが寄って来て、反町を空いている部屋に連れ込んだ。いつになく真剣な顔をしている。

「あんた、ママに何をしたのよ」

「何を言い出すんだ、急に」

「ママの様子がおかしい。あの人、すぐに顔にも態度にも出るのよ。あんたと同じ。今日、着替えを取りに家に寄ったら、あの人、おかしかった」

「どうおかしかったんだ」

「泣いてた。よく泣く人なんだけど、たいていウソ泣き。でも、あれは本物の涙だった」

「誰だって泣きたいときがある。ママは今日がそうだったんだ。俺だって、おまえだってそうだろ」

呆気《あっけ》にとられているノエルを残して、反町は一課に戻っていった。

6

目覚めるとすでに陽が昇っている。

下宿に帰ってきたのは、今日になってからだ。昨夜は、県警に泊まり込んでいたので、洗濯物を持って帰ってきたのだ。郵便物のチェックもある。具志堅からは昼までに出てくればいいと言われていた。具志堅もひさしぶりに帰宅しているはずだ。

事件は膠着《こうちゃく》していた。総出で聞き込みに歩いているが、新たな情報も展開もない。

数時間寝て目覚めると、無性に愛海に会いたくなった。着替えると、そのまま自転車に飛び乗り、聞いていた金城町のマンションに走った。

反町は迷った末、愛海に電話した。

「これから会わないか」

〈どこにいるの〉

「そんなに遠くないと思う」

〈どこなのよ〉

「マンションの前だ」

スマホが切れたかと思うと、愛海が飛び出してきた。

「まずい、スッピンだ」

「そのほうが可愛いよ。愛海には太陽が似合ってる」

「本当に自転車通勤をやってるんだ」

反町はヘルメットをかぶり自転車を押していた。

二人は近くの喫茶店に入った。住宅街にある小さな店で、入口には白いシーサーが二つ置いてある。まだモーニングセットを出している時間だった。

「今度、サイクリングに行かないか」

「自転車なんて、高校以来乗ったことない」

「大丈夫だ。水泳と自転車は何年たっても忘れないっていうぜ」

反町は身体を引いて愛海を見つめた。

「外で愛海と会うのは初めてじゃないか」

「そういや、そうだ。いつも松山の店だった。二人で太陽なんて見たことがなかった」

愛海は身体をかがめて窓を覗いた。外には青い空が広がっている。

「仕事は休みなの。今、事件を追ってるんでしょ。危険ドラッグの事件」

「土日、祝日なしの二十四時間勤務のブラック企業だ。たまには休んでもいいさ」

「刑事って事件の間は家に帰れないの」

「今日は家から来た。初動はがっちりやらなきゃならない。そのまま犯人に行きつけばいいけど、そうでない場合はそれから地道な捜査が続く。刑事も人間だから飯食ったり、寝たり、家族と会ったりしなきゃならない。俺の場合は洗濯と雑用。銀行に行ったり、スーパーに行ったり」

「洗濯ならしてあげようか。どうせ、ついでだから」

愛海は言ってから恥ずかしそうに反町から視線を外した。

「俺、遠慮はしないぜ。本気で頼むからな」

「捜査は進展してるの。危険ドラッグの売人を探してた」

「行き詰まりだ。ブルードラゴンのタトゥーのある大男が見つからない」

「ノエルちゃんのパパも探してるんでしょ」

「そっちは少しの進展があった」

反町はスマホに取り込んだベイルの写真を出した。

「ノエルの親父だ。タイの海辺の町で撮った写真だ。友達のサーファーが持ってた」

愛海は画面に見入っている。

「この写真のことはノエルには言うな」

「なぜ。ノエルちゃんは必死で探してるのに」

「知らないほうがいい真実もあるんだ」

反町はアキラが口にした言葉を言った。

「言いたくはないが、いい男だ。ノエルに似てる。あいつは嫌がるだろうが事実だ。おまえの父さんだって、カッコよかったと思う」

愛海は無言で写真に目を向けたままだ。

スマホが震え始めた。具志堅からだ。反町が躊躇していると愛海が言った。

「出たほうがいいんじゃないの」

〈すぐ県警本部に来い〉

ひと言でスマホは切れた。

「呼び出しの電話でしょ。行ってよ、私はいいから」

「俺は与那原町の下宿にいることになってる。あそこからだと三十分はかかるから、ここからなら、あと十分は大丈夫だ」

愛海をマンションまで送って、反町は県警本部に自転車を走らせた。

「一時間で会議室だ。所轄を含めた合同捜査会議が開かれる」

反町の顔を見るなり具志堅が言った。捜査一課には八割がたの刑事が集まっている。

「何があったんです」

反町は具志堅の隣に座りながら聞いた。

「新たな危険ドラッグが出た。那覇空港で観光客がぶっ倒れて泡を吹いた。危険ドラッグで気を失ったらしい。胃を洗浄してなんとか一命をとりとめた」

「胃の洗浄って――。吸うんじゃなくて、新タイプの錠剤のほうですね」

そのとき、部屋の奥から声が上がった。

「新しい情報だ。この危険ドラッグは従来型とは違うものだと判明した。化学構造式の一部が変わっている」

県警の科捜研から回って来たファックスを刑事が読み上げている。

「具体的な違いを言ってください」

「今出回っているものには、人の性格を凶暴、攻撃的にするメフェドロンという化学物質が入っている。製造過程で偶然現れたものか、意図的に入れられたものかは不明だ」

アメリカのゾンビドラッグだ。

「現在までに四種類の危険ドラッグが発見されている。最初はハーブで吸引式。ここ最近は錠剤型だ。それが三種類。基本物質は同じだか、その各々でメフェドロンの量が微妙に違っている。その他の成分は変化なしだ」

「メフェドロンの調合を試しながら作っているということですか。つまり実験中」

反町の口から思わず出た言葉だ。一般市民で実験など今までになかった。

「現在の状況だとそうも言えるが、真実は分からん」

「性格を凶暴、攻撃的にすることでクスリとしてのメリットはあるんですか。優越性、高揚感がより増すとか」

「科捜研からはやってみなきゃ分からんと言われた。しかし、他者に対する精神的な優位性は得られるそうだ。自分がいちばん強いという。だから凶暴になり、攻撃的になる。セックスに顕著に表れるらしい。これは科捜研の動物実験でも見られている」

「ここでも誰か試してみるといいんでしょうね」

「フラーが。刑事だぞ。やった時点で、現行犯逮捕と懲戒免職が待っている」

具志堅が低い声で言って反町の足を蹴った。

「実験でもダメなんですか」

「当たり前だ。違法だ。即逮捕だ。ダメなものはダメだ」

具志堅が今度は反町の頭を小突いた。周囲の視線が二人に集まる。

古謝一課長が立ち上がると全員の視線が集中した。

「危険ドラッグの売人逮捕と同時にドラッグの製造工場を突き止めるんだ。危険ドラッグはここ沖縄で作られている可能性が高い。前は基地外住宅のキッチンだった。あの時は中国本土から原料を運び込んで調合と梱包《こんぽう》をやっていた。こんども同様だとすると一部屋あれば足りる。そっちにも、人員を割《さ》いてくれ」

「まず売人だろ。売人さえ逮捕すれば芋づる式に挙げることができる。手がかりは、それだけだ。そっちが先だろ」

刑事の低い声が聞こえるが、無視された。その日の班割が終わると刑事たちは聞き込みに散っていった。

反町は具志堅とともに県警本部を出た。

「危険ドラッグを作っている奴ら、試作品を作りながら試行錯誤でやってるとなると、辻褄《つじつま》は合いますね。まだ完成品じゃなくて試しながら作っている。だから不良品を大バーゲンする」

反町は具志堅の反応をうかがった。

「客を使って人体実験をやっていると言うのか」

「成分にもバラつきがあるし、出回ってる量も少ない。やはり人体実験をやってます」

「試しながら、より売れるものを作っている。その試作品を小遣い稼ぎに流している。だからとんでもないのが出回って、自殺者も出るし、凶暴なのも出る」

具志堅は呟いて考え込んでいる。

通りに視線を移した反町は思わず目を細めた。大胡蝶《おおごちょう》の鮮やかな朱色が目に眩《まぶ》しかった。愛海の姿がその花びらに重なる。

7

反町はその日の捜査会議の報告書を読んでいた。半日、具志堅と松山周辺を歩いたが収穫はなかった。

スマホが震え、画面にはアキラの表示があるが声が聞こえてこない。

「どうしたんですか。何か思い出したんですか」

反町はスマホに向かって呼びかけたが、沈黙を守ったままだ。

「アキラさんでしょ。ベイルについて、何か思い出してくれましたか」

〈会って話したい。どこかで会えないか〉

やっとアキラの声が返ってきたが、異常さを感じさせる声だ。

「俺は県警本部にいます。アキラさんはどこですか。どこでも、行きますよ」

〈俺がそっちに行くよ。おまえは自転車だろ。俺は車だ〉

県警近くの喫茶店で、三十分後に会う約束をした。反町が一時間後と言うと、アキラが三十分後と訂正したのだ。よほど急いでいる。

反町は何度か時計を見た。すでに約束の時間を三十分以上すぎている。運転中だと思って電話を控えていたが、スマホを出してアキラを呼んだ。

呼び出し音が鳴り続けている。切ろうとしたとき、女性の声が聞こえた。

「これ、的場輝さんのスマホですよね」

〈そうです。でも、私は南風原町《はえばるちょう》の病院の看護師です〉

「アキラさん、どうかしたんですか。待ち合わせの場所に三十分がすぎても来ないので電話しました」

〈交通事故にあって――。現在、手術中です〉

反町は次の言葉が出てこない。やっと声を絞り出した。

「それで、怪我はどうなんです。手術だなんて、ひどいんですか」

〈運ばれたときは意識はありませんでした〉

「命のほうは――」

〈手術が終わらないと分かりません〉

一気に頭に血が上ってくる。もう一度、病院の名前を聞くのが精いっぱいだった。アキラは南風原病院に入院している。アキラの家と県警の中間地点だ。

反町は喫茶店を飛び出してタクシーに手を上げた。

病院に駆け込み、受付に走った。

午後の診療が始まった時間で、待合室にあふれている人の視線が反町に集中する。

受付で聞くと手術は終わり、ＩＣＵに運ばれたところだった。ＩＣＵに行くと、部屋の前に二人の制服警官が立っている。

「アキラさんは――」

反町は警察手帳を見せながら聞いた。

「手術が終わったばかりで、まだ何とも言えないようです」

反町の全身から力が抜けていく。

「当て逃げです。南風原町の山道でぶつけられたようです。車は避《よ》けようとして大木に衝突。混んでいたので迂回路《うかいろ》を使ったんでしょう。後ろを走っていたタクシーが目撃して、救急車を呼んでくれました。三十分遅れていれば完全に失血死だったそうです」

「相手は」

「タクシーの運転手の話から推測すると、当たったのは大型トラックです。脇道からあらわれて、かなり激しく当たったようです。助かったのはラッキーでした。車から引き出すのに苦労したそうです」

「アキラさんと話はしましたか」

警察官は窓のほうを目で指す。中では酸素吸入器をつけたアキラが寝ている。

「私らが来たときは手術中でした。数日は絶対安静、話を聞くことはムリだろうという医師の話です。これは緊急手術です。本格的な手術は容態が安定してからになるそうです。車の特定のため、さらに目撃者を探しています。しかし、山道です。難しいかもしれません」

　警察官はお互いに目配せして、確認しながら話している。相手が刑事、しかも県警本部の刑事だといいかげんなことは言えないと思っているのだ。

　アキラは反町に何を話そうとしたのだ。これは単なる事故なのか、それとも――。反町は考えようとしたが、精神が混乱しすぎている。そのとき二人の看護師がＩＣＵから出てきた。

「何か言ってませんでしたか、彼は。手術室に入る前に」

「話せる状態じゃなかったですよ。ほとんど意識はありませんでしたから」

「先生が何か話しかけてたわよ。何か言ったからじゃないの」

　横で聞いていた看護師が言う。

「私は聞いてない。すぐに麻酔をかけたし」

「先生はどこですか」

「医局じゃないの。手術の後だから休んでる。私はあんなとこじゃ落ち着かないけど」

　反町は看護師に医局の場所を聞いて、医師に会いに行った。

　医師はコーヒーを飲んでいるところだった。反町が警察手帳を見せると、何でも聞いてくれというふうに座り直した。

反町はアキラが運び込まれたときの様子を聞いた。看護師とほぼ同じ答えだ。

「プーケとか、ジェー――とかって言ってたね。しかしよく聞き取れなかった」

「プーケはプーケットじゃないですか。タイの地名です」

「分からんね。それとオンナだ。女性のことかね。違うかもしれない。ここに運ばれた時には、血圧も下がってて脈も小さかった。話どころじゃなかった」

「ジェーはジェームスじゃないですか。思い出してください。重要なことなんです」

反町は執拗《しつよう》に聞いた。医師はコーヒーカップを机に置いて考え込んでいる。

「そうかもしれんね。しかし、やはりよく分からなかった。もう、これくらいにしてくれないか。私は疲れているんだ」

医師の言葉に反町は聞くのを諦め、再度ＩＣＵのアキラを覗いてから病院を出た。


タクシーが県警本部に着いたときには午後十時を回っていた。一課の部屋にはまだ半分以上の刑事の姿がある。

具志堅のところに行くと、じろりと睨んでくる。

「フラーが。何をフラフラしてるんだ。事件の捜査中だぞ」

「具志堅さん、俺が何を言っても怒りませんか」

「そんなこと、初めから聞くな。内容によるだろう」

反町はノエルの父親、ジェームス・ベイルについて話した。腕のブルードラゴンのタトゥー、現在も行方不明であること、そしてアキラについて。具志堅は無言のままだ。

「やっぱり怒ってる。でも、まだノエルの父親だと完全に決まったわけじゃありません。物証ゼロってやつです。タトゥーだって危険ドラッグの売人が同じようなのをしてたってだけ。あんなのしてる奴って山ほどいるかもしれない。しかし――」

反町は言葉を呑み込んだ。可能性は高いと言いたかったのだ。

「これを知っている者は」

「俺と赤堀とケネスです。ノエルには話していません」

「アキラという男は生きてるんだな。襲われたのなら保護したほうがいいだろう。おまえが判断しろ」

「保護をお願いします」

反町は言い切った。急に不安が押し寄せてきたのだ。もしアキラの交通事故が仕組まれたものだったら。だが誰が、なぜ――。

「捜査会議で報告したほうがいい。このままだと膠着状態が続くだけだ。だがタトゥーが同じというだけじゃな。もっと事件に結びつくものがないか調べろ」

「もう少し待ってくれませんか。俺がノエルに話してからにしてください」

具志堅からの言葉はない。反町は国際犯罪対策室に向かった。ノエルはまだいるはずだ。

反町は県警の屋上で、ノエルと向き合っていた。少しでも動くと蹴りが飛んできそうな緊迫感がノエルには漂っていた。

アキラから一年前の写真をもらったこと、友里恵に会って昔の写真をもらったこと。アキラが交通事故にあって、ICUに入っていることをノエルに話した。

「アキラさんは大丈夫なの」

反町の肩から力が抜けた。ノエルの声は表情に反して穏やかだった。

「命はなんとか取りとめた。しかし、まだ事故原因は分かっちゃいない」

「トラックがぶつかってきたんでしょ。それをよけようとしてハンドルを切り損ねた。でも、あの山道は見通しはいい。普通じゃありえない」

「故意にぶつけられたと言うのか。ベイルの仕業とでも言いたいのか」

言葉に出して言うと突然、現実味が増してきた。

「だったらなぜ命を狙われる」

「あんた、写真をもらったんでしょ。ベイルは写真を撮られるのをすごく嫌がってた。アキラさんの手に葉巻を押し当てるほどに」

ノエルは父親をベイルと呼んだ。

「アキラさんがベイルの写真を持ってて、その写真を俺に見せたことがどうして分かったんだ。知っているのは赤堀とケネスと――」

反町は言葉を切った。ノエルが早く言うように促している。

「おまえのママだけだ」

「ママにも見せたの」

「アキラさんから写真を見せられただけじゃ、本人かどうかわからないだろ。俺はベイルの顔を知らないんだから。それで、おまえのママに見てもらった」

ノエルが反町を見つめている。

反町は覚悟を決めて、スマホを操作してベイルの写真を出した。

「その写真は知ってる。『白鯨』の本の中にあったんでしょ。中学時代に見つけて写真も撮ってる」

ノエルがスマホを出してベイルの写真を見せた。

反町はベイルの新しい写真を出した。ノエルが無言で見つめている。表情がわずかに変わっていた。

「タイのプーケットだ。十年以上前になるが、津波ですべてが流された海岸だ。一年前にアキラさんの友達が撮った。アキラさんを撮ったら、偶然にベイルも写っていた」

「この写真をあんたに見せたから、アキラさんはベイルに襲われたと言うの」

「そんなこと分からない。フィリピンでヤバいことになったとも言ってた。だから、早々に日本に引き揚げてきた。狙われたとしたら、そっちのほうかもしれないし」

ノエルは反町のスマホを取って、写真を自分のスマホに送った。

「勝手なことをするな」

反町の声にも迫力はない。ノエルがやらなければ反町がやったことだ。

「これは私のパパだからじゃない。捜査の重要な手がかりのひとつ」

「取り扱いには注意してくれよ。すでに人ひとりが死にかけた」

「あんたこそ気をつけてね。変なことが起こったら、私の気分が悪いから」

「そんな言い方はないだろう」

「とにかく、ありがとう。感謝してる」

ノエルはかすかに笑みを浮かべると、背を向けて降り口に歩いていく。

ノエルがビルに入るのを見届けてから、反町は眼前に広がる夜の那覇に目を向けた。


反町は南風原病院に引き返して、アキラの入っているＩＣＵに行った。保護する警察官が間に合わなかったこともあるが、その夜だけは付き添うつもりだった。

反町はＩＣＵの窓の前に立った。複数の点滴チューブや生命反応を見る装置のコードにつながれたアキラは、穏やかに眠っているように見える。ベッドの横の心電図や呼吸の輝線だけが命の証を伝えている。アキラは反町に何を知らせようとしたのだ。自問したが思いつかない。

反町は看護師詰め所に行った。警察手帳を見せて、アキラの持ち物はどこに保管されているかを聞いた。看護師は奥の部屋に入っていく。出てきたときには二つのビニール袋を持っていた。

「衣類と所持品。こちらで預かっています。ＩＣＵを出て病室に移るときに返します」

「彼の家族とは連絡は取れたんですか」

「警察の方が調べているようでしたが、連絡は取れていないようです。自宅にも行ったようですが誰もいなかったと言ってました。意識が戻ったときに聞くしかありません」

「しばらく貸してください」

反町はビニール袋の一つを持ち上げて看護師に示した。中にあるのは財布やスマホだ。タブレットも入っている。看護師が眉根をしかめた。

「たとえ警察の方でも、院長に聞いてみなければ分かりません」

「持って行ったりしません。夜が明けるまでには返しに来ますよ」

反町は看護師が答える前に背を向け、ＩＣＵの前に戻った。

タブレットを出してしばらく見ていたが、電源を入れた。パスワードを求める画面が現れる。指を置きかけたが思い直して電源を切った。パスワードの候補はいくつか浮かんだが、無断でアキラの内面に踏み込むような気がしたのだ。

「直接会ってでないと話せないこと——何なんだ、アキラさん」

昨日反町と会ってから、アキラの周辺に変化が起こった。それで、刑事である反町のところに連絡をした。声の調子だとかなり深刻なことだ。その後アキラは——。

第五章　強制捜査

1

反町のスマホが鳴り始めた。警視庁の秋山からだ。

最後のメールは彼がホテルから空港に行くときだから、ほぼ十日ぶりだ。

「何かあったのか。それとも、沖縄が懐かしくなったか」

〈東京の状況を知らせておきます。そちらにも連絡が行ってるはずですが〉

秋山は前置きして話し始めた。

〈あれからまた、危険ドラッグに関する事件が起きました。暴走運転が二件に、暴力事件が三件です。どれも暴力団員などの特別な者ではなく、一般人です〉

「舞台は東京へってことか。沖縄じゃ、しばらくブレイクタイムだった。で、過去の事件を調べてみた。危険ドラッグ絡みらしい事件が何件か起きている。事件にまで発展していないものを入れるとかなり多いはずだ。沖縄でも、すべて一般人だ。問題なのは使用者に罪の意識が薄いってことだ。見方によっては大麻や覚醒剤よりタチが悪い」

〈覚醒剤や大麻は、暴力団、違法薬物、犯罪と一般の人たちは連想して、安易に手を出さない。でも、危険ドラッグはもとの呼び名は脱法ハーブ、合法ドラッグです。ハーブの延長程度と軽い気持ちで入る人が多いようです〉

「今でもそうなのか。いっとき、使用者が車で歩道に突っ込んだりして、大きな話題になっただろ。それでも懲りない奴っているのか」

〈特にピンクの錠剤になってからはファッション感覚の若者も多い〉

「ピンクの錠剤か。スイーツ感覚かもしれないな」

〈それが今度の薬物中毒の怖いところです〉

秋山は淡々と話した。反町は公園で受け取った錠剤を思い浮かべた。あれは白だった。あれに色を付けて、より抵抗感をなくしたのだ。進化の途中だったというわけだ。

「で、何の用だ。俺に何かしてもらいたいのか」

〈東京に来ませんか〉

反町は一瞬沈黙した。

「何か進展しそうなのか」

〈沖縄と東京の報告書を読んで比べてみると、沖縄は休憩中だが、東京はこれからますますひどくなるという気がします〉

「俺もそれは感じていた」

緑ヶ丘公園で売人を取り逃がしてから、こちらでは危険ドラッグ絡みの事件は那覇空港で観光客が泡を吹いて倒れた一件だけだ。少なくとも他には表面に出ていない。もし加藤が生きていればあの三百錠のドラゴンソードは東京に運ばれ、ばらまかれていた。

〈ノエルさんも売人を探してるんでしたね。東京のほうがそっちより出回っていると思います。売人も多くいるはずです〉

「巨漢、ブルードラゴンのタトゥーの中国人が東京にいるというのか」

〈分かりません。でもこの事件、沖縄と東京が結びついています。売人も行き来してるはずです。今以上の連携が必要です〉

事件は沖縄と東京の両方で、ほぼ同時進行で起こっているのは、反町も理解している。

「そうだな。那覇と羽田《はねだ》は三時間弱のフライトだ。東京・神戸間の新幹線の時間よりも短い。日帰りできる距離だ」

〈反町さんも東京出身でしたね。こっちで一緒に捜査しませんか〉

「上の者と相談してみるよ」

そうは言ったが、課長が許可するとは思えなかった。

沖縄で起こった危険ドラッグ事件で明確になっているものは一つもない。しかし、秋山の言葉も間違いではない。東京と沖縄の捜査を組み合わせることで、進展があるかもしれない。反町は具志堅に秋山から電話があったことを話した。

「東京での捜査ってダメですかね。すでに巨漢の売人は、沖縄にはいないってことで。具志堅さんが嫌なら、俺一人で行ってもいいし」

「フラーが。一人で行って、もしものことがあったらどうする」

具志堅はパソコンに向き直った。

「しかし、こっちの捜査は膠着状態です。何とかしなきゃ」

「みんな、必死でやってるんだ。おまえだけが浮いてるんだよ」

ベイルについては捜査会議で話した。興味を持つ者はいなかった。何の物証もないからだ。タトゥーつながりはあまりに根拠が薄い。何より、アメリカ海兵隊を脱走した少尉が香港マフィアのボスとなって、危険ドラッグを持って沖縄に帰ってくる、というストーリーが受け入れ難いのだ。反町と具志堅もそれを十分に承知していて、強く主張はしなかった。だが反町は、今まで以上にノエルの周辺に気を使うようになっている。

「俺は休暇を取っても行きたいです。犯人たちは自由に行き来してるんですよ」

話しているうちに秋山の言葉が蘇ってくる。確かに、すでに事件の核心は東京に移っているのかもしれない。

「俺にどうしろと言うんだ。そんな権限はない」

具志堅がパソコンに目を向けたまま答える。

中年の刑事が反町のところに来た。

「秋山って警視庁の刑事が来ただろう。あいつからの連絡だ。なぜかおまえ宛だ」

数枚のファックス用紙を反町に渡した。

具志堅がパソコンから顔を上げて、ファックス用紙を反町の手から引《ひ》っ手繰《たく》った。

「東京での危険ドラッグに関する事件の一覧表ですよ。電話で言ってました」

具志堅はざっと目を通して無言で反町に返すと、再度パソコンに向き直る。

「Xデイってなんだ。最後に書いてある」

反町は慌てて用紙を見直した。車で暴走した男が売人から聞いた言葉とある。

「どうも気になるな。那覇はあれ以来静かだし」

「テロを起こそうっていうんじゃないですよね」

「それはないだろう。ここは日本だし、沖縄で起こしてどうなる」

「甘いですよ。今時のテロは世界中、どこでも起こる可能性があります」

「危険ドラッグを一斉に流す日か。しかし、そんなこと聞いたことがないぞ。規制薬物なんて、個人が隠れてコッソリやるもんだ」

「アイフォーンの世界同時販売と同じか。日本の各地でピンクの錠剤を同時に販売する。最高の気分になれるブツか。かなりのインパクトがあります」

「時代が変わったのか」

考え込んでいた具志堅がボソリと呟いた。

反町の脳裏にケネスが言ったXデイが浮かんだ。これはイラクに送られたアメリカ兵の言葉だ。この二つは同じXデイなのか。反町の心に得体のしれない黒い影が広がっていく。黙っている反町に具志堅が問いかけた。

「アキラという男はどうなんだ。昨夜は泊まったんだろう」

「相変わらずです。意識は戻っていません。医者はいずれ戻るって言うんですが」

反町はファックス用紙を持って、赤堀のところに行った。初めは興味なさそうだったが、警視庁からだと言うと態度が変わった。突如熱心に読み始めた。

「事件の件数は沖縄の三倍はあるが、人口比から比べると大したことはないぞ」

「事件はすでに東京に移っているとは思わないか」

「沖縄の組織がごっそり東京に移ったということか」

「ありえるかもしれん」

言葉にすると突如、現実的になり、反町の心の中でふくれあがっていく。

夕方、反町は古謝一課長に呼ばれた。

「東京に行ってくれないか。沖縄で作られたと思われる危険ドラッグが、首都圏に出回っている。警視庁の秋山巡査部長と連絡を取って、向こうの捜査状況を知らせてほしい」

反町は具志堅のところに行き、頭を下げた。

「課長に話してくれたのは具志堅さんでしょ」

「俺は一緒には行かんぞ。飛行機は懲りた」

具志堅は飛行機は苦手なのだ。札幌で挙げた娘の結婚式にもフェリーで行ったと聞いている。しかし、数か月前の東京での捜査は反町と飛行機で行った。あのときはよほどの覚悟をして乗ったのだろう。

反町に同行するのは赤堀と決まった。二課だが同じ刑事部だ。公園での身代わり捜査にも協力している。刑事部長の新垣の指示だった。これにもおそらく具志堅が関係している。新垣は昔、具志堅の部下で、二人だけのときには具志堅はタメ口で、新垣は敬語で話している。赤堀は初め反町との出張と聞いて顔をゆがめたが、行き先が東京だと分かると二つ返事で引き受けた。

「俺、東京に行くことになった。赤堀も一緒だ。もちろん、出張ということだけど」

反町は屋上にノエルを呼び出して言った。

「なにか新しいことが分かったの」

「分からないから行くんだ。黙って行ってもよかったが、おまえには言っておいたほうがいいと思ってな」

「私も行く」

「バカ野郎。俺たちは仕事で行くんだ。プライベートで行くんじゃない」

「私は有休を取って、プライベートで行けばいいんじゃないの。有休なら、昨年の分まで残ってる」

ブルードラゴンの組織の大半は東京に移動しているのではないか。ベイルも東京にいる可能性が高い。その思いは反町の中でますます大きく膨らんでいく。それはノエルも感じているのだろう。

「有休もすぐには取れないだろ。今回はあきらめろ」

「これは他の事件とは違う。私自身のことでもあるの」

「それは分かってる。だが事件のことは俺たちに任せとけ。秋山って、おまえに気がある警視庁の刑事がいただろ。あいつが、全面的に協力してくれる。進展があれば、真っ先に報告してやる」

「沖縄経由の中国人を追ってるんでしょ。ドラゴンタトゥーの巨漢売人もすでに東京にいると踏んでいるのね」

「考えすぎだ。俺と赤堀は警視庁と沖縄県警の情報共有のために行くんだ。前回は、警視庁から秋山たち二人が来ただろ。その代わりだ」

「だったら、なんで二課の赤堀が行くのよ。この事件には私のほうが関係ある」

ノエルは本気だ。目が血走り、白い顔が赤みを帯びてきている。彼女のほうが反町やケネスより感情が顔に出やすい。

「ノエルの親父のことを知ってる者は限られてる。捜査会議でベイルとタトゥーについて話したが、誰も重要とは考えていない」

「それって間違ってる。あらゆる可能性を調べるのが捜査の鉄則でしょ。いくら今まで一度も表に出てないからって。もっと主張すべき」

「赤堀だって、俺だって、おまえを守りたいんだ」

「十分守ってくれてる。でも、私は真実が知りたいの。私は誰から生まれ、私と同じ血を引く人間がどんな人間なのか。たとえそれがどんなにひどい人間でも」

「そんなこと知ってどうする。おまえが変わるわけじゃない」

反町はアキラの言葉を思い出していた。知る必要のない真実だってある。

「絶対に変わる。私が前に進むために知っておかなきゃならないことなの。どんな真実を知ることになっても、私は負けない」

ノエルが断固とした口調で言い切り、唇をかみしめた。

「あんたが文句を言う権利はない」

これ以上、反町には止める勇気も意思もなかった。ノエルの表情はそれほど真剣で切羽つまっていた。

「俺たちは明日朝一番の便で発つ。おまえの便が決まったら教えろ。東京で会おう。ホテルは取っておく。秋山にも事情を話して、一緒に行動できるようにしておく」

「あんたには借りができた。今までの貸しをチャラにしても、おまけが出そう」

「俺がおまえに何の借りがあるんだ。そんなの知らねえぞ」

「よく考えてよ。あんた鈍いから。胸に手を当ててね」

ノエルはわずかに微笑《ほほえ》むと、ビルの中に入っていった。


「具志堅さんにお願いがあります」

反町は部屋に戻って、具志堅の前に立った。

「アキラという男のことか。おまえが東京に行ってる間、俺が責任をもって見ててやる。身辺警護も何とかする。と言っても、俺は一日一回、病院に行く程度しかできないぞ。俺が泊まり込むわけにゃいかないからな」

「有り難うございます」

反町は直立不動から四十五度に頭を下げた。

2

羽田空港は旅行者であふれていた。赤堀が慣れた様子で歩いていく後を、反町が追っていく。反町にとって数か月振りの東京だが本土に来たという思いに驚いていた。

「とりあえず、僕は警察庁に顔を出してくる。おまえはどうする」

「俺は警視庁だ。おまえも一緒に行ったほうがいいんじゃないか。今回は俺の相棒として来てるわけだし」

赤堀は考え込んでいる。損得を秤《はかり》にかけているのだ。どうせ警視庁と警察庁はどちらも桜田門《さくらだもん》の前。隣同士だ。

「一緒に警視庁に顔を出した後は自由時間ということにしよう」

二人が到着階の出口ドアを出ると秋山が立っている。

「迎えに来ました。今朝、反町さんから到着便のメールが入っていました」

「驚いたね。警視庁の刑事の出迎えとは。ＶＩＰになった気分だ」

反町は土産に持ってきた菓子「ちんすこう」を秋山に渡した。

「急ぎましょう。外に車を止めています」

「そんなに残念そうな顔をするな」

反町は秋山に並んで歩きながら、肩を叩いた。

「二人で来ると聞いたから、てっきり――」

「ノエルは後の便だ。夕方までには着く」

「そんな話は聞いてないぞ。なんでノエルが来るんだ」

赤堀が言う。屋上でノエルと話した後、三日間の休暇を取ったとメールが入った。警察勤務で申し出て翌日の休暇が取れることは珍しい。かなり強引に交渉したのだろう。

「あいつ、かなり焦ってる」

「なぜ、ノエルさんが焦ってるんですか」

反町と赤堀は顔を見合わせた。赤堀が頷く。

反町は歩きながらノエルの父親について話した。秋山が考え込んでいる。

「ブルードラゴンのボスがノエルさんの父親。それ、裏は取れてるんですか。沖縄県警ではそのことを前提に動いているんですか」

秋山が続けて質問する。

「裏が取れればと思って来た。おまえに、心当たりでもあるのか」

「今、考えています。もう少し考えをまとめさせてください」

三人は空港ビルを出て秋山が車を止めた場所に来た。黒のセダンが止まっている。

「パトカーじゃないのか。一度乗ってみたかったんだ。警視庁のパトカー」

「沖縄県警のパトカーと同じです。クラウンの改良版。これだって覆面パトカーです」

反町は助手席に乗り込んだ。ダッシュボードの上に赤色ランプが置いてある。緊急時にはこれを屋根につけてサイレンを鳴らしながら走る。

「まず警視庁に行きます。お二人の東京での世話は私がします。上司は了承済みです」

秋山が慎重に車をスタートさせた。

「東京での捜査の概要を話しておきます。捜査本部は新宿署に置かれています。最初の危険ドラッグ絡みの事件が起きたからです。その後、三か月の間に池袋《いけぶくろ》、上野《うえの》、渋谷で次々に同様の事件が起きました。そのため、危険ドラッグ絡みの事件はすべて新宿署に集約して、合同捜査本部としています。警視庁としてはきわめて異例の態勢です」

「沖縄も似たようなもんだ。沖縄は県警本部に捜査本部を立ち上げた」

「日に一回、夕方に合同会議が開かれます。そのときに捜査報告を上げて、捜査方針を決めます」

「捜査方針の概要を教えてくれ」

「都内のどこかに危険ドラッグの集積場みたいなところがあって、十以上ある各支部に流しているようです。売人はそこから各地に広がっています。まず本部にあたる集積場を発見することです。あとは芋づる式」

「東京じゃ、そんなに出回っているのか」

赤堀が驚きを隠せない声で聞いた。

「表面に出ているのは氷山の一角です。あるとき、一気に爆発する気がします。今までの事件はテストケースで、犯人たちはそれを狙って準備している。不気味です」

「それがXデイかもしれない。おまえが送ってきたファックスに書かれていた」

「暴れて傷害事件を起こした逮捕者が、売人にもっと売ってくれと言ったら、Xデイを待てと言われたとか。何のことか分かりませんでした」

車は高速道路に入った。同時にスピードを増していく。

「沖縄で製造したドラゴンソードがすでに東京に持ち込まれている。販売態勢が整い次第、一斉に売り出す。ブルードラゴンの幹部は東京入りしている、ということですか」

「そんなこと初耳だぞ。捜査はそこまで進んでいるのか。俺たちには隠していたのか」

「半分は僕の仮説と推測です。今までの捜査を集約すればという」

秋山が言い訳のように言う。車は都心に入っていく。沖縄では見られない、高層ビルが乱立する風景が広がっている。

反町と赤堀は、秋山に案内されて霞ヶ関《かすみがせき》の警視庁に入った。赤堀は隣の警察庁をしきりに気にしていたが、反町と共に秋山について歩いた。

二人は捜査一課の立松《たてまつ》一課長に挨拶して、あとは秋山と行動を共にすることになった。

立松一課長には古謝一課長だけではなく新垣刑事部長からも連絡があったようで、合同捜査会議にも同席できることになっていた。

「これは沖縄と警視庁の合同捜査です。すべてとは言えないが、要望にはできる限り応えさせていただく。そういう意味からも成功させたい。希望があれば何でも秋山君に言うように。」

立松一課長が改まった口調で言う。

二人は秋山に案内されて捜査一課の秋山の部屋に行った。

「希望があれば言ってください。なるべく添うようにします」

「警視庁の捜査状況について話してくれ。沖縄県警に送ったもの以外、すべてだ」

反町の要求に秋山は困惑した表情になった。すでに話したという顔だ。

「車の中でも話しましたが、これまでに起こったドラゴンソード絡みの事件はすべて一般人によるものです。我々はまず彼らに危険ドラッグを売った売人を探しました。三人逮捕しましたが、売人止まりでその上には行けません」

「そいつら、どんな奴らだ」

「チンピラ、学生、フリーターと様々です。二人は沖縄帰りでした。彼らは松山や国際通りで声をかけられ、まとめ買いだと安いと言われ大量購入して、友人にやったり転売したと言っています」

「安いってのがキーワードか。消費者心理を突いてるな。これは広がるぞ」

赤堀がひとり言のように言う。

「沖縄のほうの進捗状況は」

「膠着状態だ。売人を探していたが、消えてしまった。だから東京に来た」

「こちらで一番知りたいことは何ですか。最大限の便宜を図ります」

「どこから捜査していいか分からない。飛行機の中でも考えてたんだが」

反町は秋山に正直に言った。赤堀も頷いている。

「ドラゴンソードは今までは開発中だったんじゃないか。形もハーブから錠剤へと変わった。メフェドロンの量を変えている。メフェドロンというのは――」

「凶暴性、攻撃性を高める化学物質です。それが主に性的快楽につながるとか」

反町の言葉に秋山が驚きの表情を見せながらも続けた。

「実験的に広めていった。だから薬の効き目にムラがあった。彼らは直接人体実験をして配合する薬の量を調節していたと判断しています。これも私の想像ですが」

「それ、俺も思っていたことだ。そういうことは、さっさと沖縄にも知らせてくれ」

秋山は細かく数字の書かれた用紙を見せた。

「科捜研が分析した成分表です。メフェドロンの量が微妙に違っています」

赤堀が手に取って見入っている。

「ブルードラゴン、青龍って香港マフィアは聞いたことないか」

反町の言葉に秋山が首を横に振っている。

「何ですか。沖縄サイドの情報ですね」

「分からないから聞いてるんだ。沖縄の裏社会の情報だ」

「夕方、捜査会議があります。お二人も出てください。課長に話は通っています」

「それまでにやれることはやっておきたい。ブルードラゴンのタトゥーのある巨漢の中国人を探したい。売人だった」

「沖縄で探していた男ですね。ウチには情報ゼロです。東京に来てるんですか」

「それを知りたいんだ。那覇でも探してるが消えてしまった。俺はすでに沖縄にはいないと思っている。だったらこっちだ」

「不法滞在の中国人を片っ端から当たるしかないですね。特徴のある奴なんで、いればそんなに難しくないと思いますが」

「不法滞在とは決まっていない。ヤバい仕事なのに、そんな危険を冒すとは思えない。パスポートやビザなら金さえ出せばなんとでもなる。金に困っていれば別だが」

　行きましょうと言って、秋山が立ち上がった。

「どこへ行く」

「裏社会のことは裏社会の者に聞けということです。ひと昔前ですが、偽造キャッシュカードで、都内のコンビニから一斉に金が引き出された事件がありました」

　中国マフィアが関係する犯罪で、複数の出し子が短時間のうちに数十万ずつの金を引き出し、合計億単位の被害が出た事件だ。

「同時多発という意味では同じです。しかし、今回はその比じゃないと思います。百人単位の不法滞在の中国人が関与する可能性があります」

「そのコンビニ形式を取ろうっていうのか。中国人を使って、首都圏に一斉に危険ドラッグをばら撒《ま》く」

「そうなると、完全にテロです。もし彼らの思惑通りだったら、日本中がパニックです」

「ドラッグでブッ飛んだ奴らがゾンビのようにそこらを歩き回るんだ。交通事故は起こるわ、喧嘩は起こるわ。車や電車を運転して、飛行機を飛ばしてみろ。大惨事が起こる。コンピュータの操作ミスや判断ミスも多発し、致命的なものも出るぞ」

「なんとしても、阻止しなきゃなりません」

「そのために俺たちが来たんだ。まかせてくれ」

「なんだか、不気味な感じなんです」

反町の自信あふれる言葉に、秋山はぽつりと言った。

「ここ数日、ピタリと動きが止まっています。沖縄と同じように」

「もっと詳しく説明しろ」

「ほぼ定期的に起こってその間隔が少しずつ縮まっていた危険ドラッグ絡みの事件が、数日前からストップした感じなんです。おそらく、奴らの組織に何かが起こっている」

「動きがないのはまだ数日なんだろ。そうは言いきれない」

赤堀が身を乗り出してくる。

「今まで動いていた電車が止まったって感じです。一度乗客が降りて、再び動き出すの

行きましょう、と秋山に憂鬱な気分を振り払うように言われ、反町は歩みを速めた。

秋山の言葉を聞いて、反町が何かを考えている。

「そのために今まで準備をしてきて、その準備の最終段階に入っている」

「何かを準備してるって言うのか。その何かが起こる日がXデイ」

を待っている」

3

三人は上野の飲食店の並ぶ通りの端に来ていた。

狭い路地には明らかに中国人と分かる者が多数たたずみ、三人を目で追っている。

秋山が路地の突き当たりの雑居ビルの前で立ち止まった。気をつけてください、というふうに二人に視線を送る。

通りに面して狭い階段があり、秋山を先頭に上がっていった。

「大丈夫なのか。なんだかヤバい雰囲気だぜ」

「反町さんもそう思いますか。僕もです。これから、宗《そう》という女に会いに行きます」

「何者だ。その女は」

「僕もよく知りません。知り合いの中国人から、不法滞在の中国人については宗に聞けと言われました」

「もっと人数を連れてくるべきじゃなかったのか」

「三人いれば何とかなるんじゃないですか」

「いや、二人だ。僕を戦力に入れるな」

最後尾を上がる赤堀が自ら言う。

階段の踊り場には中国語が書かれた箱が積み上げられている。身体を横にしてやっと通れる幅だ。

「反町さんは琉球空手の達人と聞いています」

「それはノエルだ。俺は柔道だ。二段。しかし、喧嘩のときはボクシングだ」

「特殊警棒なんて出さないでくださいよ。ここらの奴がその気になれば、警棒の倍もある牛刀を振り回しますから。拳銃より迫力があります。腕なんてスパッと吹っ飛ぶ」

「あんたは拳銃を携帯してるのか」

秋山はスーツの裾を上げた。ベルトには手錠ケースと特殊警棒のケースしかない。

階段を上がりきり、突き当たりのドアをノックした。しばらくしてドアが開いた。

部屋の中には十人近い男がいて、全員の視線が三人に集まる。中央に小さな男が座っている。近づくと女だ。かなり高齢の女で、おそらく八十代には入っている。白髪で顔は丸めた紙を伸ばしたように、しわだらけだ。

「周《しゅう》さんに聞いてきました。警視庁の秋山です。宗さんですね」

女は秋山に目を留めたまま、ゆっくりと頷く。

「単刀直入に聞きます。警察は現在、危険ドラッグの組織を追っています。Xデイって何ですか」

秋山はゆっくりと発音した。宗が隣の男を見た。首を横に振っている。

「知らないってことですか。それじゃ、ここ半月あまりの間であなたたちの社会で、異変はないですか。たとえば、突然送金が増えた者が多いとか」

宗は秋山を見つめたままだ。

「なんで増えたかは知らないでしょうね。ヤバいことには首を突っ込みたくはない。周さんからはそう聞いています。有り難うございました。宗さんには迷惑はかけませんから」

秋山は宗の反応を窺うように顔に目を向けたまま頭を下げた。

反町が口を開こうとしたのを、秋山が制した。ほんの十分ほどで部屋を出た。

「あれは何だ。あの変な婆さん」

「宗さんです。別名はチャイナバンク。地下銀行です。不法滞在の中国人にも組織はあります。彼らだって生きやすいほうがいいですから。それで組織を作ります。どこの国であってもね。そこでは情報も得られるし、国への送金も可能です。金の出所なんて聞かない。限度額もない。ただし、費用はかさみますがね。誰も文句は言わない」

「日本にも銀行はあるだろう。正規ルートは使えないのか」

「外国人には、いろいろ制約があるんです。口座を開くにはパスポートがいる。送金にはさらに、金額、目的などがいる。違反があれば銀行には警察に届ける義務があります。不法滞在者だとまず無理です。その点、宗の裏バンクなら手数料は高くても、楽に安全に国の家族に金を送れます」

「しかし、収穫はゼロだったな」

「そうじゃないでしょう。ここらの裏中国人組織は、危険ドラッグについては知らない。Xデイについても。知っていても絶対にしゃべらない。そういう顔をしてました。おそらく住み分けができている。ということは、危険ドラッグに関わっているのはまったく新しい勢力です」

「ブルードラゴンのタトゥーのある新興勢力ってわけか」

反町の全身に悪寒に似たものが走った。その組織にノエルの父が関わっているというのか。赤堀も同じことを考えているのか、深刻な顔で歩いている。

反町たちは品川《しながわ》でノエルと合流した。秋山はノエルのスーツケースを奪うように取って引いた。

「ホテルは俺たちと同じだ。今後の行動は一緒にしてもらう」

反町の言葉にノエルは何も言わず頷いた。ノエルは警察手帳を携帯していない。警察官の看板が使えない捜査がいかに難しいか、危険かはノエルも知っている。

「これからどうしますか」

「池袋は不法滞在の中国人も多いだろう。前に来た時アジア系が増えたのに驚いた」

「横浜の中華街が表なら池袋は裏です。韓国人やベトナム人、フィリピン人も多い」

反町は数か月前に具志堅と池袋に行ったときのことを思い出していた。

駅近くを歩くと、大きなスーツケースを押した中国人を多く見かけた。大部分は大陸からの観光客だろう。しかし彼らの中に沖縄から来た者がいてもなんら不思議ではない。

反町の脳裏に不動産屋の男が浮かんだ。

「池袋に知ってる男がいる。高田《たかだ》不動産の片山《かたやま》という男だ。七十八歳。兄は沖縄戦で戦死している。ホテルは池袋に取っている。具志堅さんと来たとき泊まったホテルだ」

チェックインを済ませた後、反町たちは高田不動産に行った。

「おじさん、久し振り」

反町は事務所の奥で新聞を読んでいる片山に愛想よく声をかけた。

片山が顔を上げてじろりと睨む。

「沖縄県警の反町です。具志堅さんと一緒に来た。フィリピンパブに行ったでしょ」

「覚えてるよ。あの時の調子のいい兄ちゃんか。刑事には見えんかった」

胡散臭《うさんくさ》そうに三人を見ていた片山の顔がほころんだ。

「今日沖縄から来たんだ。おじさんに話を聞きたくてね」

「高田さんのことはもう、解決したんだろ。具志堅さんから新聞記事が送られてきた。被疑者死亡のまま起訴ってやつ」

「具志堅さんからね。俺はまったく知らなかった。あの人、律儀なんだ。でも、新聞記事だけ。手紙か何か入ってなかったの」

「申し訳ない、と書かれた便箋が一枚。なにが申し訳ないのか分からないけどね。仏前に置いてあるよ」

事務所の奥に視線を向けた。奥の部屋に仏壇があって位牌《いはい》が置かれているのだろう。ノエルと赤堀が神妙な顔で聞いている。秋山が四人を困惑した顔で見ていた。彼は高田の事件は知らないのだ。知っていても調書のタイトルくらいだろう。

「また何か用があるのかね。そうでもなきゃ、こんな年寄りのところに来ないだろ」

「おじさん、鋭いな。この辺りの中国人の話が聞きたくてね。不動産屋をやってると、いろんな話が耳に入るだろ。沖縄から来た中国人とか。新しい動きがありそうだとか。たとえばXデイ」

「うちみたいな小さな不動産屋にはあまり人は寄り付かなくてね。前にも言ったように、昔からのマンション管理が主な仕事だ。何も知らんよ」

片山は反町以外の三人を値踏みするように見ている。

「場末の小さな不動産屋だから、おかしなのが寄り付くんじゃないのか」

赤堀が事務所の中を見回しながら嫌味たっぷりに言う。

「兄さん、よく知ってるね。お言葉通り、あんたみたいな、いかがわしいのが多いよ」

「こいつらも警察官なんだ。背の高いのは警視庁の刑事。あとの二人は俺の相棒。わざわざ沖縄から来たんだ。危険ドラッグの売人の中国人を追っている」

反町が赤堀を睨み、片山をなだめるように言う。

ブルードラゴンのタトゥー、危険ドラッグ、Xデイ、中国人の巨漢の売人――。反町は片山の反応を見ながら話した。片山は半開きの目で興味なさそうに聞いている。しかし、時にその目が開いて眉間のしわが深くなる。

「おじさん、場所を変えようか。今回はフィリピンパブというわけにはいかないけど」

ノエルのほうを見るとしきりに腕時計を指差している。まだ早いと言っているのだ。

午後三時をすぎたところだ。

「どうせ客は来ないだろ。俺たちも昼飯を食ってない」

反町はノエルに構わず片山を立たせた。

五人は不動産屋を出て駅近くの居酒屋に行った。途中、大型のスーツケースを押す何人もの東洋人に会った。その大半が中国人なのだろう。

反町は片山にビールを頼んだ。しばらく最近の池袋の話をして、五杯目で「池袋での不法滞在中国人の最近の動向だ」と前置きしてしゃべり始めた。


「急ぎましょう。あと三十分で新宿署で合同捜査会議が開かれます」

秋山が時計を見て言った。

「私たちも出られるの」

「秋山さんの配慮だ。ただし、聞いてるだけだ」

反町たちは時間ちょうどに新宿署に着き、会議室の最終列の机に座った。

新宿署、渋谷署、池袋署、上野署の合同捜査本部だ。それに警視庁から派遣されている刑事が約二十名、全員で七十名以上が集まっている。その他出席できない刑事を含めて百人態勢の捜査だ。

最初に各所轄の刑事から新情報の報告が行われた。ノエルと赤堀はメモを取りながら熱心に聞いている。反町は秋山に小声で話しかけた。

「これじゃ、情報をまとめるのが大変だろ」

「全員、目標は一つ。犯人逮捕です。集中していればすべて頭に入ります。各所轄ごとに事件の関係者から聞き込みを行い、それを集約して売人を絞り込んでいきます。そして逮捕する」

「それが前に話した三人だったな」

「しかしその上に行きつけません。三人はいずれも売人から声をかけられ、購入したものを転売しています」

ブルードラゴンの組織は、送られてくるドラゴンソードを集める本部集積所が中央にある。そこに集められたドラゴンソードを都内に二、三十ある販売拠点に送る。本部集積所だけが香港マフィア、ブルードラゴン直轄で、他の販売拠点は不法滞在の中国人がそれぞれ運用して歩合制でドラゴンソードを販売している。

秋山が三人に声を潜めて説明した。

「だったら販売拠点から本部集積所に行きつくのはさほど難しくないだろう」

「ところが、間にもう一か所入ってる。本部集積所が判明すれば一斉に強制捜査です」

集積所までは突き止めています。本部集積所が判明すれば一斉に強制捜査です」

新宿署の捜査員から新たに得られた情報が報告されていく。

「現在、男を危険ドラッグ所持で逮捕して事情聴取しています。職業は無職。パチンコ屋の換金所で男に声をかけられ、現金を持ってたので買ってしまった。それを知り合いやパチンコ仲間に転売した。やはり覚醒剤と違って、素人です」

「店内の防犯カメラで男の周辺の客を調べればいい。後を追って行く奴だ。あるいは、換金所の近くで見張ってる奴とか」

「どちらも防犯カメラは調べました。怪しい男が何人かいました。何人かは任意同行で調べましたがシロでした」

「手渡ししているところは映っていないのか」

「売人は防犯カメラの場所を知っているのでしょう。遠方か死角となるところで話しかけています。それにサングラスをかけて、マスクをしてたり」

「相手の特徴は分かってるんでしょう。服装、身体つき、言葉の訛《なま》り」

「さまざまですね。ジャンパー、作業服、スーツの男もいました。共通しているのは中国訛りの日本語。たまに英語で話しかけられています」

「タトゥーについて何かないのか」

反町は秋山に聞いた。

「沖縄と違って本土は十月ともなると長袖ですからね。Tシャツの者はいません」

「片山さんから聞いたビルを内偵すべきだな」

反町は呟くように言った。

合同捜査会議は二時間ほどで終わった。特に収穫はない。沖縄と同じというのが反町の印象だった。

4

四人は片山に教えられた通りの外れにあるビルの近くに来た。

南池袋の外れで、陽が沈むと途端に人通りが少なくなる地区だ。既にあたりは暗く、行き交う人もまばらになっている。

「彼ら、前から景気はいいよ。金払いもいい。どっしり腰を落ち着けてというタイプが多かった。しかし最近、どうも落ち着かないね。短期の事務所やマンションを探してる者が何人かいた。ウチにも来たし、他の不動産屋から相談も受けた」

「どこかおかしいって客はいなかったか。生活臭がないというか。普通とは違う客だ」

「ワンルームマンションや小さな部屋が多いが、ビル一棟というのもあったと聞いたね。その不動産屋はいまはやりの民泊でもやるんだろうって言ってた」

片山はそう言って住所を教えてくれた。それがこのビルだ。規模からいえば本部集積所であってもおかしくない。

一階が駐車場になっていて、シャッターが上がっている。中に軽のバンが一台止まり、数人の男がいる。周囲の路上には数台の乗用車と軽トラックが止めてあった。

反町たちはそのビルから通りを隔てたファミリーレストランに入った。窓際の席に座ると三十メートルほど離れたところにビルが見える。

赤堀がデイパックから望遠レンズ付きの一眼レフカメラとタブレットを出した。一眼レフカメラをテーブルにさりげなく置き、ケーブルでタブレットにつないだ。画面にはシャッターの開いたガレージが映し出される。赤堀は周辺の男たちに焦点を合わせていく。そのたびにシャッター音が響いた。

「音声まではムリだ。出入口でヤバい話をするようなバカはいないと思うが」

人の出入りはけっこうある。若者から中年まで、年齢層は広い。スーツからジャンパーやフリースまで様々な服装の男が入っては出ていく。

「知った顔はあるか」

反町が秋山に聞くと、秋山は首を横に振った。

「暴力団関係者なら必要な顔と名前はすべて覚えましたが、中国人まではムリです。これから、もっと増えるだろうし」

「出入りする奴らを記録してるから、帰って何者か調べてくれ」

「大したモンです。うちより進んでいるかも」

「沖縄県警も先端技術は取り入れてる。バカにできないだろ」

「僕だからできることだ。アドレスを教えてくれれば、メールで送る」

赤堀が反町を睨んで、秋山に視線を向ける。赤堀は警視庁に対してライバル意識を持っている。沖縄県警の刑事としてか、警察庁出向の準キャリアとしてかは分からないが。

ノエルは真剣な表情でタブレットの画面を見ていた。

反町のスマホが震え始めた。具志堅からだ。

〈今病院だ。アキラという男、やっと意識が戻った〉

「良かった――。話せますか」

〈まだ、ボーッとしてる。麻酔でまる二日眠ってたんだ。意識がはっきりするまで、まだしばらくかかると医者は言ってる〉

「アキラさんは俺に話があったんです。その途中で事故に遭ってる。何か聞き出せたら教えてください。俺はまだ、勤務中です」

反町は声をひそめて話した。現在の状況は理解してくれるだろう。

それでな、と具志堅の声が心なしか低くなった。

〈当て逃げのトラックが見つかった。現場から二キロばかり離れたコンビニの駐車場に乗り捨ててあった。コンビニからの通報だ。トラックが違法駐車していると。盗難届の出ているトラックだった〉

「やはり、アキラさんは事故じゃなく故意に当て逃げされたんですか」

〈可能性はある。しかし、サーフショップのオーナーなんだろ。殺したいほど憎まれる相手がいるのか〉

反町の脳裏に二つの話が浮かんだ。フィリピンに持っていたサーフショップの話と、葉巻で火傷の痕を付けるほど写真を撮られるのを嫌った男の話だ。

アキラはベイルを恐れていた。並みの恐れ方ではなかった。反町に写真を渡したのをベイルに知られて、殺されかけた。しかし、アキラが事故に遭うまでに写真のことを知っていた人間は限られている。反町と赤堀とケネス、友里恵だ。他には――。

〈いるのか。すべての情報を俺に言えと言っただろ。約束が守れないのなら――〉

黙っている反町に具志堅が言ってくる。

「写真を見せましたよね。ブルードラゴンのボスです。写真の提供者がアキラさん」

ノエルの父親です、という言葉を呑み込んだ。ノエルはタブレットを見ているが反町の話は聞いているに違いない。今度は具志堅が黙り込んだ。

「ベイルが、アキラさんが自分の写真を持っているのを知って、口封じに狙ったのかもしれません」

〈ベイルはどこにいるんだ。東京か〉

「おそらく、すでに東京です。俺たちのすぐ近くにいるかもしれません」

反町は前方のビルに視線を移した。あの中にベイルがいるかもしれない。そう考えると、確かなことのように思えてくる。ノエルを見るとやはり睨むようにビルを見ている。

〈何か分かれば、必ず俺に知らせろ。分かったな〉

具志堅からの電話は切れた。

ファミリーレストランに二時間近くいて、その間にビルに出入りした三十人ほどの写真を撮った。全身像と顔のアップだ。既に午後十時をすぎている。

「今日はこのくらいにしよう。顔写真をあんたのパソコンに送るから、警視庁に帰って関係ありそうな顔がいるか調べてくれ」

赤堀が秋山に言う。

「もちろんです。僕が知っている顔はありませんでした」

「沖縄とのつながりが知りたいんだ。その辺を重点的に調べてくれ」

赤堀は秋山からメールアドレスを聞いて、撮った写真を送った。

「あとはあんたの連絡待ちだ。とにかく、沖縄の連中がどう関係しているか知りたい」

「沖縄県警にも送りたい。できるか」

「おまえの上司にか。彼、パソコンを使えるのか」

赤堀は具志堅のことを言っているのだ。

「送れば、あとはすべてやってくれる」

反町と赤堀が話している間もノエルは画像から目を離さない。

「出入りしてたのは東洋人ばかりだ。おそらく中国人。白人らしき者はいなかった」

反町がノエルを慰めるように言う。

反町、赤堀、ノエルの三人は警視庁に戻るという秋山と別れ、ホテルに戻った。

ホテルに帰り、シャワーを浴びようとしたとき具志堅からメールが届いた。

〈二人がヒット。先日の国際通り裏の乱闘事件の男たちの中にいた。身元は不明。新しい情報は必ず知らせろ〉

添付ファイルには乱闘時の男の顔写真がついている。会議室で見た映像よりかなりはっきりしている。ビルで撮った写真と比べたが間違いない。警視庁からの連絡はまだない。

反町は赤堀とノエルを自分の部屋に呼んで、具志堅から送られてきたメールを見せた。

「当たりだ。沖縄から二人が東京に来ている。他の奴らも東京だ。おそらくあのビルが本部集積所」

ベイルも東京にいるという言葉を呑み込んだ。ノエルも当然、そう思っている。

「沖縄の組織全体が東京に引っ越したわけじゃないだろ。沖縄にも何人かは残ってる」

赤堀が言うが、自信はなさそうだ。

「この情報は警視庁に知らせるべきか。俺たちが勝手にやった捜査だ」

「秋山さんも一緒だったでしょ。私は共有すべきだと思う」

「僕は警察庁に報告する。新しいことが分かるかもしれない」

赤堀が当然という顔で言うが、どの部署に報告するのだ。

「警視庁に知らせるのも悪くはない。奴ら、腰を抜かすぞ。第一日目からこの成果だ。沖縄県警の底力だ」

「まず秋山に知らせて、これをエサに警視庁の情報を引き出す」

反町はスマホを出しながら言った。


秋山に電話をして切ったとたん、スマホが震え始めた。

ケネスからだ。タップした途端、声が聞こえ始める。

〈ジェームス・ベイル。正体が分かった。香港の犯罪組織、ブルードラゴンのボス。反町さんが教えてくれた情報でアメリカ軍と諜報《ちょうほう》機関のデータで調べた。現在はジェム・ソウと名乗ってる。国籍は香港〉

「どんな組織だ」

〈マフィアのようなもの。拠点は香港とタイ。ベイルは香港、フィリピン、東南アジアを行ったり来たりしてる。沖縄にもソウの名で何度も入国してる。現在の国籍は香港だけど、不正に入手したものでしょ〉

「どんなことをやってる」

〈あらゆる悪事だけど、扱っているのは主に麻薬。人身売買もやってる。タイとフィリピンの女性を中東や香港、シンガポールに送るんだ。日本にもね〉

反町は言葉を失っていた。ノエルにどう伝えればいい。

〈ジェム・ソウの前の名前、トマス・カーンでは国際手配されてる。しかし、彼らはそんなこと関係ない。偽名なんていくらでも作れるし、金さえあれば、新しいパスポートなんてどうにでもなるから〉

「今どこにいるか分からないか」

〈ジェームス・ベイルはどこにいるか分からない。しかし彼らは、複数の名前とパスポートを持ってる。ジェム・ソウは日本にいる。沖縄から入国して、出国の記録はないから、日本のどこかにいるはず〉

反町の動悸《どうき》が激しくなった。

「ジェム・ソウ。あるいは、偽名を使って日本にいるのか」

〈何でもありの世界。現在、ブルードラゴンの組織をさらに調べてる。しかし、これだけでもギブ・アンド・テイクのおつりが付くよね〉

「今度、おまえの好きなモノをご馳走《ちそう》するよ」

〈期待してる〉

まったく期待を感じさせないケネスの声で電話は切れた。

反町はしばらくスマホを耳に当てたままでいた。今まで霧の中に霞んでいたベイルの姿が、白日の下に晒《さら》された感じだった。近く、この事実をノエルも知ることになる。そのときのノエルを思うと気が重くなった。だがこれがすべてではない。ベイルのほんの一部の姿でしかないのだろう。

ノエルの視線にふと気づいて、スマホを切ってポケットにしまった。

5

反町はホテルを出た。すでに午前零時をすぎている。

具志堅のメールとケネスの話を聞いてから、じっとしていられなくなったのだ。

通りを歩き始めたとき長身の女性が横に並んだ。ノエルだ。

「おまえも行くのか」

「当たり前でしょ。そのために、有休まで取って来てるんだから」

「僕だって手ぶらじゃ帰れない。警察庁に顔を出す前に、もっと情報を仕入れたい」

追ってきた赤堀が息を弾ませながら言う。

反町はノエルと赤堀とともにタクシーに乗った。ビルから一ブロック離れた場所でタクシーを降りた。通りの向こうに長身の男が立っている。

「考えることは同じなんだな。だからヤバいことも起こる。どのくらいここにいる」

反町は秋山に声をかけた。

「今来たところです。心配になって。あなた方が先走ったことをしないかと」

「だったら文句はないな。期待に応えたわけだから」

「警視庁では写真をもとに一課と暴対が合同で対策を練っています。もうしばらく待てませんか」

「待てないね。Xデイがいつか、何かすら分かってないんだ。明日だったらどうする」

「僕たち四人で事足りますかね。一人は計算外にしてくれって言ってるし。前の捜査だとビル内にいる中国人は十人は下らない。相手は香港ばかりじゃなく福建《ふっけん》省のマフィアの可能性もあります。牛刀はもとより、拳銃を持っている恐れがあります」

「やめてくれよ。これだから、野蛮な奴らとは付き合いたくないんだ」

赤堀の呟きが聞こえた。

「どうするつもりなんだ。あれは本部集積所に間違いないぞ」

「反町さんたちこそ、どうするつもりだったんです」

「本部集積所である証拠を見つける」

四人は前と同じファミリーレストランに入って、同じテーブルに座った。客は学生風の男女が数人いるだけだ。

反町は迷ったがケネスから聞いたブルードラゴンの話をした。

ノエルの表情は変わらないが、テーブルに置いた指先が小刻みに震えている。

「その組織のボスがジェームス・ベイル、別名ジェム・ソウという名前で香港国籍。すでに東京に来ているというんですね」

「おそらくXデイと関係がある。その日は近いということだ」

反町は視線をビルに向けた。

ビルの前には数時間前よりも多くの車が止まり、出入りも激しい。中に一人、周りの男より目立つ巨漢がいる。肌寒い時期と時間だが、ジーンズにTシャツ姿だ。

「あのでかい男だ。腕に確かにタトゥーがあった」

「ドラゴンかどうか分からないだろ。何とか見えないか」

「ダメだ。遠すぎる」

そのとき、反町のスマホが震え始める。

〈ここ三日間の那覇空港から本土に飛んだ乗客名簿を調べた。欧米系の乗客は二百名あまり。その中で五十歳前後の男は五十名ほどだ〉

挨拶も抜きに具志堅が話し始める。

「でも、偽名を使ってるでしょ。乗客名簿だけじゃ探しようがない」

〈空港の防犯カメラを三日分調べた。本庁と所轄の捜査員を動員して。しかし、写真の

男は見当たらない〉

「まだ沖縄県内にいるというのですか。ありえません」

反町は言い切った。ベイルは必ず自分たちの近くにいる。

「変装しているとは考えられませんか。髪を染めてサングラスをかけて——」

〈いまやってる、あの写真をもとにして。科捜研の協力を得ている〉

「分かり次第、連絡をください」

反町がスマホを切ると同時に、ノエルが立ち上がった。

「馬鹿野郎。何をするつもりだ」

反町の声と同時に秋山が飛び出してノエルの腕をつかんだが、ノエルは振り払うと店を出てビルに向かって歩く。

Tシャツの大男がノエルに気づき、動きを止めて見ている。ノエルが通りを横切って男に近づいていく。男は何を思ったか車の中からブレザーを出して着込んだ。ノエルが男の前に行って話し始めた。

「行きましょう」

秋山が立ち上がった。反町はその腕をつかむ。

「もう少し待とう。ノエルは賭けているんだ。自分のルーツについて」

「危険すぎる。きみたちは、香港マフィアの本当の恐ろしさを知らない」

「静かにしろ。二人とも落ち着け」

　赤堀の声に反町と秋山はノエルのほうを見た。ノエルが戻ってくる。

　大男がガレージの前に立ちノエルを見ている。ノエルは店の前を通りすぎ、角を曲がっていく。しばらくして三人のところに戻ってきた。

「あそこに間違いない。ドラゴンソードはあの事務所に送られてくる」

「何で分かる」

「あの大男は中国人だった。英語はうまいけど、中国訛りがある」

「タトゥーはあったのか」

　大男はTシャツの上にブレザーを着たままだ。

「中に三人の男がいる。その中の一人がランニング姿で荷物を運んでた。右上腕部にブルードラゴンのタトゥーがあった。おそらく組織の特定の者だけがタトゥーを入れてるんだと思う」

「それだけでは、ここがメインアジトとは言い切れない」

　秋山は慎重姿勢をくずさない。

「あんたが、ここまで慎重派だとはね。だったら、自分で行って聞いてこい」

「もっと内偵が必要です。危険ドラッグが手に入ればいいんですが」

「グズグズしていると、悟られるぞ。男の一人がこっちを見ていた。気づいたんじゃないとは思うが」

赤堀がタブレットの画面を見ながら言う。

黒のセダンが止まり、数人の男が降りてくる。ビルから出てきた男たちは彼らが中に入るまで、周囲を見張っている。

「あいつら幹部だぜ。ブルードラゴンの司令塔はここだ。沖縄から運んだブツを集めて、首都圏の売り子たちに流してる」

反町は確信を込めて言い放った。誰からの反論もない。

「ベイルもここにいる可能性が高い。もしいたら――」

「全員検挙よ。これ以上、被害者を出すわけにはいかない」

ノエルが反町をさえぎり、冷静な声で答える。そして低い声で付け加えた。

「覚悟はできている」

反町たちの報告により、午前二時をすぎていたが、緊急捜査会議が開かれた。

新宿署の会議室は熱気であふれていた。全員参加の指示が出て、百人以上の捜査員が集まっていた。警視庁本部の刑事部長、捜査一課の課長以下、各所轄の部長、課長クラスが前列に並んでいる。

赤堀が撮影した映像を使って説明する。

「数時間前の映像です。二人は沖縄で危険ドラッグ販売に関わった者だと報告が来ています。このビルはおそらく、首都圏に危険ドラッグを持ち込もうとしている者たちの拠点、本部集積所です。踏み込むのはできる限り早い時期が望まれます」

「そう言い切ることができるかね。間違っていれば相手に悟られ、逃亡を許すことにもなる」

警視庁の刑事部長が赤堀を試すように言う。

反町のポケットでスマホが震えている。そっとスマホを出して見ると具志堅からだ。深夜に電話してくるとはよほどの重要事項だ。

〈答えなくていい。黙って聞いてろ。那覇空港から三日前に本土に渡った乗客にジェームス・ベイルらしき男がいた。髪を染めてサングラスをしている。科捜研の奴が判定した。ベイルは東京だ。会議中なんだろ。深夜の会議か。いよいよだな〉

一方的に話すと電話は切れた。

反町は立ち上がった。

「あのビルがドラゴンソード販売の拠点なのは間違いありません。同時に香港の犯罪組織、ブルードラゴンの拠点です。今回の事件の首謀者と思われる、ブルードラゴンのトップ、ジェームス・ベイルは三日前に那覇空港を出て、東京に来ています」

ノエルが飛び出しそうな目で反町を凝視している。

「Xデイは近いと思われます。おそらくドラゴンソードが一斉にばら撒かれます。明日か、明後日か。いや、既に今日だ。直ちに強制捜査に取りかかるべきです」

捜査官の半数は驚いた表情で、残りは呆れた顔で反町を見ている。

「秋山巡査部長も同行していたんだね。どう思う」

警視庁の立松一課長が聞いた。秋山が立ち上がり反町のほうを見る。

「さらに内偵が必要かと思われます。決定的なものは出ていません」

秋山が反町からノエルに視線を移す。

「しかし、今回の場合、時間的な余裕はありません。Xデイという言葉も出ています。それがいつかは分かりませんが、都内での一斉販売を狙っているという情報もあります。できる限り早急な対応が必要と思われます」

「きみも、赤堀警部同様、直ちに強制捜査をしたほうがいいと言うんだね」

「そうです。彼らは動きが早いです。危険を察すれば、突如としていなくなります。そうなれば捜査は振り出しに戻ります。Xデイを防ぐためにも急ぐ必要があります」

「時期はいつが最適だと思うかね」

「直ちにです」

立松の問いに、反町と秋山が同時に答える。

「同時に都内全域の中国人の潜伏先も捜査を行うべきです。既にドラゴンソードが運び込まれている可能性があります。時間差ができれば逃亡の恐れがあります」

秋山の言葉に立松は隣を見た。刑事部長が考えている。顔を上げ、立松に頷いた。

「直ちに強制捜査の準備をしてください。でき次第、強制捜査を行います」

立松が立ち上がると、軽く頭を下げた。室内に緊張が満ちた。

捜査員たちが一斉に立ち上がった。部屋中の捜査員たちが各自の持ち場に帰っていく。

「おまえ、ガサ入れには反対じゃなかったのか」

「皆さんの説明を聞いていると、それもありかなと。状況により意見を変えない刑事が、事件の迷宮入りと、冤罪《えんざい》を生む。僕の前の上司の言葉です。肝に銘じています」

「状況はかなり違うが、そのくらいは許すよ。さあ、俺たちも準備しなきゃ」

反町は秋山から赤堀とノエルに向き直った。

6

午前五時。反町たちは警視庁本部に戻っていた。今回の強制捜査は警視庁本部主導で行われる。警視庁本部が本部集積所とサブ集積所、所轄は都内の販売所に振り分けられていた。対象箇所は計二十五か所。

大会議室には一課と暴対の刑事が七十人ばかり集まっている。徹夜で強制捜査の準備が行われたのだ。全員が防弾チョッキを着用し、拳銃携帯の指示が出ていた。相手は武装集団との認識だ。

「中心となる場所は本部集積所とサブ集積所の二か所。おのおの中国人が数十人いると思われる。あとは危険ドラッグの販売所、販売拠点だ。大半は中国人不法滞在者だ。ここ数日で首都圏全域から集まっている」

「武器は持っているんでしょうか」

「それも分からん。だから、用心を重ねた万全の態勢で当たる」

「機動隊の出動はあるんですか」

「待機している。派手に動くと逃亡の恐れがある。兼ね合いが難しい」

「大がかりなガサ入れになるな。それにしては急だった。準備不足じゃないのか」

捜査員たちの声が聞こえてくる。

反町たち三人と秋山は会議室の隅で強制捜査の準備を見ていた。

「SATも同行するのか」

反町が秋山に小声で聞いた。警備部に編成されている特殊急襲部隊だ。

「映画やテレビじゃないですよ。今回は単なる強制捜査です。ただし、武装した機動隊は待機しています」

「さすが警視庁だ。やることの規模が違う。僕も同行したほうがいいよな。警察庁に顔を出さなきゃならないんだけど」

赤堀はしきりに警察庁の名前を呟いている。隣の建物だが、まだ行っていないのだ。

「俺たちの用意はいらないのか」

反町は秋山に聞いた。

そのとき、入ってきた若い刑事が三人に向かって遠慮がちに言う。

「スマホと警察手帳を預かります。お二人と天久さんは、しばらくの間、警視庁の監視下に置かれます。課長の指示です」

「どういうことなんだ。俺たちが見つけた本部集積所だぜ。あそこがブルードラゴンの司令塔になっている」

反町は秋山を見た。秋山はわずかに顔をしかめたが何も言わない。了承しているのか。

ノエルが肩にかけていたバッグからスマホを出した。赤堀がノエルに従ったので、反町もスマホと警察手帳を渡した。

「俺たちも同行させるべきだろ」

「機密保持のためです。分かってください」

秋山が苦しそうな声を出した。

「俺たちが捜査状況を漏らすと言うのか。誰に漏らす」

「ここは、いつものメンバーで動きたいということです。失敗は許されません」

「私たちに邪魔されたくないんでしょ。私たちはよそ者ということ」

ノエルの口調は冷めている。

「強制捜査の間だけです。終わればまた一緒に行動できます」

「それって、人権侵害に当たるぞ。警察庁に報告する」

赤堀が強い口調で言った。

「このガサ入れが終われば、何でもやってください。それまではここのやり方に従ってください。それほど今回のガサ入れは重要なんです」

「首都圏一帯に同時にドラゴンソードがばら撒かれることだけは、なんとしても阻止しなければならない。これは新種のテロなんだ」

秋山の声に続いて背後から声が聞こえた。振り向くと立松一課長が立っている。反町たちはあわてて立ち上がった。

「俺たちがおとなしくしていれば、ガサ入れは成功して、ブルードラゴンの奴らは一網打尽ってことですか」

「全力を尽くす。これは各班長からの申し出なんだ」

「俺たちも同行させてください。邪魔はしない。出しゃばった真似はしないと誓います」

反町は立松と秋山に向かって言う。

「あのビルを突き止められたのは、彼ら三人の力です。彼らも同行させるべきです」

秋山が立松に改めて頼んだ。立松は考え込んでいる。

「車からは出るな。三人の行動には秋山が責任を持て。各班長には私から伝えておく」

立松は若い刑事に目配せすると、部屋を出て行った。

刑事はほっとした顔で反町たちにスマホと警察手帳を返した。

「警視庁刑事課、新宿、池袋、渋谷の各所轄の合同強制捜査です。これほどの態勢を取ったのはオウム事件以来です。しかも今回は、すべて極秘に行われます」

「かなり難しいぜ。これだけの人数が移動するんだ」

「二十五か所の集積所、販売所の一斉捜査です。一か所平均二十人で踏み込みます。五百人態勢の捜査です」

「さすが警視庁だ。大したもんだ。数時間でこれだけの準備をするんだ」

赤堀は感心しながら混雑をきわめる大会議室を見ている。

「警視庁だけじゃありません。神奈川県警、千葉県警の協力を得ています。半月ほど前から準備していました。地道な努力の賜物《たまもの》です。反町さんたちのおかげでヘッドが確認できたので強制捜査の指示が出ました」

秋山にも特別の思いがあるのだろう。

反町はノエルに視線を向けた。表面上はいつもと変わらないが心中は違うはずだ。

「大丈夫か」

「こういうの、いつかやってみたかった」

返ってくる言葉は威勢がいいが、声にはかすかな震えが混じっている。

三人は秋山の指示に従って、警察車両に移動した。


反町たちは南池袋のビルの強制捜査に同行した。

立松の配慮なのだろう。司令塔の可能性が高い、という反町の言葉を考慮したのだ。ブルードラゴンの幹部はここで下部組織に指示を出している。ドラゴンソードも沖縄からここに集められ各支部に運ばれる。ここにはベイルがいる可能性が高い。ノエルの表情は話しかけるのがためらわれるほどに硬く険しくなっている。

ビルから半ブロック離れてバンは止まった。反町たちはバンの中で待機するように指示されている。午前六時。早朝にもかかわらず数台の車が通りすぎていく。

大型バンを改装した指揮車の中には十台近いモニターが据え付けられ、各班の状況がリアルタイムで把握できる。指示も出すことができ、車内は緊迫感に満ちていた。

〈五班です。ビルは完全に包囲しました。相手はまだ気づいていません〉

「周辺住民の避難はどうなっているんです」

「そんなことやってたら、気づかれて逃げられますよ」

赤堀の質問に中年の捜査員が面倒そうに答える。彼は赤堀が警察庁出身の警部であることを知っているのだ。

「しかし、犯人が住民の住居に逃げ込めば――」

「そんなことがないように細心の注意を払っています」

捜査員がモニターの一つを指した。ビル周辺に輝点が映っている。

「五班態勢でビルを取り囲んでいます。今回の強制捜査で最多の布陣です。ネズミ一匹逃がさないって奴です」

〈一班です。いつでも踏み込めます〉

次々に準備が整ったと連絡が入る。

「行動を開始しろ」

班長の指示で輝点が動き出した。

車内に緊張が走った。捜査員が赤堀を押しのけてモニターの前に屈《かが》み込んだ。

〈ドアの前に来ました〉

「呼びかけて、反応次第で踏み込め」

班長が指示を出した。突入が開始された。

強制捜査開始後、二十分ほどで全員拘束の無線が入った。

相手の抵抗はほとんどなかった。完全に意表を突いた突入で、何事が起こったのか考える間もなく完全装備の警察官が取り囲んでいた。

反町たちはバンを降りてビルに向かった。ガレージの中は捜査官で溢れていた。

二か所の隅に男たちがそれぞれ十人ほど集められている。一見、日本人のように見えるが、各々が一癖ありそうな男たちばかりだ。

時折り、上の階から大声が響いている。中国語なので意味は分からないが、捜査員を罵る言葉なのだろう。手錠をかけられ捜査員に両方から抱えられた男が連れられてくる。

ノエルがTシャツの男に近づき、右袖をたくし上げた。上腕部にブルードラゴンのタトゥーがある。横の男も同じだ。

〈ボスはどこにいるの。ドラゴンのタトゥーのある白人の男よ〉

英語で話しかける。男たちは一瞬静かになって、ノエルを見た。

〈そんな男、俺たちは知らない〉

〈この腕のタトゥーは何なの。あんたらのボスにもあるでしょ〉

「ここで話すのはよせ。署の取調室でやる」

班長が来てノエルに言う。

「ここにボスはいない。元からいないのか、逃げ出したのか確かめる必要があります」

「完全に包囲していた。逃げ出すことはできない」

「彼らに聞いてみてよ。本当にそうなのか」

ノエルが声を荒らげた。捜査員の視線がノエルに集まる。

男の一人が突然立ち上がり、捜査員を殴りつけて持っていた特殊警棒を奪うと、班長の頭めがけて振り下ろした。

ノエルが班長を突き飛ばすと同時に、足が大きく円を描き男の腕を蹴り上げた。具志堅の蹴りと似ているが、ノエルのほうが足が長い分優雅に見える。特殊警棒がコンクリートの床に転がり、乾いた音を立てた。

周りの捜査員が一斉に男に飛びかかり、床に押さえつける。男は手錠をかけられ、パトカーに連れていかれた。

「気をつけろ。こいつら何やるか分からない。特殊警棒の直撃を受けていたら、病院送りじゃすまないぜ」

反町は全捜査員に聞こえるように大声を上げた。

「全員検挙。二十六人だ。直ちに新宿署に送れ」

「検挙者の中にアメリカ人はいないの。背が高くて白髪のアメリカ人は」

ノエルの声が響いた。

「全員中国人だ。日本語を話すのは数人だ。誤魔化しているのかもしれないが」

「ボスは誰だ。検挙したか。ブルードラゴンの本部はここのはずだ」

反町は秋山に問いかける。あたりは捜査員と連行される中国人とで騒然として、秋山にも全容は把握できていないようだ。その中をノエルがさまようように歩いている。

「ボスはどいつだ。分からないのか」

秋山も年配の捜査員をつかまえて聞いている。

「俺にだって分からん。あいつらの中にいるんだろう」

「ボスはジェームス・ベイルよ。長身で白髪のアメリカ人」

「拘束したのはすべて中国人です」

繰り返すノエルに捜査員が答える。

反町は赤堀とノエルと一緒にガレージの上の部屋に入った。

事務所用の部屋で中央に大型のテーブルが置かれている。テーブルには食べかけの弁当やビールの空き缶が散乱している。中国語の新聞や雑誌もあった。

「ここからドラゴンソードを各潜伏先に流していたのか。それにしては汚いな」

「手を触れるな。鑑識が入ってからだ」

雑誌に手を伸ばした赤堀に反町が言う。赤堀はあわてて背後に下がった。赤堀にとって強制捜査の現場は初めての経験なのだ。

「ベイルがいたかどうか。いたならどこに逃げたか調べたいが、時間がかかりそうだ」

反町は立ち止まりゆっくりと息を吸った。ほのかに甘い香りがする。

「何の匂いだ。神経を集中しろ」

「葉巻だ。昔、警察庁の上司の一人が吸っていた」

赤堀が答える。反町はアキラの手のひらの火傷の痕を思い出した。部屋に残る香りとともにベイルの姿が反町の脳裏に立ち上がった。

「ベイルはここにいた。それもさほど前じゃない。葉巻の匂いがかすかに残っている」

反町は叫ぶように言った。葉巻の匂いだけでは根拠は薄い。しかし反町にとっては否定できない確信が湧き起こっている。これが刑事の勘だと強く思った。

「首謀者と思われるベイルはここにいました。至急、空港と主要駅にベイルの顔写真を送ってください。彼は首都圏脱出を図っています。向かうのは沖縄だと思われます」

反町の言葉を受けて、秋山が班長に言った。秋山も反町と同じ思いなのだ。辺りはさらに騒然となった。秋山に代わって、反町が続ける。

「沖縄行きのフライトとフェリーに連絡を取り、刑事を向かわせてくれ。ベイルは見た目は白人だ。長身、白髪、碧眼《へきがん》。沖縄県警に連絡して最近の写真を取り寄せてください。ただし変装しているかもしれない。職質を強化すれば発見の可能性はある。しかし、地方の空港から発たれると発見は難しい」

反町はスマホを出して具志堅の番号を押した。

呼び出し音と同時に具志堅の声が聞こえる。彼も徹夜したのだろう。

「東京のブルードラゴンの本部集積所と販売拠点を強制捜査しましたが、首謀者のベイルは取り逃がしました。今後、沖縄に戻る可能性が高いです。手配をお願いします」

分かった、と短い声が返ってきて、通話は切れた。

「半径五キロ以内の主要道路で検問を行ってください。パトロールの強化が必要です。所轄に応援を頼んでください」

班長が反町の言葉を受けて立松一課長に電話をした。


首都圏の強制捜査で、ブルードラゴンの関係者百二十三人が検挙された。さらに検挙者は増えている。押収されたドラゴンソードは八万六千錠。さらに加工されていない粉末十二キロが発見されている。検挙者の中には、国際手配されていた中国人も十二人含まれていた。

「ブルードラゴンの組織の解明に取り掛かっています。解明が進むにつれ、首謀者、ジェームス・ベイルの存在も明らかになってくると思われます」

「俺たちも捜査に参加させてくれ」

「これは警視庁に任せてください。捜査状況は随時沖縄県警に知らせます」

秋山が反町をなだめるように言う。横でノエルが聞いているが、腕を組んで考え込んでいて何も言わない。都内には今も大規模な捜査態勢が敷かれている。しかし、ベイルと数名の幹部の行方は依然として不明だった。

「ビル周辺の防犯カメラと高速道路のカメラの記録を回収しています。あの時間に周辺道路を走っていた不審車はすべてチェックしています」

「ビルの周りには何台くらいいたんだ」

「早朝だったので台数は少ないです。最初は百二十五台。条件を付けて絞り込み、最終的に十五台にして、羽田に向かう高速道路のカメラと照らし合わせました」

秋山は簡単に言うが、膨大な仕事量だ。一台を見落とせば、すべての努力が無駄になる。かなり神経を使う仕事だ。警視庁あげて、二十四時間態勢で行っている。

「それで、成果はあったのか」

「二台の車がヒットしました」

赤堀の問いに秋山がタブレットを出して立ち上げると、ノエルがのぞき込む。

高速道路での写真だ。鮮明な映像だが運転席と助手席の男だけしか顔が分からない。ナンバープレートの番号は読み取れた。

「二台ともレンタカーです。羽田で発見されています。残留品はゼロです。指紋も毛髪も見事なほど何もありませんでした。ここまで痕跡を消すとはプロの仕業と言うほかありません」

「やはり香港マフィアか」

赤堀が言ってからしまったという顔をした。ノエルを気づかったのだ。

「沖縄行きの飛行機に乗ったのか。当然、調べたんだろ」

「強制捜査から二十四時間以内の乗客はすべてチェックしましたが、ベイルとその仲間らしき者はいませんでした」

「見落とすということはないんだろうな」

赤堀が言うと、秋山が無言で睨みつける。

「羽田と見せかけて成田《なりた》ということはないか」

「調べましたがやはりベイルはいません」

「新幹線で関西まで出て、そこから飛行機という手もある」

「名古屋空港、関空、伊丹《いたみ》、神戸の空港の沖縄便は調べました。タイ、香港、その他の国に行く国際線もです。やはりベイルらしき者は見あたりませんでした」

「沖縄サイドもだ。本土から来る飛行機はすべてチェックしている。具志堅さんから電話があった」

「あんたたち、フェリーは調べたの。沖縄に行くにはフェリーだってあるのよ」

黙って聞いていたノエルが言う。

「沖縄の港は調べてる。しかしベイルはいない。今のところは」

秋山が慌ててスマホを出して背を向けた。

二日がすぎてもベイルの行方は分からなかった。

「長身で白髪、五十代のアメリカ人。見かけは白人か。あまりに漠然としすぎている。発見はかなり難しいか」

赤堀は警察庁にも行かず反町たちと行動を共にしていた。

秋山が反町たちのところに来た。背後に立松がいる。

「Xデイが分かった。強制捜査の翌日だった。君たちには礼を言う」

立松が三人に向かって頭を下げた。

「やはり、ドラゴンソードを東京で一斉に売り出す日でした。彼らはそのための態勢を整えていました。南池袋のビルに残された書類の中にありました」

「一日遅れれば大変なことになっていた。このことは沖縄県警の新垣刑事部長や本部長にも知らせておく」

秋山と立松が交互に三人に向かって言う。

「ベイルは一人で日本を旅行できるか。自分で飯を食い、キップを買い、泊まるところを見つけることができるか」

立松が部屋を出ていった後、反町は赤堀たちに問いかけた。

「これだけの組織を作り上げてる。沖縄だけじゃなく東京にも何度も来ているはずです」

秋山が確信を持って言い切る。

「彼はもう沖縄に帰っている。私には分かる」

ノエルが呟くように言った。反町は頷いた。赤堀もそうだという顔をしている。

「俺たち、沖縄に帰る。ここはここでやるんだろ」

反町は秋山に言う。

「沖縄県警にはドラゴンソードの製造場所の摘発をお願いしたい。近いうちに、警視庁からも捜査員を派遣する。これは立松一課長の言葉だ」

「俺たちは俺たちだけでやれる」

反町は赤堀とノエルを見た。二人も頷いている。


反町たちは秋山に送られて羽田空港に行った。

搭乗手続きを済ませて、ゲートに入ろうとしたとき秋山が反町の腕をつかんだ。

「反町さんには知らせておいたほうがいいと思って」

タブレットを出して一枚の写真を見せた。鮮明ではないが、男の顔つきは分かる。

「あのビルの横にある駐車場の車に乗り込む男です。駐車場の防犯カメラの映像です」

反町はスマホを出して写真を見せた。具志堅が送ってきた写真だ。

「同じ男だな。ノエルの父親だ」

「明日には沖縄県警にも送られます。今回の危険ドラッグ事件の首謀者として」

「やはりベイルはあのビルにいたのか。おまえらなんで隠してた」

「映像を見たのは今朝です。映像がハッキリしなかったのと、それに――強制捜査の情報が漏れていた可能性があります」

秋山は写真の右下の数字を指した。

「日付を見てください。強制捜査の前日です。だから発見が遅れた。この車も羽田の駐車場に乗り捨ててありました。現在、当日の高速道路のカメラを調べています」

「Xデイの前にボスが逃げ出したというのか。強制捜査の後に羽田方面に逃げた車があるんだろ。ベイルはあの車に乗ってたんじゃないのか」

「顔は映っていません。乗っていたのは部下でしょう。顔は分かっていません」

「おまえら、まさか俺たちが――」

「ベイルはノエルさんの父親なんでしょ。疑っている者もいます」

「時間よ。急がなきゃ」

ノエルが呼んでいる。

反町はタブレットを秋山に押し付けるように返すとゲートに向かって歩き始めた。

第六章　二つの血

1

夕方、反町と赤堀、ノエルは那覇空港に着いた。

東京では肌寒かった空気も、飛行機を降りた途端、熱を含んだものに変わった。思わず空をあおぐほど陽差しも強い。三人はタクシーで県警本部に直行した。

県警に到着した三人は、ただちに刑事部長室に呼ばれた。部屋には新垣刑事部長と古謝一課長がいた。二人とも険しい顔で三人を見ている。

「警視庁の捜査状況を話してくれ」

反町は赤堀を見た。彼は上京中一度も警察庁には行かず、反町と行動を共にした。

「我々が沖縄に帰る直前の情報だと、ブルードラゴンのトップ、ジェームス・ベイルは強制捜査が入る前日に東京を発ち、沖縄に戻ったと考えられます。この情報に関しては、追って警視庁から報告が入ります」

赤堀は警視庁の強制捜査の状況とその後の捜査の進展具合を話し、最後に付け加えた。機内で反町が赤堀とノエルに秋山からの伝言として話したことだ。

「ベイルに関しては、強制捜査前日の動きを考慮して空港を再度調べてください」

「他に君たちの所感はないか」

「所感と言いますと」

赤堀が古謝に聞き返す。

「警視庁の沖縄県警に対する評価だ」

「これからの働き次第です。ベイルと他の幹部をいかに早く逮捕できるか。沖縄のドラゴンソードの製造工場を突き止め、ブルードラゴンの組織を解明できるかによります」

さすがに準キャリアだ、そつのない報告と答えだと、反町は感心した。自分だと余計なことまでしゃべってしまう。新垣と古謝は捜査本部全員に報告する前に警視庁の意向を知っておきたかったのだ。

直ちに会議室に一課と暴対、さらに所轄の刑事が集められた。反町と赤堀が東京での捜査の報告をした。

「首都圏の販売網は警視庁の強制捜査によりほぼ壊滅しました。逮捕者百二十三名。押収したドラゴンソードは八万六千錠。粉末十二キロ。末端価格は――分かりません。おそらく数十億」

「ドラゴンソードは沖縄で製造され、首都圏で一斉販売されることになっていたというのか。それがXデイ」

「警視庁はXデイについて、つかんでいたのか。情報共有は十分にできていたのか」

「他に情報はないのか。警視庁が我々に隠していることはないのか」

二人の報告が終わると刑事たちの声が飛び交い始めた。

「現場ではXデイを阻止するのに必死でした。逮捕者の事情聴取は現在、警視庁で行われています。追って報告があると思います」

「リアルタイムの情報が必要だ。これでボスを逮捕し、製造元を摘発しろは酷だぜ」

「ドラゴンソードの輸送ルートはどうなってる。逮捕者から聞き出せるだろう。警視庁はまだつかんでないのか」

「これから明確にしていくと思います。しかし、逮捕者のほとんどが中国人です。一部がフィリピン人とタイ人。言葉の障害で時間はかかると思われます。それまでにこちらも、ある程度の目星をつけておいたほうがいいかと思います」

反町は答えたが、警視庁の沖縄県警に対する期待度は低い。独自捜査もやっている。

「警視庁の奴ら、俺たちをバカにしてる。明確な証拠もなしに製造現場は沖縄にありと決めつけてる。これでただちに摘発しろとは」

「しかしそれは沖縄県警の分担だ。俺でも急ぐようにプレッシャーをかける。警視庁にあたるのはおかど違いだ。沖縄県警の力を見せてやる」

「先月から空港警備は厳しくしてる。麻薬犬まで駆り出して荷物チェックだ。しかし、ヒットはなし」

「ベイルが那覇空港から東京行きの便に乗ったことを知らせたのはこっちだ。そのときの顔写真だって送ってやった。礼の一つもないぞ」

「発見が遅いって言うんだろう。搭乗前に何とかしろと言うのが奴らだ」

「だがなぜ、ベイルは香港に帰らず、わざわざ沖縄に戻るんだ。強制捜査前日に東京を出ているのもおかしい」

部屋の会話が途切れた。誰も明確な答えを言うことができないのだ。

「Xデイを待たず東京を離れたのは、ことが起きた後では空港の監視が厳しくなるとの考えからではないでしょうか。沖縄に戻ったのは、まだドラゴンソードの製造所が残っているからだと思われます。生産を指示するためです」

反町は話しながらも違和感を覚えていた。掛け違えたボタンを眺めているような中途半端な気分だ。赤堀とノエルを見ると、二人も複雑な顔をして考え込んでいる。

「アキラさんはどうですか」

会議が終わってから、反町は具志堅に聞いた。

「命はとりとめた。制服警官を一人付けてある。しかし――」

言葉を濁してしばらく考え込んでいる。

「意識は戻ったが、どうやら記憶が戻っていない。何を聞いてもボーッとしてるだけだ。しばらく安静が必要らしい」

「アキラさんは俺に何か言いたくて電話してきました。俺に会いに来る途中で事故に遭ってる。命を狙われるほど重要なことって何だったんですかね」

「心当たりはないのか」

反町は答えることができなかった。いくつかあるが絞り込むことができない。

「これから行ってみます」

「そうしろ。しかし、今はベイル逮捕に全力を尽くすことだ。沖縄に戻って、日本脱出を図るはずだ。こんなこと二度と起こってほしくないからな」

そのためにもアキラの話を聞く必要がある。反町は喉元まで出かかった言葉を呑み込んだ。具志堅も分かっているはずだ。


病室をノックして沖縄県警の反町だと名乗ると、制服警官が顔を出した。

アキラは身体中に管とコードを付けてベッドに横たわっていた。横のモニターが映し出す心電図や脈拍グラフだけが生きている証だ。

「意識は戻りましたが今はまた眠っています。命の危機は脱したと医者は言っています」

人の好《よ》さそうな初老の警官が説明する。

反町はアキラの顔を覗き込んだ。片目を残して顔の半分以上にガーゼが絆創膏《ばんそうこう》で貼られている。右腕と右足を骨折。アバラも数本折れている。特に足は複雑骨折で再手術をして金属で留めると聞いていた。おそらくサーフィンは二度とできない。

「私が来てからも何度か目を覚ましました。ジェームス――女――とか言ってました」

反町に伝えたかったことか。記憶は戻っているのかもしれない。

「その他には」

「タイのプーなんとかと言ってましたが、何でしょうかね」

おそらくプーケットだ。やはりあの写真が原因で命を狙われたか。

反町は警官に礼を言って病室を出た。

アキラが口走ったという言葉が脳裏に残っている。ベイルに関することだろうが、今はどうすることもできない。女とはノエルのことか。


強制捜査前日にさか戻って空港の監視カメラが調べられた。ベイルとその部下らしい男たちが数人映っていた。おそらく何便かに分かれて沖縄に戻ってきている。

反町たちはベイルの写真を持って那覇のホテルを中心に宿泊施設を聞き込みに回った。

しかし、以後の足取りはつかめなかった。ベイルたちは姿を消してしまった。

「沖縄から出る方法は多くはない。飛行機と船だ。それも便数は限られている。正規に出ようとすると、必ずどこかで引っかかるはずだ。だが、非正規の場合、選択肢は大幅に増える。近くの島に渡り、中国船に乗るというのも一つの方法だ。金と人脈は必要だろうが、彼の場合可能性は高い。それも考慮に入れて、必ず見つけろ」

古謝は会議ごとに檄《げき》を飛ばした。声にも顔にもありありと焦りが見られる。彼もまた警視庁を強く意識しているのだ。

「人探しがこれほど難しいとは思っていなかった」

隣に座っている所轄の刑事の呟きが聞こえる。


ケネスがわざとらしく大きく息を吐いた。そろそろ解放してくれという合図だ。既に一時間以上がすぎている。昼に基地からケネスを呼び出したのだ。

反町、ノエル、赤堀の三人は〈B&W〉の奥の席で、ケネスを囲んで額を寄せ合っていた。

入口には国際通りの喧騒が溜《た》まっているが、奥のこのスペースは空気が違っている。

「もう、かなりのことが分かってるんだろ。アメリカの情報収集力の凄さを教えてくれよ。ちょっとでいいから」

「知らせるほどのものはないよ。ベイルに関する情報は日本側のほうが多いと思うよ」

ケネスの言葉には皮肉が込められている。僕をあまりあてにはしてくれるな。

「それは俺たちが判断する。おまえは知ってることをしゃべればいいんだ。日米合同捜査を言い出したのはおまえだ」

ケネスは大きく頭を振ると覚悟を決めたようにデイパックからタブレットを出した。

「本当にいいんだね。特にノエルは」

「あんたは人の心配より、黙って話せばいいの」

ノエルの鋭い声が飛ぶ。

「これはアメリカ人、ジェームス・ベイルじゃなくて、欧米系香港人、ジェム・ソウの話として聞いてよね。ベイルはすでに自分の名前を捨ててるんだから」

「おまえ、前置きが長すぎるんだよ。さっさと話さないとケツを蹴とばすぞ」

ノエルが反町を睨み、腕を伸ばしてタブレットのスイッチを入れる。画面がパスワードを要求する。ケネスが人差し指を置くとタブレットが開いた。指紋認証システムだ。

「ブルードラゴンは香港の犯罪組織。でも、活動拠点は東南アジアの複数の国にあって、タイのプーケットにはかなり大きな組織を持ってる」

「そのボスがノエルの――」

赤堀が出かかった言葉を呑み込む。ケネスはノエルをちらりと見て、話を続けた。

「構成員は二百人とも三百人とも言われてる。その半数は中国人だけど残りはタイ人、フィリピン人など多国籍。要するにグローバルな犯罪組織なんだ」

「アメリカ軍は今まで、そのボス、ジェム・ソウがジェームス・ベイルであることには気がつかなかったのか」

「僕らのミスだ。ベイル少尉が犯罪組織のボスだなんて。それも香港の。仮にも彼はアメリカ合衆国海兵隊の将校だった。反町さんの写真情報で初めて知ったんだ」

ケネスの顔を見ていると信じたくなるが、今までの経緯からすると、単純に信じるわけにはいかない。ウソはつかないが、口に出すのは知っていることの何分の一かだ。反町の脳裏にはキャンプ・キンザーで会ったハワード中佐の顔が浮かんでいた。

ケネスがタブレットをタップすると、画面が写真に変わった。

「彼らのやり口は中国マフィアに通じるところがある。殺す前にいたぶるんだ。組織の力の誇示、敵対組織への見せしめとも言われてるけど、僕には単なるいたぶり、趣味のように見えるね」

全裸の男の遺体だ。思わず目を背けたくなる。泊港にあがった遺体を見たとき、チャンが浮かんだのを思い出した。あれに似ている。身体中の切り傷と肉体の欠損の多さだ。

ケネスの指先の動きと共に写真が変わっていく。どれも同じように切り刻まれた遺体だ。身体の欠損も著しい。

「まだ見るの」

「続けて」

ノエルの短いが鋭い言葉が飛ぶ。ケネスのため息が聞こえ、新しい遺体があらわれる。

ケネスは写真を自動送りに切り替えた。数秒の間をおいて写真が変わっていく。赤堀が顔をしかめている。反町はノエルの様子を窺っていた。

ノエルは瞬《まばた》き一つせず、すべての写真を瞼《まぶた》に刻み込むように見つめている。写真の一体一体にベイルがかかわっているかのように。

「もういいだろう」

反町はタブレットのスイッチを切った。ノエルは唇をかみしめたまま無言だ。

「アメリカはジェームス・ベイル、別名ジェム・ソウに関して、今後どうするつもりだ」

反町はノエルからケネスに視線を移した。

「今のところ、何も聞いてない。上司には報告してるけど」

「今後、何かする気はあるのか。おまえの意見でいい」

「海兵隊内部だけじゃなく、国対国の微妙な問題も含むので、上層部も決定に時間がかかっているのだと思う。日本だけじゃなくて香港や他の国ってことだけど」

「おまえは、どう思うんだ」

反町がテーブルを叩くとケネスの身体がビクリと反応した。

「何もしないんじゃないかな。前線からの脱走兵が、外国で犯罪組織のボスになってた。アメリカにとって名誉なことじゃないから。マスコミに漏れたら叩かれる。ジェム・ソウのままで死んでくれたほうが――」

途中で言葉が途切れた。ケネスの視線がノエルに止まっている。ノエルの顔は驚くほどに青ざめていた。

「私のことは気にしないで。捜査に関わったときから、覚悟はできてるんだから」

「とにかく身柄を確保しなきゃ。すべてはそれからだ」

「時間がたてばたつほどベイルが沖縄を出る可能性が高くなる。急ぐ必要がある」

黙って聞いていた赤堀が口を開いた。

「そんなこと分かってる。沖縄県警総力を挙げて探してるんだ。ベイルが逃げ込める場所、すべてをあたってる。しかし、見つからない。まるで消えたみたいだ」

「近くの島に逃れた可能性はないのか。チャンは宮古島だった」

「それも含めて聞き込みに回ってる。しかし、手がかりは皆無だ」

赤堀に反町が答えた。

反町はチャンのことを考えていた。彼も消えたように姿を消した。最終的に宮古島に逃亡していたが、逮捕することはできなかった。ベイルはなんとしても逮捕したい。ノエルのためにも。これ以上、過去を引きずらないために。反町は強く思った。

反町は警官が聞いたというアキラの言葉を思い出した。ジェームス――女――。誰のことだ。沖縄にベイルの女がいるのか。

反町は捜査の合間、愛海を彼女のマンションから近くの丘にある公園に誘い出した。ベンチに座ると正面に那覇の町が広がっている。陽を浴びた琉球瓦が赤く輝く。二人で眺めていると、なぜかほっとした気持ちになる。

「東京バナナってバナナの形をしてるお菓子だったのか」

愛海は、反町が羽田で買ってきた土産を見ている。

「知らなかったのか。ちんすこうみたいなもんだ」

「東京で取れるバナナだと思ってた。私、東京には行ったことがないのよ。北は九州止まり。中学の修学旅行は東京だったけど、私は行かなかった。ノエルちゃんが行かなかったから、どうせ楽しくないだろうと思って」

「どうしてノエルは行かなかった」

「知らない。聞かなかったから。私はお金を使いたくなかったからちょうど良かった」

「今度、二人で東京に行こう」

反町は愛海の手に自分の手を重ねた。意外と冷たい感触が伝わってくる。

「嬉しいな。約束よ。東京のことよく知ってるの」

「東京生まれ、東京育ちだ。好きなところを案内してやるよ。ただし今の事件が片付いてからだ」

「私と会ってていいの。忙しいんでしょ」

愛海が反町を見ている。

「今、危険ドラッグの事件で県警は大変なんでしょ。お客さんが話してた。東京で凄い数の逮捕者が出たって。それが沖縄に関係があるんでしょ」

「愛海が心配することじゃない。刑事だってたまには息抜きが必要だ」

反町は町の彼方に向けた目を細めた。陽の光が海の輝きのように見える。

十月。沖縄でも朝夕は肌寒い日もあるが、日中は半袖でも暑い。泳ぐ者はいないが、赤や青のウィンドサーフィンの帆が走るのはたまに見かけた。ふっとベッドに横たわるアキラの姿が浮かんだ。彼が再び海に出ることはあるのか。

「ノエルちゃんのパパは見つかったの。東京じゃ大変だったんでしょ」

「捜査中だ。しかし必ず見つける」

「ノエルちゃんも一緒に東京に行ったんでしょ」

「あいつが一番キツいと思う。代わってやりたいくらいだ」

愛海は考え込むようにしばらく黙っていた。

「知らないほうがいいってこともあるんじゃないの。私がそうだった。私のパパにはアメリカに家族があって、奥さんも子供たちもいたってこと。パパは消えたままのほうが良かった。ママだって同じだと思う」

「ノエルがどうしても知りたいって言うんだ。自分のアイデンティティの問題だって。日本人でもアメリカ人でもない自分は一体何者なんだって。たとえどんな父親であっても、知れば自分の存在が少しは分かると言ってる」

「ノエルちゃんらしい。難しいことを言ってる。もっとシンプルに考えれば楽なのに」

「シンプルにか。そうだな、そのほうが確かに楽だ」

二人の間を熱を持った風が吹き抜けていく。

小さな子供を連れた母親が数人歩いてきた。愛海はその姿をじっと見つめている。

「子供が好きなのか」

「小学生のころは幼稚園の先生になりたかった。でも、すぐに無理だと分かった」

反町はなぜ無理なのか聞けなかった。自分の手の下の愛海の手を見つめていた。

「自分で持てばいい、子供なんて。十人でも二十人でも」

「あんた、本当に前向きだ。あんたと一緒にいて話を聞いてると、何でも叶《かな》うような気がしてくる」

愛海は声を上げて笑った。楽しそうな笑顔だ。見ていると反町まで引き込まれ、事件のことを忘れそうになる。しかしその裏には愛海にしか理解できない悩みがあるのだ。

「そろそろ行ったほうがいいんじゃない。自転車なんでしょ」

「俺の自転車だと十分で県警が見える。渋滞知らずだ」

「車より速いね。洗濯物はどうする。部屋に畳んで置いてある」

「ラッキーだな。そろそろ新しいのが底をつき始めているところだった」

「じゃ取りに行こう。時間あるしね。汚れたのはいつでも持ってきてね」

反町の手の下の愛海の手が腕をつかんだ。

2

反町は具志堅の後について歩いていた。

小柄で短足のこの男がどうしてこれほどの速さで歩けるのか。いつも不思議に思う。具志堅の動きをまねて歩いてみたが、不器用に身体を振るだけでかえって遅くなった。

ノエルに具志堅の歩き方について聞いたことがある。

「沖縄古武道の歩き方よ。すべての無駄を省いてる」

「やはりね。真似したことがあるが、かえって遅くなった」

「バカじゃないの。あんたじゃ百年かかっても無理。すべての無駄を省いた合理的な歩き方。あんたのは無駄の塊。沖縄古武道をやってても、達人の域じゃないと難しい」

ノエルが当然でしょという顔で反町を見た。随分前の話だ。

「どこに行くんですか。今日は俺には分かりません」

反町は具志堅に並んで聞いた。

「悪人のことは悪人に聞けと言うだろ」

具志堅のぶっきら棒な声が返ってくる。そんな諺は聞いたことがない。

「黒琉会ですか」

具志堅は答えず、歩みが心なしか速くなった。

「ブルードラゴンとは関係ないって結論でしょ。二つの組織は、縄張りをめぐってむしろ対立してます」

「根っこはどちらも似たようなものだ。ワルとワルだ」

反町は頷いた。思考回路は同じということか。反町にも異議はない。

反町は具志堅の横で、道路を隔てたビルの一階、「那覇不動産」の看板を眺めていた。

「ここも喜屋武《きやん》がやっているんでしょ。表には出ていませんが」

具志堅が意外そうな顔を反町に向けた。

暴対法ができてからは指定暴力団と認定されると、普通の活動ができない。様々な隠れ蓑《みの》を使って商売をやるしか生き残る方法はない。ここもその一つだ。

「俺だって、頭は使います。最近、あの不動産屋について調べてる友人がいます。軍用地がらみで」

「準キャリの若いのか。東京から帰って警察官らしくなってきた。ほんの少しだが」

「ここで、何をするんです。まさか二人でガサってことはないでしょう」

「喜屋武は昔から几帳面《きちようめん》な奴だって言っただろう。毎日の生活リズムも決まっている。今日はあと十分でここに来る」

具志堅はビルの裏手にある駐車場に入っていく。十台ほどの駐車スペースがあり、車が三台止まっていた。三台とも外国の高級車だ。二人は一台の背後に隠れた。

黒の国産セダンが入ってくる。車が止まると運転席から男が出てきて、後部座席のドアを開けた。小柄な男が降りてくる。

喜屋武の前に具志堅が立った。反町は背後に控えている。

「ジェム・ソウという男はどこにいるか知らないか。ジェームス・ベイルという元アメリカ海兵隊の少尉といったほうがいいか。それとも、ブルードラゴンのボスといったほうがいいか。彼はどこにいるんだ」

反町は思わず具志堅を見た。こう直接、聞くとは思っていなかったのだ。

喜屋武に目を移したが動じている気配はない。顔には薄ら笑いさえ浮かんでいる。ベイルの居場所を知っているということか。

「警察はものの聞き方も知らないのか」

「これは聞いてるんじゃない。教えろと命令してるんだ」

「おまえ、頭でも打ったか」

具志堅が上着のポケットから封筒を出して、喜屋武の前に投げた。

喜屋武が横の男に目くばせすると、男は拾って喜屋武に渡した。

封筒から出した紙を無言で読むと、喜屋武はポケットからタバコを出した。すかさず男がライターを出して火をつける。喜屋武は紙を火に近づけた。紙が燃え始める。燃え尽きると同時に指を離した。

喜屋武はタバコに火をつけて深く吸った。具志堅に視線を向け何かを考えている。

「足りないとは言わせないぞ、何軒かの店を閉じさせるには十分だろ」

「おまえらの視点は高すぎるんだ。そのため、自分らの思考の枠を出ることができないんだよ。一種の選民思想だな」

「だから、おまえに聞いてるんだ。悪党の考え方をな」

喜屋武の横の男が拳を構えて一歩前に踏み出す。喜屋武がそれを制した。

「人間なんて裸になればみな同じだ。弱いもんだ」

「悪党の言葉とは思えないな。おまえが燃やした書類のコピーならいくらでもできる。まだ、俺の頭で止まっている。おまえの返答次第でコピー機が動き出す」

「ゴミを増やすのはやめにしよう。一時間以内に返事をするよ」

喜屋武は横の男に合図をすると駐車場を出て行った。

具志堅も駐車場を出て歩き始める。反町は慌てて後を追った。

「取引ですか。いくら渡すんです。違法ですよ。その金も暴力団の資金源に——」

「フラーが。俺がそんなに金持ちに見えるか。あいつは金じゃ動かない。動くとすれば、俺たち庶民には縁のない額だ」

確かにその通りだ。署としてもそんな金は出せっこない。

「じゃ、あの紙は——」

「俺が調べた那覇不動産と奴の飲み屋の資料だ。おかしな取引先や法令違反がいくつかあった。けちな話だが店を閉じさせるには十分だ。あいつにとっては、そこそこ重要だ」

「それってヤバいんじゃないですか。捜査情報漏洩《ろうえい》罪。そんな罪状があるかどうか知りませんが、絶対に法に触れる」

「俺が自分の足と頭で調べたものだ。主に頭とパソコンだがな。俺の個人的な趣味みたいなもんだ。他の者は知らん」

具志堅がキーボードを打つ仕草をした。

「半分は想像だ。裏なんか取れちゃいない。だが当たってるだろうな。それは——」

「刑事の勘ですね」

「違う。悪党になってみたんだ。悪党の立場で考えた。しかし、本当の悪党にはなり切れない。だから喜屋武に聞いたんだ」

「でもやはり違法です。法律違反を教えるんだから」

具志堅が立ち止まり反町を見た。

「だから喜屋武はあの紙を燃やした。あんなものなかった。俺も渡したことはないし、おまえも見てない」

再び歩き出した。

「何もないんだ。明日には、あれに書かれたことはなくなってる。今ごろ消す指示を出してる。裏取りができてると思ってな。だから高く売れる。しかし実際は想像の範囲のものだ。俺が物語を書いて、あいつが消した」

「それで、いいんですか。立件すれば引っ張れる」

「今はベイルを見つけることが最優先だろ」

「喜屋武にベイルの居場所が分かりますか。やはりモチはモチ屋ってことですか」

「あいつだって、裏取りまではしやしない。お互い物語を交換するだけだ」

具志堅は淡々と言ってのけた。二人は幼馴染、かつ親友だった。反町は妙に納得した。

「何だか、禅問答みたいだ。お互いは分かってるんでしょうが」

具志堅が立ち止まると、ポケットに手を入れスマホを出した。耳に数秒付けただけで、何も言わずポケットにしまった。喜屋武からの電話だろう。

「で、次はどこに行くんです」

「ベイルに女なんているのか。喜屋武は女を調べろと言ってる」

「確かにね。チャンも宮古島の女のところにいました」

反町の脳裏に友里恵の顔が浮かんだ。元の結婚相手だ。しかし、二十五年も会っていないはずだ。友里恵の周辺からは現在のベイルの姿は感じ取れなかった。

「心当たりがあるのか」

「元の結婚相手を知っています。ノエルの母親です。二十五年も会っていませんが」

しばらく考えてから具志堅が言った。

「行ってみるか」

友里恵は驚きながらも快く迎えてくれた。ノエルは具志堅のことも友里恵に話しているらしい。あの変なおじさんね、と友里恵が反町の耳元で囁いた。

反町は注意して話した。ベイルが沖縄に帰ってきて、犯罪に絡んでいる。連絡があれば知らせてほしい。友里恵は無言で聞いていた。しかし動揺は隠せない。膝に置いた指先が震えている。反町は心が痛んだ。具志堅は何も言わず、友里恵と部屋の中を無遠慮に眺めている。これが彼のスタイルなのだと、最近なんとなく分かってきた。

三十分あまりで家を出た。

「あの女じゃないな。ありゃあ、まだ男に惚れている」

通りに出たとたん具志堅が呟く。

「でも、喜屋武は女を調べろって――」

「苦し紛れの言い逃れってことか。だがあいつは嘘はつかない。他に女はいないのか」

「俺が知るわけないでしょ」

反町は考えながら言った。


アキラが反町を呼んでいる、と看護師から電話があったのは、反町が外回りから帰ったときだった。

〈あなたに会いたいんですって。彼、もう記憶も戻ってる。無茶しないんだったらいいでしょうって、先生が〉

すぐに行きますと、反町は県警を飛び出した。

病室に入ると、アキラがベッドに上半身を起こして反町を見ている。思ったより元気そうだった。いつものように「よう」と声を出して右手の代わりに左手を上げようとしたが、手は数センチ上がっただけで震えている。

「俺は殺されかけたのか」

アキラが呟くように言って顔をゆがめた。

「あの写真に誰か特別な人が写っていたということはないですか」

ベイルを真ん中に三人が写っていた。左がアキラ。右は地元の者らしかった。アキラはベイルだけを切り取り、あとは燃やしてしまった。

反町はスマホに科捜研が修整を加えたベイルの写真を出した。アキラは手に取って見入っている。

「警察で修整したのか。すごい技術だな」

「科捜研のデジタル技術です。この男はジェームス・ベイル少尉であることが判明しました。別名ジェム・ソウ。彼の横にもう一人男がいたはずです。アキラさんは誰だか知っていますか」

「地元の有力者としか聞いていない。初めて会った男で俺に関係あるとは思えない」

「俺に話があったんでしょ。会いに来る途中に車に当て逃げされ重傷を負った」

「おまえ、スマホの待ち受け画面を見せてくれ」

反町が差し出すスマホをじっと見ている。

「お前の彼女か」

「そうなってほしいです」

アキラは無言で壁際のテーブルを指した。カバンが置いてある。反町がアキラに渡すと、ノートの間から一枚の写真を出した。

「ベイルの写真はおまえに渡した一枚だけじゃないんだ。これも、同封されてた」

同じ場所で、ベイルを真ん中に、二人の男女が写っている。やはり望遠レンズで撮ったピントの甘い写真だ。ベイルの横に女が寄り添っている。反町の目が女にとまった。心臓が飛び出しそうに打ち始めた。長い髪、目鼻立ちのくっきりした顔。座ってはいるが、スタイルがいいことは一目で分かる。そして、薄いチョコレート色の肌。カクテルのグラスを持ち、はじけるような笑顔だ。はっきりした写真とは言えないが、女の雰囲気は分かった。愛海だ。

「俺が帰った後に撮った写真だそうだ。別の男女がやってきた。魅力的な女だったんで撮ったと書いてあった。アフリカ系アメリカ人かと思ったが、日本語を話していたらしい。女とベイルの関係を聞かれたが、俺は知らないと答えた」

「どうして彼女がベイルと」

「俺が知りたいね。女も気になっていたが、あの日の電話は別件だ。事故の数日前から不審な電話が続いてた。出ると切れてしまう。俺がいるかどうかを確かめてる。家の前に見慣れない車が止まってることもあった。あの日もそうだ。車の中から男が家をうかがってた。妙な胸騒ぎがしてね。ヤバいと思って、おまえに相談しようと家を出た。おまえも刑事だものな。そして、事故にあった」

アキラがきれぎれに話した。苦しそうに顔をゆがめ、何度も目を閉じて休んだ。

「偶然の事故じゃないですね。トラックは盗難車でした。近くのコンビニに乗り捨ててあるのが見つかりました。指紋も残留物もパーフェクトになし」

やはり、という顔をしている。反町はもう一度、写真に目を落とした。

「でも、どうして愛海がベイルといるんだ。プーケットで」

「俺はよけいなことをやったか」

「そんなことないです。事実は事実として知っておきたい」

反町は冷静を装ってはいたが、全身で動悸を感じられるほど動揺していた。もう一度、写真を見た。滲むような輪郭だが、愛海に間違いはないだろう。アキラがベイルの写真を持っていたために命を狙われたとしたら――。

「しかしなんで、アキラさんがベイルの写真を持っているのを知ってるんだ」

思わず呟いていた。

「この写真、借りてってもいいですか。返しますから」

「いらないよ。そんな、ピンボケの疫病神の写真は」

笑おうとしたアキラが顔をしかめた。声を出したり、動くと身体が痛むらしい。

反町はまた見舞いに来ますと言って病室を出た。病院の前で、もう一度、写真を見た。はじけるような笑顔、反町には見せたことのない愛海の顔だ。反町は写真を尻ポケットにねじこんだ。

3

反町は暴対に行った。以前、〈月桃〉について声をかけてきた谷本《たにもと》という刑事を呼び出してもらった。

「松山の〈月桃〉というクラブについて、知ってることを教えてくれますか」

「おまえのほうがよく知ってるんじゃないのか。ちょっとした評判だ」

うす笑いを浮かべて言う。反町が出入りしているのを知っているのだ。

「俺の知らないことです。店のオーナーとかママの評判とか。恩に着ますから」

「俺だって詳しくは知らない。黒琉会の者に聞いてみるよ。やつらのほうが詳しい」

反町の真剣な表情に押し切られるように谷本が言った。

谷本から連絡があったのは二時間後だった。

反町はすぐに暴対に向かった。谷本は反町を県警の屋上に連れて行った。

「店のオーナーは安里愛海になっている。あれだけの店だ。内装費を含めると三千万円以上かかる。キャッシュで払ったそうだ。ここまでは俺の知ってる不動産屋から聞いた。次は黒琉会関係者だ」

谷本は反町の反応を探るように見ている。

反町は何とか平静を保っていたが、内心は立っているのがやっとだった。

「〈月桃〉という店と安里って女は、タブーになってるそうだ。つまり、近づくなってことだ。三年前、店をオープンしてすぐ、安里にちょっかいを出そうとした黒琉会系のチンピラが半殺しにあった。右腕を折られて、左目をつぶされた。尋常じゃないよな。チンピラ仲間は仕返しするといきまいたが、メンツを大事にするはずの上が動かなかった。それ以来、あそこには近づくなという暗黙の了解ができたらしい」

「女には大物がバックに付いてるということですか」

「それに近いんだろうな。はっきりしたことは分からないが」

「そのバックというのは分かりませんか」

「表面には出てない。俺たちが知らなかったんだからな。黒琉会以外の裏の大物ってことになると、経済界か政界か。しかし、彼らがチンピラをそこまで痛めつけるとは考えにくい。まして相手は黒琉会だ」

「外国勢力ってことは考えられませんか。あるいは本土の暴力団」

「ありかもな。特にここを狙ってる外国系は多い。本土に侵攻する足掛かりになる」

ここというのは沖縄だ。沖縄の土地、不動産を買い占めている者たちがいる。中国人が主だが、韓国や中東の金持ちも多い。

「今のところこれだけだ。新ネタが入ったら、また連絡してやる。これは貸しだぞ」

「分かってますって」

ポケットでメールの着信音がした。谷本と別れてからメールを見ると秋山からだ。

〈明日、そっちに行きます〉

飛行機の便名と到着時間が書いてある。


反町は秋山に向かって手を上げた。那覇空港の出口ゲートの前だった。

ロビーは十月下旬にもかかわらず、半袖半ズボンの客であふれていた。

様々なリゾートウェアの観光客に混じって、スーツにネクタイ、デイパックを背負いキャリーバッグを引いた秋山が出てくる。

「相変わらず野暮な野郎だな。ここは太陽の国、沖縄だぞ」

「仕事で来てますから」

「俺だって仕事中だがこの格好だ」

「反町さんも東京に来たときは常識派の格好でした。ネクタイはなかったですが」

「まあいい。時間通りだ。もう少し待たされるかと思ってた」

「荷物は機内持ち込みだけですから」

「ノエルがいないのでがっかりしたか」

「仕事です。休暇で来てるんじゃありません」

言葉では言いつつも、かなり気落ちしているのが見て取れる。

「反町さんもどうかしたんですか。いつもの元気がないような――」

「フラーが。疲れてるんだよ」

秋山が反町の腕をつかんで立ち止まった。深刻そうな顔で反町を見つめている。

「僕にはただ疲れてるようには見えません。雰囲気が違う感じです」

「捜査が停滞しているせいだ。ここ数日、家で寝ていない。働きすぎなんだよ。警察なんて、ブラック企業の典型だからな」

モノレールのほうに行こうとする秋山を空港の建物から連れ出した。

空港前の道路を隔てて黄色い軽自動車が止まっている。

「ノエルと赤堀と来た。二人は車で待っている」

窓からのぞくノエルの顔を見て、秋山の顔がほころぶ。こいつも感情を隠せない奴だと思いながら、秋山のキャリーバッグを担いで道路を渡った。

二人が車に乗り込むと、ノエルはすぐにスタートした。

「そんな野暮なスーツは脱げ。ここには似合わない。青い空、きれいな空だ。俺のアロハを貸してもいいぞ」

しばらく市内に向けて走った後、ノエルは車を海岸沿いのカフェにすべり込ませた。

「沖縄県警に行くんじゃないんですか」

「その前に、お茶でもしていこうぜ。長旅、ご苦労様でしたってことだ」

「那覇空港に着き次第、県警本部に行くことになっています」

「着き次第だろ。おまえはまだ空の上だ。先にホテルにチェックインする場合だってある。二、三時間遅れても誰も文句は言わない」

四人はデッキにあるテーブルに座った。道路を隔てて、その先は海だ。

「東京の捜査状況を教えてくれ。どうせ県警で話すんだろ。そのリハーサルだ」

秋山は困惑した顔を隠せなかったが、やがて覚悟を決めたように話し始めた。

「東京ではドラゴンソードの販売ルートは大体解明できました。あとは、沖縄での製造場所の特定、およびベイルを含めた幹部の逮捕です。近々の内に警視庁の捜査部隊が派遣されてきます」

直接口には出さないが、沖縄県警の動きが鈍いことを示唆している。東京の強制捜査から今にいたっても、ドラッグの製造工場はもとより、ベイルの動きすら分かっていない。特にベイルの逮捕は時がたつほど困難になる。

「おまえがその先遣隊というわけか」

「僕は警視庁と沖縄県警のつなぎ役です。初めての合同捜査ですからね」

秋山は合同捜査という言葉に力を入れた。しかし名ばかりなことは分かっている。警視庁主導で考えている。反町は東京での強制捜査を思い出していた。あの機動力にはかなわない。

「ヤバいな。沖縄県警のメンツは丸つぶれだぜ。こっちは足踏み、ほとんど進んでない」

「縄張り意識が最大の敵です。警視庁は沖縄県警の捜査状況を知りたいだけです。後は連携して――」

「きれいごとの通じる世界か。腹の中じゃ、ド田舎《いなか》の無能警察と笑ってるんだろ」

反町は秋山の言葉を遮った。秋山の表情が変わった。

「そんなことありませんよ。東京じゃ、反町さんたち沖縄県警に助けられました」

「おまえがそうでも、上司と仲間はそうは思ってないだろ。俺たちをガサから外そうとしたんだぞ」

「やめて、内輪モメは」

ノエルの鋭い声が飛んだ。

「重要なのはブルードラゴンのボスの逮捕と組織の壊滅でしょ。これ以上、沖縄で危険ドラッグなんか作らせない」

「だがブルードラゴンはそれをやった。沖縄で作って、東京で売る。人口千三百万人の巨大マーケットだからな。横浜、千葉を入れるともっと増える。いずれは大阪、名古屋に拡大するつもりだ。だがベイルは消えてしまった。東京から沖縄へは日本国内の移動だから、外国人もパスポートのチェックはよほどのことがない限りない。ノーチェックで日本中、移動できる。外国人であっても日本人と同じだ」

反町が吐き捨てるように一気に言う。

「ドラゴンソード、第二弾はどうなる。Xデイで爆発的に広めて、少し間をおいて第二弾を仕掛け、値上げして売るつもりだったんだろ。そして第三、第四だ。値上げしながらな。押収されたのは錠剤八万六千錠、加工前の粉末十二キロ。だったら、まだストックがあるはずだ。東京か沖縄に」

赤堀が三人に説明するように続けた。

「東京は危険すぎます。こうした組織犯罪摘発には慣れていますから。やはり沖縄でしょうね」

「那覇市内は県警本部の一課と所轄でローラー作戦で調べているが、収穫ゼロだ」

「じゃ、製造工場は那覇以外のどこかということですか」

「それすら分からない。彼らはどこで危険ドラッグを作っていたんだ。すでに沖縄から完全に引き払っているのか」

反町は自問するように言う。

「それにしても、痕跡くらいは残っているはずです」

秋山の冷静な声が返ってくる。

一時間ほど情報交換をしてから、反町たちは秋山を県警本部に連れて行った。

駐車場でノエルと赤堀と別れて、反町は秋山と刑事部捜査一課に向かった。秋山は二度目の県警派遣で前回評判も良かったので、職員たちが気楽に声をかけてくる。

刑事部長と捜査一課長に挨拶した後、県警本部の会議室で行われた捜査会議で秋山が警視庁の捜査状況を報告した。全員が静まり返って、秋山の言葉を聞いている。

警視庁ではブルードラゴン構成員二十三名と、売人として主に不法滞在の中国人百人以上を逮捕して、現在取り調べ中。同時に組織解明を行っていることを報告した。

沖縄県警はベイルと組織幹部の捜査状況を話したが、新しい進展はなかった。既に反町たちが話したことだが、秋山はメモを取りながら熱心に聞いている。

「たとえ沖縄にブルードラゴンの組織が生き残っていても、現状ではドラゴンソードを本土に運び出すことはできません。本土への輸送は、もう飛行機は使えません。空港のチェックは何倍も厳しくなっています」

「俺なら飛行機なんて使わない」

具志堅の声が聞こえた。全員が一斉に具志堅に目を向ける。

「俺なら船を使う。製造した危険ドラッグを沖縄から本土に運ぶルートだ。那覇港から本部《もとぶ》港経由で出ているフェリーを使えば安全だ」

たしかに飛行機だと時間は短くて済むが、手荷物検査がある。機内持ち込みも手荷物として持ち込むにしても、X線検査は避けられない。さらに最近は本土から来た警察犬が規制薬物を探して空港内をパトロールしている。

「フェリーで九州に渡り、そこから九州、山陽、東海の新幹線を乗り継げばその日の内に東京だ。一日仕事だが、安全だし気楽だ。寝てればいい」

具志堅は極端な飛行機嫌いなのだ。だから北海道の孫に会いに行くのもあきらめ、パソコンのテレビ電話システムを使って話している。

「鹿児島行きのフェリー、那覇港と本部港ですか。たしかに俺たちは飛行機に拘《こだわ》りすぎていたのかもしれない。フェリーという選択肢も入れて、危険ドラッグの製造場所の捜査をやり直してみる必要があるな」

反町は呟くように言った。その言葉を秋山が無言で聞いている。

4

ケネスはいつもどおり〈B&W〉の奥のテーブルに座っていた。

反町、ノエル、赤堀、そして秋山の四人でケネスを取り囲むように座った。ケネスが秋山を見て怪訝そうな顔をしている。二人は初対面だ。

「秋山優司巡査部長は警視庁の刑事だ。東京から沖縄に派遣されている」

反町はケネスに秋山を紹介した。

「この前の続きだ。アメリカ軍のベイルの扱いは決まったか。まだ探してるんだろう、ベイル少尉を」

「彼は脱走兵。逮捕してアメリカ軍に連れ戻し、裁判を受けさせる。これは当然のこと」

ケネスは前と同じ答えをした。

「軍の士気に関わる事件でしょ。戦場で仲間を捨て脱走して、しかも犯罪者となる。こんな行為は許されないはず」

「その通り。特に最前線で逃亡したとなると、普通より重い懲役が下されるんだろ。だが、それだけじゃないんじゃないか。ベイルの所持品から、麻薬が出て来たとか」

ケネスの視線が一瞬、反町を外れたが、すぐに何事もなかったように反町を見つめる。

「ベイル少尉は上官のジョージ・ハワード中尉を殴って戦地に送られてる。さらにそこから逃亡した。しかしどうもそれだけじゃない気がする。たとえばハワード中尉は極秘作戦に関わっていて、ベイルがその作戦に関係していたということはないのか」

反町は思いつきを言ってケネスの反応を見た。

「中尉はエリート中のエリート、幹部候補、戦地には出ない。あの後はワシントン勤務になった。そして順調に出世している」

「おまえがベイルを逮捕したとする。ベイルはどうなる」

「ベイル少尉を発見したの」

ケネスは驚きの表情を反町に向けた。

「仮定の話だ。俺の問いに答えろ」

「ベイル少尉、現在の名ジェム・ソウは様々な国で犯罪を犯してる。その一件ずつを明らかにしていくと、どのくらいの時間が必要か分からない」

「だから、どうするんだ。その国に引き渡すのか」

アメリカで犯した犯罪は海兵隊を脱走したことくらいだろう。アメリカ軍にとって重大な問題だが、脱走は珍しくないとも聞いた。

「ベイル少尉がもっとも多く犯罪を犯している国は、香港とタイ、フィリピン。アメリカ軍がつかんでいる情報ではね。日本での犯罪歴はないはず。ただし、今まではということ。だから自由に出入りできた」

最後の言葉を口にして、ケネスはしまったという顔をした。

「日本への出入りを繰り返してきたのか」

「ジェム・ソウとしてね。だから僕たちにも分からなかった」

ケネスは言い直した。たしかに、日本では今までは犯罪歴はない。しかし、那覇市でドラゴンソードがらみで死亡した者は二名。東京を含めれば十名近くになる。直接殺したのではないが、ベイルがいなければ彼らの多くは今も普通の生活を続けていた。

「脱走罪より、持っていた情報を金に変えた罪のほうが重いんだろ。アメリカ軍の機密情報を漏らし、国に与えた損害だ。その場合、どれほどの罪になる」

「最悪の場合、国家反逆罪で死刑になることもある」

「アメリカには免責という法律もあるんだろ。有意義な情報を教えたり、真相究明に協力的だったりした場合だ」

今まで黙っていた赤堀が聞いた。

「僕には分からない。見返りの情報にもよるだろうし」

「ベイルは東南アジア、フィリピン、タイ、香港あたりの裏社会については詳しいだろう。その中でのしあがってきたんだ。アメリカ軍やＣＩＡはそういう情報を求めているんじゃないのか。利用価値はかなり高いぞ」

「僕はただ、彼が沖縄にいるかどうかを調べるだけ。それ以上のことは荷が重すぎる。もっと上の者が動く」

ケネスが半泣きになっている。ノエルがいいかげんにしろという目で反町を見た。

「確かにそうだな。しかし俺たちだって沖縄でアメリカ軍やＣＩＡに大きな顔をされて、好き勝手に引っかき回されるのは面白くない。捜査の邪魔をしたら誰だろうと逮捕する。ただし、おまえは別だ。俺たちの友達だからな」

反町はケネスの肩に手を回し引き寄せた。ノエルが呆れた顔でため息をついた。

今日は夜勤だというケネスが帰った後、赤堀がテーブルの上に地図を広げた。那覇市内の地図だ。

「あの調子じゃ、まだベイルをつかまえちゃいないな。これだけ探していないのなら、基地内かと思ってたんだが。おまえの刑事の勘も当てにならないな」

「いい加減にしてね。彼、あんたたちと違って、繊細だって言ったでしょ。傷つきやすいのよ」

「しかし、どうも気になる。あいつ、まだ何かを隠してるぜ。もう少し頑張れば――」

「ケネスのほうはもう諦めろ。このままだと沖縄県警のメンツにかかわる」

赤堀が地図の上に屈み込んだ。東京で警視庁の強制捜査に立ち会ってから、赤堀が突然、積極的に事件に関わり合い始めた。そんな赤堀を見て、具志堅が急に刑事らしくなったと言ったのだ。

「所轄の刑事はもちろん、暴対の刑事も動員して、那覇市内と近郊の聞き込みに歩いている。ベイルが那覇市内に潜伏しているのなら、逮捕は時間の問題だ。それなのに何でまだ見つからない。ベイルが一枚上手だからじゃないのか」

赤堀が地図に目を向けたまま自問するように言う。

「僕だったら採石場を使う。人はあまりいないし、港にも近い」

「そんな場所、どこにある」

赤堀が突然顔を上げた。指で一点を押さえている。

「おまえの目は節穴か。何度も通っているだろう。美ら海《ちゅうみ》水族館に行く途中に山が大きく削られている一角がある。おまえは海ばかり見てるから、気づかないんだろうが。今度、反対側も見てみろ」

反町は国道449号の、本部港に行くまでの道を指でたどってみた。

「僕はあの辺りには何度も行ってるんだ。沖縄の軍用地を調べていると、基地移転問題に突き当たる。普天間《ふてんま》から辺野古《へのこ》への移転がそうだ。海を埋め立て、飛行場を作る。必ず砂利利権の話が出てくる。海の埋め立てには膨大な量の砂利が必要になる。まさに一兆円を超す利権の塊だ」

赤堀の説明に反町はあの辺りの光景を思い浮かべた。那覇から北に向かって走ると、左手には東シナ海。右手には白く削り取られた岩肌の山が続いている。埋め立て用の砂利を掘り出しているのだ。生々しく削られた山の前の広場には、砕石した砂利を運ぶ巨大なベルトコンベアが組まれ、その下にブルドーザーやショベルカー、ダンプが見えた。そして点在するプレハブ事務所。一時は活況を極めたが、普天間基地の移転先、辺野古の飛行場建設が一時中止になってから、稼働は止まっている。

「採石場にはプレハブの事務所があるだろ。空き家になっているのだけでも、かなりの数がある」

「その中のどれかが危険ドラッグの製造場所になっているというのか」

「他の場所では見つからなかったんだろう。可能性はある」

赤堀の話を聞いていた反町は立ち上がった。

「どこに行く」

「採石場のプレハブ事務所だ。言い出したのはおまえだ」

「使ってないプレハブはかなりある。いきなり行って分かるもんじゃない。関係者を何人か知っている。夕方まで待て」

赤堀が反町をなだめるように言いながら、スマホを出した。


反町たちが乗ったバンは国道４４９号を北に向かって走った。

本部町に入りしばらく走ると、右手には山の片面が切り崩され、白い岩肌を晒す光景が延々と続いている。砂利の採掘場だ。基地の拡張や港の増設などの海の埋め立てに使われる砂利を採掘するのだ。砂利利権という言葉は何度も聞いている。

普天間基地の辺野古への移転も、この砂利利権が複雑に絡み合っているという噂は絶えない。わざわざ海に大きく張り出した飛行場を作るのだ。この海上滑走路にこだわるのは、海の埋め立て面積を大きくして大量の砂利を消費しようとする一部関係者の思惑があるというのだ。

基地の造成拡張の場合、高度な技術が必要な港湾建設、飛行場建設など大規模工事は沖縄県内の企業単独の技術力では行うことができない。そのため本土の大手ゼネコンの下請けに回り、砂利の採集、運搬などさほど高い技術力の必要ない分野に、沖縄県内の企業が参入する。

採石場のある本部町を横切ってさらに走ると、美ら海水族館がある。沖縄海洋博の跡地で、本土や中国、韓国の観光客でにぎわっている。

「あのあたりの採石場について問い合わせてもらった。最近、様子の変わったプレハブはないか。頼んだのは不動産屋だ。彼らには様々な情報が入る」

「それがあれか」

反町が前方を目で指すと、赤堀が頷く。

採石場の入口近くに車を止めた。広大な採石場の片隅にプレハブの建物が見える。赤堀が電話した不動産屋が教えてくれた二棟続きのプレハブ事務所だ。所有者は賃貸ししているので、火事さえ注意すれば自由に使って構わないと言ってあるのだという。窓には段ボールで目張りをして、何をやっているのか分からないとも言った。

「近づいてみよう。目張りの隙間から中が見えるかもしれない」

歩き出した反町の腕を赤堀がつかんだ。

「気づかれたら逃げられる。踏み込むにしても我々だけじゃ少なすぎる」

「だったら、車ごと突入するか。ベイル一人だったら逮捕のチャンスだ」

「バカを言うな。銃を持っていたらどうする。その可能性は高い」

赤堀は望遠レンズ付きのカメラを構えている。

そのとき、プレハブに明かりが点《つ》いた。窓の目張りの隙間から光が漏れ出てくる。

反町は確信した。あのプレハブでブルードラゴンは危険ドラッグを製造していた。ベイルはあの中にいる。


翌日、反町と赤堀、秋山は、捜査一課の部屋で、古謝と他の刑事たちと向き合っていた。ノエルも同席を言い張ったが、後で必ず結果を知らせると説得した。

「本部町の採石場のプレハブが危険ドラッグの製造所だと言うのか。根拠はあるのか」

「中国人の出入りが見られました。何名かは不明ですが」

古謝の声に赤堀が写真を見せる。明かりが点いてから消えるまでの約六時間、車からプレハブを見張って撮ったものだ。

「こんな写真を見せられてブルードラゴンのアジトだと言われてもな。この黒い影が、なんで中国人だと分かる」

「雰囲気です。人はそれぞれ持ってるでしょ。日本人の雰囲気、アメリカ人の雰囲気、韓国人の雰囲気。いろいろあります。窓は段ボールで目張りされていて中は見えませんでした」

「人の出入りは三人だけか」

「この三人が中に入ったきりです。両手に大きな袋を提げてましたから、食料などの買い出しでしょう」

「やはり中の様子が一瞬でも見られたらな」

「相手は香港マフィアです。拳銃などの武器を持っている恐れがあります。我々は特殊警棒しか携帯していませんでした」

「人数が不明じゃな。さらに捜査が必要だ。今度は覗いてみるんだな」

年配の刑事が、話はこれで終わりというふうに反町と赤堀に視線を向けた。

突然、秋山が立ち上がって話し始めた。

「東京の強制捜査では拳銃が三丁、ナイフが十二丁、牛刀が八丁押収されています。我々は全員拳銃携帯、防弾チョッキ着用で臨みました。ここには更なる重火器が持ち込まれている可能性があります。反町、赤堀、両刑事の行動は正しかった。無理に踏み込んでいれば死傷者さえ出たおそれがあります」

「プレハブ内には自動小銃でもあるというのか」

「可能性は高いです。相手は元アメリカ海兵隊将校です。アメリカ軍とのつながりもあったはずです。銃器の入手も容易です」

「採石場の作業員のための飯場で、何も出なかったらどうする」

「次を探すだけです」

「もっと内偵を進めてからでも遅くはない。分かっているのは人の出入りだけだ」

慎重な意見の者が多い。いつもなら何か言い出す古謝一課長が無言で聞いている。

「近く警視庁の応援部隊が到着します。それまで、内偵を続けるべきです。強制捜査はそれからのほうが無難でしょう」

秋山は一度反町を見て、刑事たちに目を移した。そして、さらに話し続けた。

「東京の強制捜査では百名を超える容疑者を逮捕しました。押収した危険ドラッグもかなりな量に上ります。今回、失敗は許されません。警視庁の応援を待つべきです。私からも応援部隊を急ぐように連絡を入れておきます」

一瞬静まり返った室内の空気が、がらりと変わった。

「なんで警視庁の応援が必要なんだ。沖縄県警だけで十分にやれる。今までもやってきた。それを今さら――」

「暴対からも精鋭を出してもらう。所轄にだってベテランがいる。暴力団も香港マフィアも同じようなもんだ」

「東京では一斉捜査の際、抵抗はあったのか」

黙っていた古謝が聞いた。

「捜査には細心の注意を払いました。情報漏洩防止と安全確保です。小競り合いはありましたが、すべての場所で抵抗するスキを与えず容疑者の身柄を確保しました」

「全員、ただちに強制捜査の準備に入る。拳銃を携帯し、防弾チョッキを着用」

古謝の多少緊張気味の甲高い声が響いた。刑事たちが一斉に立ち上がった。

5

午後三時前、反町たちは十台の車に分乗して、高速道路を北に向かって走った。

本部町の警察署とは連絡がとれている。警察官を動員して待っているとの回答だ。

県警本部の部隊は本部署に到着した。本部署では制服警官が三十名、輸送車に分乗して待機していた。

合流して採石場に向かった。数キロ続く採石場の横を目的のプレハブへと車を走らせた。

交通規制を行うかどうかが議論されたが、「犯人たちに気づかれる恐れがある。警察官の警備態勢をより強固なものとして現状のまま臨む」という、古謝の言葉で敷地内外に多くの警察官を配置することで対応することになった。必ずプレハブ内で全員検挙するということだ。

「夜になってからのほうがいいんじゃないですかね。あと二時間もすれば陽が沈む」

「馬鹿野郎。情報が漏れたらどうなる。この移動にもマスコミの問い合わせが二件あった。前の黒琉会のガサと同じになったらどうする」

あのときは、情報が漏れて黒琉会の幹部は重要拠点を離れ、早朝ゴルフをやりながら、県警を笑っていたのだ。

採石場のプレハブに到着したのは陽が沈む直前だった。辺りは静まり返っていた。夕方のラッシュの時間にかかり、二百メートルあまり離れた国道４４９号からは車の走行音が聞こえてくる。本部署で打ち合わせた通り、人員が配置された。

〈準備、整いました。いつでも踏み込めます〉

次々に連絡が入ってくる。

プレハブは県警本部と本部署の刑事と制服警官によって、二重に取り囲まれていた。六時をすぎたころプレハブに明かりがともった。まだ突入の命令は出ていない。

「必ずプレハブ内で全員検挙だ。逃がすなよ」

無線からは、本部署に待機する古謝の声が聞こえる。

現場部隊の班長により突入命令が出された。取り囲んでいた刑事と制服警官は、ドアを打ち破りいっせいにプレハブ内に突入した。ドアはアルミ製の軽いもので一蹴りで半ば壊されて開いた。

中には七人の中国人がいたが、大きな抵抗もなく、規制薬物の製造、所持、販売目的の容疑で逮捕された。反町は赤堀、秋山と一緒に現場に入った。

「臭いな」

赤堀の呟く声が聞こえた。部屋中に生ゴミの腐った臭いが満ちている。

二棟続きのプレハブだった。中央にデスクが二つ並べられている。上には菓子パンや菓子類、その空き袋が散乱していた。弁当の空き箱も多い。簡易ガスコンロには鍋がかかり、インスタントラーメンが湯気を上げている。デスクの端にはどんぶりがひっくり返り、中身が床にこぼれていた。これから食べようというところを踏み込まれたのだ。

壁に沿って、床にはいくつかの寝袋が置かれていた。

隣の部屋にはデスクが四つくっつけられ、試験管やビーカー、ガスバーナー、そして数台の電子秤など、高校の理科実験に使うような器具が置いてあった。

「ここで中国から持ち込んだ薬剤を使って、ドラゴンソードを製造していたんだ。危険ドラッグ製造工場か」

「ここにいるのは年寄りばかりだ。若いのは東京に駆り出されて、逮捕された後か」

中年の刑事がデスクの脚を蹴りつけた。拘束した者は全員が中国人だ。それも年配者が多い。半数の腕にブルードラゴンのタトゥーがある。

「歳は食ってるが、一癖ありそうな奴ばかりだ」

「おそらく幹部と製造していた連中だ。東京での一斉摘発は知っているはずだ。日本から脱出する手はずでここで待っていたんだ」

「なんで、ベイルの野郎がいないんだ」

逮捕者を見た反町が言った。

「用心深い奴なんだ。だから、今まで生き延びてきた」

「部下をこんなプレハブに住まわしてか」

中年刑事が室内を見回しながら言う。部屋の隅にはいっぱいに詰まった複数のゴミ袋が積まれている。腐った臭いはそこからしていた。

「それだけ部下はベイルに忠実だということだ」

「恐れていたということかもしれない」

秋山が室内を眺めながら呟く。

プレハブからは男たちの他に拳銃五丁、自動小銃一丁が押収された。しかし、一発も撃たれなかった。奥のプレハブの椅子には一枚の上着がかけられていた。ポケットには財布とパスポートが入っている。パスポートの名はジェム・ソウ。ベイルのものだ。パスポートの写真は、白髪に白い髭、精悍な顔をしている。昔の面影が感じられた。

「現金三十二万円とプラチナカードです。キーが二つ。一つはコインロッカーのものです。もう一つは不明。おそらく、ベイルはスカンピンというわけです。泊まることも食うことさえもできない」

班長が携帯電話で状況を古謝に報告している。

「コインロッカーを調べてください。カギはここにあります。ベイルには開けられません。周囲には最大限の注意を払ってください。ベイルが見張っているかもしれません」

残されていたコインロッカーのキーには、ロッカーの場所と電話番号が書かれていた。本部港のフェリー乗り場にあるコインロッカーだ。ただちに刑事と警官が向かった。

そのとき、声が上がった。隅に積まれたゴミ袋を調べていた所轄の刑事からだ。

「腕らしいものが入っています。すごい臭いだ。完全に腐敗しています」

何重にもビニール袋に入れられガムテープで巻かれているが、臭いが洩れている。腕だということはひと目で分かった。かなり大きめの人の腕だ。

「すぐに鑑識を呼んでください。至急DNA鑑定をしてください。泊港で発見された遺体の男の可能性があります。松浦治樹、二十六歳、黒琉会組員の」

反町の声がプレハブ内に響いた。

逮捕された男たちがバンに乗せられるのを見ながら、重苦しいものが反町の体内に広がる。なぜベイルは逃げることができた。事前に強制捜査を知っていたのか。

コインロッカーには日本円で五百万円と拳銃が一丁入っていたと報告が入った。

「逮捕者七名。三名はブルードラゴンの幹部でした。残りは身元不明の中国人。日本語はまったく駄目で通訳が必要です」

県警に帰って反町は残っていた刑事たちに報告した。今回は具志堅も県警本部の待機組だ。

反町は証拠品として押収したデスクの上のキーを見つめていた。

「このカギはどこのものでしょうね。プレハブのじゃありませんでした。マンションの部屋のキーだと思うんですが、どこのものか分かりません」

「ベイルは那覇市内にマンションを持っているか、借りているのか。ベイルは現在、そこにいるということか」

「キーからマンションの特定ができなくても、ベイルは四面楚歌《しめんそか》のはずです」

「パスポートがないということは、正規のルートじゃ出国も入国もできない。その場合、彼らはどうするんだ」

具志堅が横の中年刑事に聞いている。

「新しいパスポートを手に入れようとするでしょうね。沖縄の業者を知っていれば」

「問題は金だな。マンションを持っているとすると、そこには金もあるし、別のパスポートもあるかもしれない」

反町の胸に、不安にも似た感情が湧き上がってくる。このマンションのキーは——。

反町は頭を大きく振って、その考えを振り払った。

発見された腕のDNA鑑定の結果が出たのは日付が変わってからだった。腕は松浦治樹のものと判明した。彼はあのプレハブで殺害され、泊港に運ばれたのだ。


翌朝、会議室で椅子を並べて寝ていた反町は、スマホの呼び出し音で起こされた。すっかり明るくなっている。反町が〈月桃〉の調査を頼んだ暴対の刑事、谷本からだ。

反町が暴対の部屋に行くと、待っていた谷本に屋上に連れていかれた。思わず目を細めた。沖縄が朝の光に包まれて輝いている。

谷本はもったいぶった様子で手帳を出して反町をじろりと見た。

「こんなときに女の話も何だが、早い方がいいと思ってな。おまえは何を知りたい」

「すべてです」

いいんだな、と谷本が呟き、話し始めた。

「ラウンジ〈月桃〉は松山でも悪い場所じゃない。前にも言ったがあの店をオープンするには三千万は下らない。三十前の女においそれと用意できる額じゃない。普通の仕事をやっていればという話だが。銀行の融資も受けていない。経営も順調で客筋もいい」

「やはり彼女には強力なパトロンがいるというのですか」

「そう考えるのが常識じゃないのか。で、調べたんだが不思議と男が出てこない。金城町のマンションでの一人暮らしだ。普通なら、金持ちの会社経営者とか黒琉会がらみの男が浮かぶんだが」

「彼女の親戚はどうなんですか。遺産が入ったとか――」

「親戚付き合いはほとんどない。母親には兄貴が一人いるが、黒人とのハーフの子を産んだんだ。避けられていたんだろうな。交流はなかったようだ。母親一人で育てた。その母親は女が高校を卒業した年に死んでる。交通事故で保険金か慰謝料でもと思ったが、心筋梗塞だ。保険にも入っていない。過労死ともいえるね。昼間はスーパーの事務員、夜は清掃会社で働いてた。娘を育てるのに必死だったんだろ。娘は美人だが黒人とのハーフだ。日本じゃ生きにくい存在だ。特に昔はね」

谷本はため息をついて、手帳をめくった。

「女のその後は複雑だね。母親の勤めていたスーパーにパートで入ったが半年で辞めてる。店長とのトラブルだ。今で言うセクシュアルハラスメントというやつ。見かけがあだから、男はほっておけないんだろ。後はいくつか仕事をやったようだが、結局、水商売に入った。スナックから始まって、クラブ、ラウンジ、渡り歩いてる。その後、三年ほど外国で暮らしている」

「外国で？　確かですか」

「出国と入国の記録が残ってる。何だったら入管に問い合わせてみろ」

その三年の間にベイルと知り合ったのか。

反町は九州が行ったことのある最北端、と愛海が言ったのを思い出した。

「外国ってどこですか」

「そこまでは調べていない。悪いな」

「俺のほうで調べてみます。他に何かありますか」

「四年前に帰国し、半年ほどクラブで働いている。自分の店を出す準備をしてたんだろうな。金の準備じゃない。いくら売れっ子になっても、半年で数千万は無理だ。そして〈月桃〉を開店したわけだ。おかしな店じゃない。普通のラウンジだ。だが黒琉会も距離を置いている。その理由は話したな」

谷本は手帳を閉じてポケットにしまった。

「ここまでだ、俺が調べたのは。しかし、謎の多い女だ」

谷本は意味ありげに言う。

反町は礼を言って、捜査一課に戻って具志堅に外出を告げ、県警を出た。こういう話は、本人に直接聞いてみるのが一番だ。

反町は店に出る前の愛海を誘って泊港近くのカフェに入った。

反町はスマホを出してベイルの写真を見せた。前に見せた写真だ。

愛海は一瞬息を呑んだ様子を示したが、無言で見ている。膝に置いた手の指先がかすかに震えていた。長い時間がたった。

「やっぱり、そうだった。いやな予感がしてたんだ。こうなるんじゃないかって」

消え入るような声が聞こえ、かすかなため息が漏れた。

「知ってたんだな、ベイルのことを。彼はいま、どこにいる」

「知らない。何も言ってこないから」

「なぜなんだ。こいつは——」

「私にも分からない。でも——」

「親子ほどの歳の差だろ」

「そんなの関係ない。私は父親を知らない。頼れる人なんていなかった。彼といれば安心できた。どんなに、恐ろしい人であっても」

「しかし、彼はノエルの——」

反町は出かかった言葉を呑み込んだ。

「ノエルちゃんのパパだということは知らなかった。知ったのは、日本に帰ってから。彼が私の子供のころの沖縄をすごくよく知ってたので聞いた。直接じゃないけど、そのころの彼のことなんか。なんとなく分かった。知ってからも考えないようにした。私の願いを聞いてくれる人。私を護《まも》ってくれる人。それだけでよかった」

愛海はコーヒーカップに目を落とし、黙り込んだ。

反町には返す言葉がなかった。愛海の心は反町には分からないだろう。愛海の生きてきた道、愛海の抱えるものは、反町には想像もできないものに違いない。しかし、どうしようもない苦しさ、もどかしさのようなものが突き上げてくる。

やがて愛海は再び低い声で話し始めた。

「高校を卒業した年にママが死んだ。仕事中に突然倒れて救急車で病院に運ばれて、その日の夜に死んでしまった。お葬式に来た親戚は三人だけ。みんな、仕方なく来たって顔をしてた。私のことを心配してるって言葉では言うけど、本気じゃなかった。お葬式がすむとすぐ帰っていった。ママは親戚中の厄介者だったの。なぜだか分かるでしょ」

愛海は反町を見つめた。

「私がいるから。結婚式やお葬式、親戚の集まるところで私がいると不自然でしょ。だから呼ばれなかったし、たまに呼ばれても行かなかった。好奇の目とひそひそ話に囲まれるだけだから。男は私に寄ってくるんだけどね。誰も本気じゃない。ちょっと珍しいアクセサリー。深入りはしたくないみたい」

愛海は他人事のように言って、自嘲気味に笑った。

「ママの働いていたスーパーでアルバイトで雇ってくれたけど、半年でやめた。オーナーがいろいろ言ってきたの。分かるでしょ。今で言うセクハラ。二人の子持ちで、奥さん妊娠中なのに。断ると言われたわ。黒人のくせにって。お情けで置いてるって。そして、ママのことを言い出した。私のような子を――。横にあったビール瓶でぶん殴って飛び出した。それから一年あまり、いろんなアルバイトで生活してた。ファストフード店の同僚の女の子にスナックで働かないかって誘われた。それからラウンジ、クラブ、いろいろ勤めた。どこもすぐに採用してくれた。珍しいからね。一人くらい変わったのがいてもいいと思ったんじゃないの。パンダと同じ」

「やめろよ、そんな言い方」

反町の口からかすれた声が出た。

「お金はすぐに貯まった。大した額じゃなかったけど、しばらくは生活できる額。それで、日本を逃げ出して、タイに行ったの。お寺を見たかったのよ。本当はヨーロッパかアメリカに行きたかったんだけど、お金が足らなかった」

「その時にベイルと知り合ったのか」

愛海はため息をついた。

「タイのプーケットでね。外国人が集まるバーがあるのよ。そこには日本人も多かったけど、しゃべらなければ誰も私を日本人とは思わなかった。日本とは逆。私を恐れてるのね。アフリカ系欧米人だと思うんじゃないの」

愛海はかすかに笑った。反町の脳裏にアキラから渡された写真が蘇った。弾けるような愛海の笑顔があった。

「でも、日本人は外国じゃなかなか生きられない。言葉の問題もあるし、性格が内向きなんでしょうね。お金とパスポートの入ったカバンを盗まれたの。日本大使館に行っても変な目で見られるし――。いくら日本人だと言ってもね。私は一体何なの」

日本人に決まってる。反町の喉元に出ている言葉が出てこない。

「ホテルを追い出されそうになってるとき、声をかけてきた。何か力になれることはないかって。日本語でね。日本に住んだことがあるし、日本人は好きだって。私が日本人だってこと分かってた。驚いたけれど、ホッとした気持ちのほうが大きかった。彼は私を初めて日本人として扱ってくれた。おかしな話でしょ」

「それで、彼と暮らし始めたのか」

「私に選択の余地はなかったし、嫌いじゃなかった。一緒にいると安心できた。護られてるって気分になれたの。それまで、そんな気分になったことなかった。周り中、敵だと思ってた。ちょっと心を許すと裏切られる。ノエルちゃん以外はね。でも彼はノエルちゃんとも違う」

反町にはやはり言うべき言葉がなかった。

「でも、すぐに普通の人じゃないってことが分かった。恐ろしい組織のボスだってことも。平気で人を――」

テーブルに置いた愛海の手が震えている。反町は包み込むように自分の手を置いた。

「逃げようとしたけど無理だった。言うことを聞いている限り、彼は優しかった。私を自由にさせてくれた。でも、いつも誰かに見張られてるって感じだった。私には何もないし、私は彼に従うことに決めたの。もう、どうなってもよかった。そのうちに日本に帰れと言われて、店を持たせてくれた」

「その男のこと、今も好きなのか」

「あんたとは違う。あんたのことは愛してる。一番大事な人」

反町は愛海の手に重ねた手に力を込めた。

「ベイルとはまだ会ってるのか」

愛海は答えない。長い時間がすぎた。

「今はどこかに行ってる。でも、もう帰ってくる。大事な仕事があるからって」

「ここでか」

愛海は頷いた。目には涙がたまっている。

「詳しく教えてくれないか」

「それ以上は知らない。仕事については聞いたことがない。違う。恐ろしかったから聞けなかった」

震えるような声が聞こえた。

「私のような女が、この国で生きていくためには他人以上のことをしなきゃダメなのよ」

「そんな言い方はよせと言ったろ。愛海はきれいで優しい女だ。俺にとって最高の女だ」

「そう言ってくれるのはあんただけ。誰も私のことなんか本気で考えてはくれなかった。ただ珍しくて、いっとき、通りすぎるだけの女。私なんか――」

「やめるんだ」

反町は思わず大声を出した。愛海の身体がびくりと反応した。周りの客が驚いた顔で見ている。反町はあわてて声を低くした。

「俺は言っただろ。愛海は十分素敵だ。心だって強くて優しい。俺なんて比べ物にならないほど必死で生きてきた。今だって生きてる。偉いと思ってる。尊敬してるんだ。これからは俺が護ってやる。俺が安心させてやる」

「あんた、おかしいんだ。そんなこと言ってくれる人、初めてだ」

愛海の目が大きくふくらみ、涙が流れ落ちる。その雫《しずく》が、反町の手に落ちた。しばらく無言でテーブルの上の反町の手を見ていた。

ベイルが帰ってくる、大事な仕事、愛海の言葉が反町の心にひっかかっていた。

飛び出してきた年配の刑事とぶつかりそうになって、反町は横に飛びのいた。

一課の部屋からは電話に応対する声とベルの音が響いている。ドア近くにいた中年の刑事と目が合った。

「何かあったんですか」

「自殺未遂だ。女が病院の部屋から飛び降りた。小池陽子。二課のおまえの友達が、死んだ男の身代わりをやったときの女のほうだ」

「なんで彼女が――」

「そりゃそうだろ。恋人の男に噛みついて転落死させたんだぞ。彼女、どう見ても普通の女だった。普通の女が、恋人殺しの殺人犯だ。これから、何を思って生きていく」

「監視の警察官がついてたでしょ」

「ドアの外にな。本土から母親が出てきたんで、部屋の中にいた婦人警官と入れ替わったところだった。助かったのは三階で階が低かったのと、病院なので手当てが早かったからだ。女は――」

刑事の言葉が終わらないうちに、反町は部屋を飛び出していた。

反町が市民病院に駆け込んだ時、陽子の手術はまだ続いていた。手術室の前の椅子には中年の女性が座っている。青ざめ疲れ切った表情をしていた。警察手帳を見せると一瞬困惑の表情を浮かべたが、堰《せき》を切ったようにしゃべり始めた。

「うちの娘は、薬物なんて絶対にやらない。来年には短大を卒業して、親戚がやってる会社に入るはずでした。私は娘が沖縄に、男といるなんて知りませんでした。すべてが、何かの間違いです。なんとか助けてください」

一気に言うと反町を見上げている。

「大丈夫です。娘さんは必ず助かります。医師は全力を尽くしてくれます。きっと、元気になります」

反町は自分の言葉に矛盾を感じながら言った。

むしろ死んだほうが彼女にとって幸せなのかもしれない。反町はふと思った。

一課の部屋の前でぶつかりそうになった年配の刑事と二人の制服警官が話しながら廊下を歩いてくる。

第七章　決　別

1

反町が一課に戻るとデスクに封筒が置いてある。科捜研からだ。

中には鮮明になった写真が入っていた。アキラがくれた愛海とベイルが写っている写真の解像度を上げる処理を頼んでいたのだ。

反町はその写真を持って県警を出た。最後の決断をするためだ。

アキラはベッドに座ってぼんやり外を眺めていた。病室からは町しか見えない。アキラにとって海を見ない日々は初めてだろう。痛みはないらしく、穏やかな顔をしている。

アキラは反町が出した写真を見つめていた。

反町はアキラに向かって、姿勢を正して深く頭を下げた。

「俺のドジでした。俺のドジで、ベイルの写真を女に見せてしまいました。アキラさんが写真を持っていることを女がベイルに知らせたんです。名前は出してませんがベイルは突き止めた。そのために、アキラさんは命を狙われた」

アキラは無言のまま写真を見つめている。反町の言葉も聞いていないように思えた。

「女じゃない。俺の命が狙われたのは――」

アキラの口から低い声が漏れた。

反町はアキラの指先を追った。震える指先が指したのはベイルの横にいる若い男だ。

「ホアン・ヴァン・タンだ。俺たちはホアタンと呼んでた。俺のプーケットの店の店長だった。写真がぼやけていたのと髪型が違っていたので、彼だとは気がつかなかった。フィリピンの店をたたんだ話はしただろ。そのとき、店を任せていた店長とトラブルがあった。その男がホアタンだ。彼と話していて俺は命の危険を感じ、日本に逃げ帰った。彼がジェームスと知り合いだったとは。これでいろんなことが納得いく」

「その男、ベイルと関係があるんですか」

「あの辺りのスモールビジネスは、ほとんどが関係あるんじゃないか、ブルードラゴンと。後ろ盾がないとやっていけない。安全と賄賂は同義語なんだ」

アキラは言葉を選びながら慎重に話している。

「そのホアタンが、ベイルに頼んでアキラさんの命を狙ったということですか」

「十分に考えられる。いや、そうに違いない。ブルードラゴンはあらゆるトラブルを解決する。非常に単純な手段を使ってね。俺もそのトラブルの一つだった。俺が死ねば店はそのままホアタンのものになる」

　反町の肩から力が抜けていった。愛海はアキラの事件には関係ない。それだけで十分だった。


　反町は秋山を空いている会議室に連れて行った。

「東京の捜査状況を詳しく教えてくれ」

「報告書が届いているはずです。口頭でも何度も言ってますが」

「そんなのどうでもいい。あんたの見た感想だ。連行後の奴らの様子、態度。拘置所での様子、言動。抵抗の度合い。いろいろあるだろう」

　秋山は反町の勢いに驚いた様子だったが、考え込んでいる。

「八割が不法滞在の中国人です。金で雇われ、ただドラゴンソードを売り歩くだけ。一錠千円。歩合制で半分が自分の取り分。売りつくせば販売拠点に取りに行く。組織について知っているのは、その販売拠点だけです。使い捨て、そう感じました」

「販売拠点はすべて押さえたのか」

「マスコミ発表では大部分の販売拠点の摘発という言葉を使いましたが、実際のところは分かりません。さらに、その半数には、ドラゴンソードはまだ届いていませんでした。不法滞在の中国人のたまり場というところでした。だから簡単に拘束できました」

「警視庁は、今後どうする。建前抜きの本音だ」

「ベイルを含めたブルードラゴンの幹部の逮捕です。東京の逮捕者の取り調べが終わり次第、沖縄に乗り込んできます」

「どのくらいかかりそうだ」

「あの強制捜査で、東京の組織はほぼ壊滅したと思っています。Xデイは何とか回避できました。反町さんたちも見たでしょ」

秋山は言葉には出さないが、当然でしょうという顔で反町を見ている。

「しかし、ベイルと彼の側近の数名を取り逃がした。情報が漏れたとしか考えられない」

「警視庁の情報管理は徹底していました。反町さんたちさえ、拘束しようとしました」

秋山が言うが、反町には言い訳のようにしか聞こえない。とにかく、ベイルたちは逃亡したのだ。そして今は沖縄にいる。


人けのなくなった部屋で具志堅だけがパソコンに向かっていた。

反町は椅子を引きよせ、具志堅の横に座った。

「なにか新しいことが分かったのか。警視庁からの男と話してたんだろ」

具志堅がパソコンに顔を向けたまま言う。

「何かが違うと思います。刑事の勘というやつです」

勘という言葉を使ったが、違和感はなかった。

「ベイルはあれだけ厳重な包囲網をかいくぐって逃亡し、沖縄に戻ってきているらしい。そして、消えてしまった。あまりに、動きが早すぎます」

「愛海って女。おまえ、聞いてみたか。ベイルの行方だ」

「知らないと言ってました。嘘はありません」

「なにか聞き出せ。必ず手がかりが引き出せる」

「今は会ってないようです。少なくともベイルが東京から帰って来てからは」

「知らないのと、気づいてないのとは違うからな」

具志堅は独り言のように言って、反町のほうを向いた。

「三年も一緒に暮らしているんだ。女はおまえより、ベイルのほうをよく知っている。おまえに、その気があれば聞き出すこともできる」

具志堅の言葉はずしりとした重みとなって、反町の心に響いてくる。

「愛海をだまして聞き出せと言うんですか」

「俺がそんなこと言ったか」

「言っちゃいませんが――。俺の勝手な思い込みです」

「おまえ次第だ。あの女の罪は逃れることはできない。ベイルが片付けば、いずれ女の任意同行もあるだろう。なんせ、ベイルにいちばん近い人間だ。何も知らなかった、じや通用しない。多くのものを背負い込んでいるはずだ。だったら、少しでも軽くしてやれ。今のままでは重すぎると思わないか。刑事のおまえにできる最大のことだ」

反町は答えることができない。具志堅は愛海がベイルの居場所を知っている、という前提で話している。反町もそれを完全には否定できなかった。

反町は帰りに国際通りに出た。深夜に近いにもかかわらず人通りは多い。

十人近い若い男女のグループが、大声で笑い合っている。全員が大きな紙袋を持っている団体は中国人だろう。反町はその間を自転車を押しながら歩いた。

〈B&W〉の前を通るとき、もしやと思って覗くと、奥にケネスの姿が見える。

反町は自転車を店の看板に鎖でくくりつけると、ケネスのところに行った。

「元気がないな。どうしたんだ。俺も同じだ」

反町はケネスの隣に座った。

「おまえら、ベイルの潜伏先は見つけてるんだろ。アメリカ軍の情報網はすごいもんな」

おそらく、アメリカ軍は県警の動きを把握している。

「その言葉、そのまま反町さんに返すよ。彼、僕らの前からは消えてしまった」

ケネスは持っていたハンバーガーを置いてルートビアを一口飲んだ。

「基地内でベイルが逃げ込むところはないか。日本の警察力が届かないところだ」

ケネスが慌てた様子で頭を反町に近づけてくる。

「やめてよ、こんなところで。香港マフィアが米軍基地内にいるだなんて、マスコミに漏れたら大騒ぎよ」

「誰も、俺たちの話なんか聞いちゃいないよ。こんな浮世離れした話は興味もないし。で、本当なのか」

「いるわけないよ。米軍はあえて問題を起こすようなことはしない。ちょっとしたことでもマスコミの話題になるからね」

「俺の目を見て話せ。基地内にかくまっている奴なんかいないだろうな」

反町は繰り返してケネスを見つめた。

「やめてよ。そんな目で見るのは」

「俺は普通に見てる。おまえの心にやましいところがあるから、そう感じるんだろ」

「基地内にはいない」

ケネスは言い切った。

いれば困ることになるのはアメリカ軍側だ。ここはフィリピンではなく、日本だ。誰にも知られず、人ひとり消し去ることなどできない。ふっと、愛海の言葉が浮かんでくる。〈ベイルは沖縄に帰ってくる。大事な仕事があるからって〉

「Xデイは東京の強制捜査の翌日じゃなかったのかもしれない」

反町の言葉に、ケネスの顔がわずかに反応した。

「東京に摘発を受けなかった取引拠点があるの」

「そんなことじゃない。Xデイは東京じゃないとしたら。ベイルは東京でのドラゴンソードの販売を大して重要視していなかったら。うまくいけばラッキー程度だったら。だから、あれほど簡単に摘発できた。逮捕者のほとんどが不法滞在の中国人だ。彼らは使い捨てだ。そうだとすれば、おまえらにも大きな関係がある」

「もったいぶらないで話してよ。何だか恐ろしそうな話」

「だったら、ベイルについての情報が欲しい。潜伏先は知ってるんだろ」

ケネスが答えない。どっちが得か考えているのだ。それとも、本当にベイルの動きを捉えていないのか。

「上司に指示を仰ぎたいのか。アメリカは自由の国だろ。おまえの頭で判断しろ。ただし、時間はないぞ」

「今度の事件はよく分からない。ここでは県警のほうが捜査力はあるでしょ。泊港に捨てられてた右腕を切られた男の遺体はどうなったの」

「黒琉会のチンピラだった。やったのはブルードラゴンだ。おまえら、もう知ってるんだろ。香港マフィアのやり口を教えてくれたのはおまえだ。勝手に危険ドラッグを仕入れて観光客に売りさばいていた。だから、粛清された」

「なぜ、殺す必要があったの」

「開発途上の粗悪品が出回った。あいつは大々的にやる気だったんじゃないか。なんせ、破格の安値だったからな。しかし、下手にやられて足がつけば、Xデイと東京一斉販売に支障をきたす恐れがある。だから、香港マフィアに倣ってやった。黒琉会には脅しに使えたし、県警には捜査の混乱を起こさせる。そして彼らの思い通りになった」

「一石二鳥ってわけか」

ケネスが納得したように呟く。

「感心なんかするな。ベイルの居場所は本当に知らないのか。だったら、本気で調べろ。Xデイは終わっちゃいない。これは俺の勘以上のものだ」

反町は言い残すと、ルートビアを一口飲んで、呆気に取られているケネスを残して店を出た。


翌日、反町は愛海を彼女のマンションの近くにある喫茶店に誘った。小高い丘の中腹にある、ベランダから首里城の見える喫茶店だ。聞いておかなければならないこともあるが、愛海にも会いたかった。一人にしておけないという不安もあった。

愛海の態度と話し方はどこか、落ち着きがなかった。反町の態度と表情、それに現在の捜査状況から考えると、当然のことだ。

「ジェームスのことについて聞きに来たんでしょ。何でも聞いて、知ってることは答えるから」

　愛海は淡々とした口調で言う。しかしその様子にも無理が感じられる。

「ベイルは、帰ってくる。大事な仕事がある、と言ったんだよな」

「でも、本当かどうか分からない。詳しく聞いたわけじゃないから」

「行方を探している。東京から沖縄に戻ったのは分かったが、それから先が不明だ」

「私にも連絡はない。前に話した通り」

「何でもいい。ベイルについて教えてくれ。友達、好きな場所、音楽、映画、食べ物。嫌いなものもだ。愛海が気づいてないことでも、ヒントになる」

「好きなのはアメリカンコーヒーとビール、スコッチ、ジャズ、葉巻、レアのステーキ、嫌いなのはクラシック音楽と、ダンス、警官――」

「いいんだ。俺も悪党が嫌いだ」

　しまったと思ったが愛海は何も言わない。無言で考えていた愛海が顔を上げた。

「時々、年に一度か二度、まれなんだけど、ナイトメア、悪夢にうなされてた。低いうなり声のような音を出して、苦しそうに顔をゆがめて。顔には汗が滲んでいた。私、怖かった。起こそうかと思ったけど、できなかった。横で震えていただけ」

「殺した者たちの亡霊が現れるとか」

「そんなんじゃない。ジェームスはそんなものには脅えない。彼は二十八歳で海兵隊を飛び出した。でも、私には分かった。海兵隊を愛してたのよ。初めて自分を公平に評価してくれたと思ったからじゃないかしら。でも、内実はそうじゃない、と感じた」

「ベイルに黒人の血が混ざっていることを言ってるのか」

「そう。詳しくは知らないけど、上官と喧嘩をして最前線に送られた。喧嘩は相手が悪いのに、相手の上官には何もなかった。自分だけが一方的に。弁解の機会も与えられなくて。知り合ってすぐに、酔った時に話したことがある」

「すべては血のせいだというのか」

「そう。私には理解できる。他の人には大したことじゃなくてもね」

「軍は公平だって聞いたぞ。〈砂漠の嵐〉作戦でアメリカ軍の指揮を執ったのはコリン・パウエルだ。当時は陸軍中将、ブッシュ政権では国務長官も務めた。ニューヨークのサウス・ブロンクス出身で、ジャマイカ人二世だ」

「でも、ジェームスはその人とは違う。彼は軍でも差別されてると感じた。私だって同じ。これはあなたたちには、絶対に分からない」

　愛海は低い声で言って下を向いた。

「ベイルが女好きのただのイカレ野郎だっただけだ。あいつは、長身でハンサムだった。女の憧れの的だったって聞いてる。勝手な言い訳だ」

反町は混乱していた。自分でも何を言っているのか分からない。バカげているとは思うが、愛海の背後の見えない男に向かって喧嘩を仕掛けている。

「よせ」

反町の低い声が響いた。

愛海がケーキのフォークをつかむと手のひらに刺したのだ。血が流れ出してくる。反町は慌ててナプキンを取って傷口を押さえた。

愛海がナプキンを外してそれを反町に向ける。純白の布に鮮血の染みが広がっている。

「同じ色でしょ。あなたの血と。どこが違うというの。人間なんて不思議なもの。表面だけですべてを決めてしまう。身体の中は同じなのに」

愛海がポツリと話し始めた。

「昔、ジェームスが漏らした言葉がある。自分はクオーター、おまえはハーフだって」

「どういうことなんだ」

「自分と私とは同類だってこと。ジェームスはおじいさんが黒人だった。だからクオーター。私はパパが黒人。だからハーフ。だから俺たちはつながってるって。血というものは、当事者しか分からないものなの。世界中どこにも差別はある。あんたのような人ばかりじゃない」

「ベイルは自分に黒人の血が入っていることを気にしていたというのか」

「私には分からない。でも、私は気にしてた。血をすべて抜いてしまいたいほどに。あんたに会うまでは」

反町には分からなかった。ベイルは愛海の血に執着を持っていたというのか。

「ジェームスがどんなに悪人であっても、彼は私を救ってくれた。彼がいなければ私はどうなっていたか――」

「違う。ベイルはおまえを利用していただけだ」

反町は言い切ったが、それだけではないことは分かっていた。やはり何かがあるのだ。反町には理解できない何かが。

「やめてよ。利用だなんて。利用してたのは、むしろ私のほう。彼がいなかったら、私なんて――」

「ベイルが沖縄に戻ってきて会ったのか」

反町の問いに愛海は答えない。

「彼はどこにいる。何か言ってなかったのか。重要なことなんだ。思い出してくれ」

「本当に知らないのよ。それに、彼は私のことを信用していない。誰も心からは信用していない。最近は特に――私に好きな人ができたのを感じてる。彼、すごく敏感な人だから。でも――」

愛海は言葉を止めた。言うべきか、愛海の迷いが反町にも伝わってくる。

やがて、決心したように話し始めた。

「俺には忘れられない日がある。必ず戻るって。プーケットで沖縄の話が出たときに言ったことがある。彼、かなり酔ってたんだけど。彼にとって、日本は沖縄しかないのよ。東京なんてどうでもいい。ただのお金儲けの場所としか思っていない」

「どういう意味なんだ」

「私にも分からない。でも、ここ、沖縄がジェームスの人生の決定的な転換点になったことは間違いない」

反町は考えたが思いつきそうにない。

「何か思い出したら連絡をくれ」

反町は愛海の腕を取って立たせた。驚くほど細く、軽い身体だった。

2

反町は愛海をマンションに送り届けてから、県警本部に向かって自転車を走らせた。ベイルの目的は何なんだ。反町は自問した。ケネスの言葉を思い出していた。自分を見捨てたアメリカ軍への復讐《ふくしゆう》なのか。

反町は県警につくと、秋山を会議室に呼び出した。

「東京の販売拠点のすべてで押収されたドラゴンソードは八万六千錠。プレハブにあった資料によると製造されたのは十万錠以上。残りはどこに行ったんだ。警視庁はどう考えてる」

反町の言葉に秋山が考え込んでいる。

「東京に販売拠点が他にも残っているということはないのか」

「分かりませんが、あれですべてと警視庁は見ています」

「じゃ、おそらく残りはまだ沖縄に残っている」

反町は呟くような声を出した。

「なぜ分かるんです。強制捜査の翌日がXデイでした。重要な日です。普通、ボスが指揮を執ります。ベイルはその準備に追われていたが、警視庁の強制捜査があることを聞いて、アジトを出て空港に向かっています。何者かが強制捜査についてベイルに知らせた。警視庁はその人物についても捜査中です」

「ベイルが強制捜査の前日にアジトを出たのは、内通者の通報なんかじゃなかった。予定通りだったとしたらどうだ。ベイルの真の目的は別にあった」

それは何だという顔で秋山が反町を見ている。

「沖縄に戻ってXデイを決行する」

「まさかそんなこと——」

秋山の顔色が心なしか変わっている。スマホを出して部屋から出ていく。警視庁の上司に反町の言葉を知らせるためなのだろう。

反町は合同捜査会議で自分の意見を述べた。

「ベイルは運よく警視庁の監視をかいくぐり、逃亡したのではありません。Xデイを実行するために沖縄に戻ってきました。それがいつだか分かりませんが、早急なベイル発見に全力を尽くすべきです」

全員が静まり返って聞いている。

明確な根拠はなかったが、ベイルが発見されない以上、反町の言うXデイは真実味を増した。Xデイを阻止する。これが県警刑事部の合言葉になった。

連日、刑事たちの聞き込みは続いた。ホテルやその他の宿泊所はもとより、不動産屋を回って空き部屋の様子や最近借りに来た客の様子を聞いて歩いた。同時に、不審者や不審物件の通報を頼んで回った。しかし、思いに反して情報は得られなかった。

愛海の言葉からも、ケネスから聞いたベイルの過去からも、Xデイがアメリカ海兵隊と関係していることは間違いなさそうだ。反町は沖縄に司令部をおく第三海兵遠征軍の様々な記念日について調べたが、納得できるものはなかった。

「しかし、現在のベイルにどれだけの力が残っている。東京の本部集積所と沖縄の製造工場の強制捜査で大半の部下も拠点も失っている。残っている部下はおそらく十人に満たないだろう。何ができるというんだ」

　具志堅が反町に問いかけるように言う。

「基地内に仲間がいるかもしれません」

「いたとしても連絡を取るのは難しい。おそらくベイルは逃げるのに精いっぱいだ。これが現状だ。おまえの友達のMPはどうしてる」

「県警の動きを追っていると思います。アメリカ軍はベイル少尉の存在自体を消したがっているはずですから」

　存在を消したがっている。ノエルには聞かせたくない言葉だ。ベイルに関わらず、ノエルは存在している。

　反町の脳裏に〈B&W〉でルートビアを飲むケネスの姿が浮かんだ。やはり彼らは――。反町は時計を見て、立ち上がった。


　Tシャツ姿の体格のいい男の肩が反町に当たったが、反町が睨みつけると何も言わず行ってしまった。反町は国際通りを急ぎ足で歩いていた。反町から出る狂気というか、不穏な勢いに押されて、反町が歩く前には道ができていく。

〈B&W〉は入口付近は込み合っていたが、反町は客をかき分けて奥に入っていく。

奥の席でケネスがハンバーガーを前に反町を見ていた。

反町はケネスに近づくと、その顔を殴りつけた。加減をしたつもりだったが、ケネスが椅子ごとよろめき、壁にぶつかった反動で椅子から転げ落ちた。

壁際にへたり込んだまま、驚きと困惑の入り混じった目をいっぱい開けて反町を見ている。反町はこぶしを振り上げた。

「やめてよ。何するんだ」

「おまえら、米軍がベイルに知らせたんだろ。本部町の採石場のプレハブの強制捜査だよ。県警のガサが入るからすぐに逃げろと」

「なんで、僕たちが反町さんたちの邪魔をするのよ。僕らだって、ベイルを逮捕したい」

「ベイルだけを、自分たちでな。県警なんかに持っていかれたくないんだろ」

「何を言い出すのよ、突然」

「図星だったか。おまえはウソがつけない性格だって言っただろ」

周りの目が二人に注がれている。反町はケネスの腕をつかんで引き起こした。ケネスがなんでもないからと、まわりの客たちに合図を送っている。

ケネスを椅子に座らせて、スマホを出して防犯カメラから取った画像を見せた。県警本部周辺の画像の一枚だ。Yナンバーの車が止まっている。乗っているのは二人のアメリカ人。

「おまえら、県警を見張ってただろ。Yナンバーを使うとは、ただの間抜けか。そんなわけないよな。だったら、わざとか。いったい、何を考えてる。あの日、部下が県警を見張ってて、移動が始まったので行き先を探したのか。衛星を使えば簡単なんだろ」

反町は一気にしゃべった。ケネスが答えないのは、ウソが言えないことを自覚したからか。

「俺たちの目的地、本部町採掘現場のプレハブはすぐに分かったはずだ。おまえらはベイルが、単独で逃げるよう仕向けた。だがそうはいかなかった。ベイルは側近とボディガードを入れて十人近くで逃亡した。残ったのは化学者や事務屋の老人ばかりだ。戦闘員らしき者はいなかった」

ケネスは黙っている。ということは当たっている。しばらくしてやっと口を開いた。

「逃亡途中でベイルだけを捕まえたかったけど、こちらの部隊が反対にやられてしまった。よく訓練されたボディガードだ。僕らの準備も十分でなかったんだけど」

「今、ベイルはどこにいる」

「必死で探してる」

「それでも、おまえはここでのんびりハンバーガーを食ってるのか」

「反町さんたちから県警の情報を得たかった。ここにいると会えると思って」

「たしかにな。最近よくここで会ってる。おまえらも、けっこう本気なんだな。だったら、そろそろ、ベイルの居場所を突き止めたんじゃないのか」

そのとき、テーブルに置いてあるケネスのスマホの着信音が鳴った。ケネスが反町を見る。反町はスマホを取って、ケネスに突き付けた。

ケネスはスマホに耳を当てると、分かったと繰り返している。スマホを切ると画面を数回、タップして反町に差し出す。反町がそれをひったくるように取ると、画面には地図が映っている。

「真ん中の星印にベイルがいる。本人確認が取れたので僕に送られてきた。基地外住宅の一つ。本部町のプレハブから逃げたベイルを取り逃がしてから、ずっと探してた」

スマホを出した反町の腕をケネスが握った。振り払おうとして思いとどまった。力はないが摑《つか》みどころのない不気味な握り方だったからだ。

「県警に知らせるのはちょっと待って。分かったのは居場所だけ」

「俺たちが急行したときには、おまえらが全員連れ去った後、ということか」

「地図をよく見てよ」

反町はスマホの地図に目を向けた。

「ベイルの手下たちは完全武装してる。自動小銃は当然、手榴《しゅりゅうだん》弾やひょっとしてロケットランチャーもね。たぶん、米軍仕様。彼らは組織化された国際犯罪組織」

「装備じゃ、おまえらだって負けないだろ。しかし、確かにそうだな。繁華街からは外れているが住宅街だ。アメリカ軍が銃をぶっ放すと、そっちのほうが大問題になる」

反町の言葉にケネスが頷いた。アメリカ軍は関わらない。そう思ったから反町に地図を見せたのだ。

「三十分以内に何らかの形で県警に情報がいく。武装集団が基地外住宅にいるって」

「ベイルはどうする」

「県警が突入して、殺さず逮捕する。ここまでが僕らと県警の仕事」

「後のことも進んでるんだろ」

「いずれ、ベイルの身柄はアメリカ軍に引き渡される。今ごろ、上同士でその交渉が行われている。たぶん、ワシントンと東京」

「バカ野郎。沖縄県警が逮捕した容疑者は沖縄で取り調べる」

反町は言ってはみたが、上が決めることだ。宮古島でのことが脳裏をよぎった。せっかく拘束した真犯人を逃がすことになった。しかし、反町と具志堅は諦めたわけではない。


反町が〈B&W〉から一課の部屋に戻ると異様な喧騒が取り囲んだ。

アメリカ軍の連絡はケネスの予想より早く県警に来たのだ。

「アメリカ軍からの情報ですか。基地外住宅に武装集団が潜んでいる」

「そんなこと、知るか。強制捜査の指示が出た。準備ができ次第出発だ」

「相手は約十名。自動小銃、拳銃で武装している可能性あり。全員、拳銃を所持。防弾チョッキ着用。気合を入れてかかれ」

古謝一課長の声が響いている。

「これは米軍からの情報ですか。だったら——」

「あとにしろ。今度逃亡されると県警のメンツは丸つぶれだ」

手榴弾とロケットランチャーを持っている可能性はどうなっている。声に出したかったが、そんな雰囲気ではない。

反町が自分の席に行くと、具志堅が防弾チョッキを突き出した。


広い芝生が続いている。

陽が沈む前の中途半端な時間帯で、海も空も大地も赤く染まっていた。ガジュマルの木が赤い背景に黒い影を作っている。

県警を出たのは三十分前。捜査一課、暴対、そして機動隊を含めた総勢百人態勢の大強制捜査だ。反町と具志堅、そして秋山は第一班、正面突入班十五名の中に入っていた。

「家の裏はそのまま海岸に続いています」

「捜査員の配置は」

「周辺には二名単位でおいています。その背後は制服警官が取り囲んでいます。突入班は十五名が二組。表と裏から同時に突入」

「しかし、米軍が二の足を踏むのも理解できるな。ここで撃ち合いが起これぱマスコミが騒ぎ出すぞ。失敗は許されない。本部町のプレハブは運が良すぎたんだ。相手があれだけ武装しておきながら、銃撃戦はなし。奇跡的だな。だが、今度は違うぞ。完全武装のボディガードもいる。気を抜けばこっちに死傷者が出る。救急車の手配は」

「すべて済ませています。要請すれば、五分以内に到着します。受け入れ病院も十分以内の地点に確保しています」

　ふとケネスの言葉を思い出した。アメリカ軍の脱走兵を逮捕するために行う強制捜査で銃撃戦が起これば、マスコミが黙ってはいない。警官が殉職することにでもなれば、県を挙げての大騒ぎになるだろう。

「準備はいいか」

　班長が呼びかけると捜査員の緊張が伝わってくる。

　いくぞ、という声と共に班長が進み始めた。先頭に二重に補強した防弾盾を持った強行班が進んでいく。

「突入開始」

　班長が反町の肩を叩く。

宅配業者の制服制帽を被った反町が立ち上がった。いちばん刑事に見えない男というので、反町が選ばれたのだ。

反町は辺りを見回した。異状がないことを確かめ、ドアに近づいていく。

インターホンを押した。しばらくして、英語の声が返ってくる。

「この住所でいいんですよね。あて先の住所はここで、送り主は……」

ドアが開き、男が出てくる。GIカットの巨漢だ。防犯ビデオで見た顔か。

男が荷物を受け取り、ドアが閉まる前に反町は足先を入れた。男の襟首をつかんで引き倒し、顔面を膝に叩きつける。周りの警察官たちがいっせいにドアに群がる。

そのとき、銃声が響き始めた。全員が腰を低くして、拳銃を出して構えた。

「警察だ。全員、武器を捨てて両手を上げろ。ジャパニーズポリス。エブリバディ、ホールドアップ。ハンズアップ」

マイクの声と同時に銃声がますます激しくなる。

「この家は取り囲まれている。全員、逃げられない。武器を捨てろ」

マイクの声は日本語と英語で続いているが、銃声に打ち消される。家の背後でも数発の銃声が聞こえた。裏口からも警官が突入し、逃げようとした者が撃たれたのだ。

銃撃戦は十分ほど続いたがすぐに静かになった。反町は具志堅と共に奥の部屋に進んだ。

リビングは凄《すさ》まじい状況だった。数人の男が倒れ、床やソファーにも血が飛び散っている。壁にはいたるところに銃弾の跡があった。自動小銃を撃ちまくったのだ。

「ベイルは確保したか。ブルードラゴンのボスだ」

反町は叫びながらさらに奥に進んだ。

六名の男たちが壁に並ばされている。床に座り込み、腕や肩から血を流している者もいた。ソファーには腹を押さえた男が横たわっている。

「ブルードラゴン側の死者二名、重軽傷者四名。県警の負傷者は三名。軽傷です」

中年の刑事が班長に報告している。

反町は拳銃を構えたまま部屋を見て回った。プレハブとは違って、十分に快適な生活ができそうだ。幹部は初めからここにいたのかもしれない。

「ベイルの姿が見当たりません」

「すでに米軍が身柄を拘束しているということはないだろうな」

反町はスマホを出した。呼び出し音と同時に電話がつながる。

「ベイルの姿がない。おまえらまさか――」

〈それはありえない。衛星で見てるが手出しはしていない。上層部は日本国内での拳銃使用を厳禁してる。だから完全に県警にまかせてる〉

反町に返す言葉はない。ケネスはウソなく話している。

「衛星で見ているのなら、逃げ出した者はいないのか」

〈県警の警察官とブルードラゴンとでかなりの人数が動き回ってる。おまけに、そろそろ見物人が集まり始めた。周辺道路の車の渋滞もすごくなった。ツイッターが大騒ぎになってる。これじゃ、本土のマスコミも飛んでくる〉

「おまえはベイルを探し出して追跡しろ。分かり次第、俺に連絡するんだ」

反町はスマホを切ってケネスの言葉を具志堅に伝えた。具志堅は無言で腕を組んで、住宅内の喧騒を見ている。

結局、ベイルの姿はなかった。ブルードラゴンの幹部とベイルのボディガードを合わせて八名の男を拘束した。そのうち、死者二名、重傷者二名。残りの者は軽傷だった。危険ドラッグの売人、ブルードラゴンのタトゥーのあるGIカットの巨漢も軽傷者の中にいた。ボスのベイルだけが消えている。


その日の夜、反町は下宿のベッドに横になり、波の音を聞いていた。眠ろうと努力していたが眠れない。数時間前の捜査の余韻がまだ鮮明に残っている。さらに、愛海の沈んだ顔が現れ、ケネスが語り掛けてくる。

目を開けたとき、低いエンジン音が聞こえ、下宿の横の道に止まった。

反町が外に出ると黒い影が立っている。その背後の道路に軽の車が止まっていた。色は暗くてよく見えないが、おそらく黄色だ。

「そんなところに立ってないで入れよ。俺も誰かと話したいと思ってた」

木の影が滲んだように揺れるとノエルが姿を現して、反町の前に立った。

「いろんなことを聞こうと思ってたけど、あんたに会うと疑問がなくなってる。私たちが追っているのはブルードラゴン、ボスのジェム・ソウ」

本名ジェームス・ベイル、元アメリカ海兵隊少尉とノエルは低い声で付け加えた。

「強制捜査があったんでしょ。私は蚊帳《かや》の外。誰も何も教えてくれない。だからここに来た」

「おまえはどうしたいんだ」

ノエルは考え込んでいるが、言葉が出てこない。やがて低い声が聞こえた。

「逮捕したいのは間違いない。できれば私の手で」

「ジェームス・ベイル、おまえの親父は死刑になる可能性があるんだぞ」

「それでもいい。むしろそれを望んでいるのかもしれない」

ノエルの声はますます小さくなっている。

「おまえの親父だぞ。おまえはこれ以上前に出るな。俺たちに任せろ」

ノエルは答えない。

海岸沿いに植えられているガジュマルの木が揺れている。少し風が出てきたようだ。

波の音が高くなったような気がする。

「私の中にもあの男の血が流れている」

ノエルがぼそりと言った。

「血か……。そんなもの関係ない。血のせいなんかじゃない。すべては彼自身の問題だ。人間は様々な要素を持っている。悪意、善意、憎しみも慈《いつく》しみもみな人間の心だ。人は様々な感情を自制しながら生きてるんだ」

反町は自分の手のひらにフォークを刺した愛海を思い浮かべていた。

「私もいつか、あの男のようになるのかもしれない。それが怖い」

「おまえは絶対にあの男とは違う。おまえはノエルだ」

「半分は彼の血なの。ブルードラゴンのヘッド、ジェム・ソウの血」

「ノエルはノエルだ。血はただの血だ。そんなもので性格や行動が決められるものじゃない。人の心は自分自身が作りあげるものだ。人生だって同じだ」

「自分が何者なのか、子供のころから考えてきた。考えれば考えるほど分からなくなる。日本人と同じ顔、同じ考えをしてる。そう信じてるんだけど、他人は認めてくれない。私の背後にはいつも父親がいた」

「俺の親父の仕事、想像できるか」

ノエルは黙っている。

「信用金庫の職員だ。朝から晩まで金の勘定だ。一円単位まできっちり合わせられないと、合うまで数えるんだと言ってた。親父の自慢は、いつも一発で合わせたことだ」

「あんた、本当にそのパパの子供なの」

ノエルの顔にわずかな笑みが漏れた。

「愛海も同じ言葉を言った。血なんてそんなもんだ。人の性格、思い、心根なんてものは、育った環境、時代、友達、読んだ本でガラリと変わる。血によるアイデンティティなんて考えるな。今ある自分が自分なんだよ。その自分も日々変わっていく。ノエルが理想とするアイデンティティを作ればいい」

「今日のあんた、あんたらしくないね。愛海ちゃんにも言ったの」

「まあ、そんなところだ」

ノエルは車のほうに歩き、乗り込んでいく。すぐにエンジン音が聞こえてきた。


早朝、まだ誰もいない部屋で、反町は具志堅の言葉を思い出していた。

「知らない、と気づいてないとは違う」愛海は無意識のうちにベイルからXデイに関する重要な言葉を聞いているかもしれない。三年も一緒に暮らせば、ベイルが愛海に心を許したこともあったのかもしれない。もっとベイルについて知る必要がありそうだ。

反町はケネスを〈B&W〉に呼び出した。最近のケネスはいつものケネスとは違っている。どことは明確に言えないが違うのだ。反町には前と同じく協力的だが、意図的なものを感じる。

ケネスは椅子に座るなり、今日は何の用だという顔で反町を見つめている。

「ベイルについて、まだ隠していることがあるだろう。分かっているんだ」

「今日の反町さん、コワいよ。何だか、別人みたい」

「これから大変なことが起こりそうな気がする。さっさと真実を言え。そうじゃないと、今まで出回っていたクスリはドラゴンソード、それを流していたのがブルードラゴン、そのボスが元アメリカ海兵隊の将校だってことをマスコミに流すぞ」

「反町さん、どうかしたの。そんなことすると国際問題になる」

「勝手にしろ。Xデイを回避することが最重要だ。そのためには何でもやる」

「Xデイは東京の強制捜査で回避できたんじゃないの。僕たちはそう理解している」

「フラーが。まだとぼけてるのか。何かが起こって、いちばん困るのはおまえらだろ」

ケネスの顔から余裕のようなものが消え、緊張に変わってくる。

「ベイルが前線送りになった本当の理由は何なんだ。上官を殴ったりしたら、軍事裁判で営倉入りなんだろ。それが、いきなり最前線はないだろ。ノエルのママに聞いたら、突然いなくなったと言ってた。荷物も残したままで。すべて処分したって言ってたが」

「少尉が中尉を殴った。それがすべて」

「嘘だ。何かある。ベイルはアメリカ海兵隊を恨んでいる。ハワードと何があったんだ。俺は真実が知りたい」

反町の声が大きくなった。店員が二人のほうを見て囁き合っている。

「ベイルには黒人の血が混ざっているんだったな。見かけは白人でも」

ケネスが一瞬考え込んだが、頷いた。タブーに触れる話題なのだろう。

「おじいさんがね。ベイルは見ての通り。ハンサムな白人。黙っていれば白人で通る。でも、家系を調べるとすぐに分かる」

「それって、軍では問題にはならないのか」

「それはない。軍では平等が重んじられる。生きるか死ぬかの戦場で人種差別もないでしょ。戦友を信頼してなければ死ぬだけ」

ケネスは言ってから、反町から視線を外している。やはりケネスは嘘がつけない。

「言ってみろ、本音を。俺たちは友達だよな」

「それは建前であって、個人的にはいろいろあると思う。とくにベイル少尉は見かけは白人。それもとっておきのカッコいい将校、モテモテだった」

「よく思わなかった者がいたというのか」

「白人、黒人の両方からね。コウモリの話は知ってるでしょ。イソップ童話の」

「コウモリが動物と鳥、都合のいいほうについたって話か。ベイルがそうだというのか」

「彼はそのどちらにも入れなかった。人種はブラック。見かけはホワイト。軍での居場所はないだろうね。どこに行っても仲間からは避けられ、上官からはうとまれる」

反町は愛海の話を思い出していた。ベイルは海兵隊を愛していた。その海兵隊に自分の居場所を見つけられなかったとしたら。

「ベイル少尉はハワード中尉と士官学校で同期だったそうです。成績はベイル少尉のほうが断然上だった。しかし、ハワード中尉のほうが昇進は早かった」

「昇進が遅れたジェラシーで暴力沙汰か。そんな単純な話なのか」

ケネスが黙り込んだ。言うべきか迷っているのだ。反町はケネスの背中を叩いた。

「ハワード中尉がベイル少尉と言い争ったときニガーと呼んだ。ニガーのくせに。それに逆上したベイル少尉がハワード中尉を殴った」

「ハワードはベイルを殴り返さなかったのか」

「まあ、そうなのかな」

「おまえは、まだ嘘をついている。本当は何があったんだ。ベイルを逮捕したいんだろ」

ケネスは一瞬、目を伏せてから、改めて反町を見た。

「ベイル少尉について基地に聞きに来たとき、ジョージ・ハワード中尉、いまのハワード中佐に会ったよね。おかしいとは思わなかったの」

「なんで、こんな場所に中佐が出てくるんだと、ノエルと話してた。目つきの悪い陰気な野郎だって」

「目つきの悪い陰気な野郎ね。実は、中佐の左目は義眼なんだ」

　ケネスが覚悟を決めたように言う。

「ベイル少尉がボールペンで突き刺した」

「殴っただけじゃなかったのか」

　反町の口からかすれた声が出た。全身を悪寒のようなものが貫く。

「殴りましたよ。まず、ベイル少尉が。そしてハワード中尉。次に殴り倒されたハワード中尉が拳銃を抜こうとした。それで――」

「拳銃を抜こうとしたのなら正当防衛にならないのか」

「そんなの関係ない。結果は中尉が重傷を負った。そして、彼の親戚には軍関係の有力者がいた。ベイル少尉にはいなかった。その後の動きは素早かった。話した通り」

「なんでボールペンなんだ」

「たまたま、胸ポケットに差してあったからじゃないの。とっさに、ぐさりと」

「何でも武器にできる。海兵隊のお得意か。喧嘩の理由はなんだ」

　通りから基地反対のデモ隊の声がかすかに聞こえてくる。ケネスは軽く息を吐いた。

「ベイル少尉の黒人の血。彼はそれを気にしてたんだろうね。何気ない言葉でも殺したくなるほどに。日本人には分からないだろうけど、アメリカじゃ、かなりなハンディキャップなんだ。軍でも人種差別はある。表に出ないだけ」

「ニガーと呼ばれたベイルが逆上してハワードを殴った。ハワードは拳銃をって訳か。二人の罵り合いを聞いてみたいね。殺し合いをするほどの」

「僕は聞きたくない。ただ、ベイル少尉のハワード中尉への最後の言葉は、〈おまえを必ず殺してやる〉だったらしい」

ケネスが反町の反応を窺うように呟く。

「軍でも黒人差別はある。でも、タブーになっている。戦場では仲間を信じるしか生き残る道はないからね。上層部はこの問題をもみ消そうとした。ベイル少尉は前線に。ハワード中尉は、事件を明らかにしないことを条件にワシントンで勤務を続けた。もちろん、長期入院の後だけど。昇進してね。口止めの意味もあったのかな。目の傷は軍務中の事故となってる。まあ、事故に違いないね。そのころにはベイル少尉は消えていた。まさか、軍が関与しているとは思わないけど」

「軍の関与があったらどうなる。このままだといずれ消される、と思ったベイルが自ら姿を消した。脱走という形で」

ケネスが何か言いたそうだが、言葉が出ないようだ。

「しかし、ベイルには目的があった。必ず沖縄に戻ってくる」

ケネスの顔にはもう十分でしょうという表情がある。

「ハワード中佐への復讐か。自分の希望と将来を打ち砕いた」

「よく分かったね、反町さんに。人の心の機微なんて理解できない人だって思ってたのに」

反町は眉根を寄せた。ケネスは続けた。

「でも、少しだけ違ってる。ベイルにとって、ハワード中佐への復讐は海兵隊への復讐でもある。自分の愛した海兵隊、そして将来を奪い去った」

「そうなると俺には理解できない。可愛さ余って憎さ一万倍ということか」

「忠臣蔵の浅野内匠頭《あさのたくみのかみ》と吉良上野介《きらこうずけのすけ》の話と同じ。僕は大好きなんです。刀を抜いた浅野さんだけが切腹、吉良さんにはおとがめなし」

「おまえ、本当によく知ってるな、日本のこと」

「ベイルは黒人兵の中に食い込んでいます。と言っても、数名にすぎませんが」

この辺りの言葉は信用できない。ケネスは反町から何かを引き出そうとしている。

「ベイル少尉がハワード中尉の目をボールペンで突き刺したのはいつだ」

「二十五年前の十月二十八日」

言ってからケネスが黙り込んだ。

「二日後だ」

二人同時に声を出した。

「Xデイはベイルが海兵隊に復讐をする日ってわけか」

言葉に出すと実感となって、反町の心に迫ってくる。

ケネスは慌ててスマホを出してメールを送っている。

「電話のほうが確実だ。具志堅さんの口癖だ。しかしベイルの居場所を本当に知らないのか。後で後悔しても手遅れだぞ」

ケネスはスマホから顔を上げて首を振った。

反町はケネスの様子をうかがった。彼は嘘のつけない男だ。何らかの態度を表面に出す。しかし今日は何も出ていない。少しドジなケネスの姿だ。

「ベイルはただ逃げているんじゃない。彼は待っているんだ、Xデイを。自分が仕掛けた爆弾が爆発するのを見届けるつもりだ」

「それが爆発しないと分かったら――」

「自分でスイッチを押すつもりだ。自爆すらも覚悟の上だ。そのためにも沖縄に戻ってきた」

反町は言いながら自分の言葉に確信を持った。

ケネスが基地に帰った後、反町は一人、座っていた。何をすべきか考えていたが頭の中がまとまらない。反町の考えが間違っていなければ、Xデイまで時間はない。おそらくベイルは持っているドラゴンソードをアメリカ軍と沖縄にばら撒く気だ。なんとしても阻止しなければならない。それには――。反町は意を決して立ち上がった。

3

反町は表通りに出てタクシーに乗った。

愛海のマンションの前でスマホを出してしばらく眺めていた。喫茶店でフォークで手のひらを刺した愛海を思い出していた。ナプキンに広がる赤い血。反町はその血の色を消し去るように頭を振って、スマホをタップした。

愛海はダークブルーのセーターにジーンズ姿だった。反町の顔を見て愛海はわずかに顔を強張《こわば》らせた。まだ強制捜査の緊張が残っているのか。

「新聞とテレビを見た。多数の死傷者が出たんでしょ。あんたは何ともなかったの」

反町は愛海の手を取って手のひらを見た。大きめのカットバンが貼ってある。

「二度とするな、あんな真似は」

愛海がかすかに頷いている。

「会わせたい人がいる。三十分でいい」

「いやって言っても、会わなきゃならないんでしょ。みんな勝手なんだから。人の都合や気持ちなんて考えない」

そう言いながらも、反町が腕をつかんで歩き始めると愛海は従った。

反町はタクシーに乗って、病院の名を告げた。

「ジェームスが見つかったの」

愛海が問いかけてくるが、反町は腕をつかんだまま答えない。腕を離すと、どこかに消えてしまいそうだった。

市民病院につくと愛海の腕をつかんだままエレベーターに歩いた。愛海はすっかりおとなしくなって、黙ってついてくる。

反町は病室の前で立ち止まるとノックして、返事の前にドアを開けて中に入った。

目の前にはベッドに横たわる女の姿がある。茶色に染めた髪でかろうじて女が若いと感じられた。顔半分をガーゼで覆っている。三階から飛び降り、地面に打ちつけた衝撃で顔半分の骨が砕けたのだ。

「彼女は恋人と沖縄に来た。恋人はホテルのベランダから墜落して死んだ。彼女も後を追ったが、一命は取り留めた。しかし、身体と心の両方に大きな傷を負って生きていかなければならない。よく見ておくんだ。二人共、ドラゴンソードの犠牲者だ」

愛海は無言で陽子を見つめている。

「顔の半分が複雑骨折だ。眼球も飛び出してた。もう少し落ち着けば整形をするが元には戻らないだろうって。右腕と右足も、不自由になる」

愛海は瞬きもせず、ベッドの女を見ている。

「もっと言おうか。彼女は恋人の身体に嚙みついた。逃れようとした恋人を、ホテルのベランダから突き落とした。彼の場合は、脳みそをぶちまけて即死だ。身体に女の嚙み傷をのこしてね。二人は平凡な幸せな若いカップルだった。沖縄に遊びに来て、ドラゴンソードの売人に声をかけられた結果だ」

そのときドアが開き、中年の女性が入ってきた。

反町は女性の前に直立不動で立ち、深々と頭を下げた。

「私はお嬢さんをこういう目に合わせた犯人を必ず逮捕します」

愛海の腕をつかんだまま部屋を出た。

出口に向かって歩きながら反町は愛海に語り掛けた。

「後から入ってきたのが彼女の母さんだ。自分の娘がドラッグのせいとはいえ人を殺した。その結果、ああなった。これから、ベイルが流す危険ドラッグで同じことが起こらないとは限らない。いや、必ず起こる。第二、第三の女や男が出てくる」

愛海の顔は引きつっている。

「危険ドラッグに手を出して、自業自得かもしれない。しかし俺たち刑事はそれを防ぐのが仕事だ。俺に力をかしてほしい」

「本当に知らないの。ジェームスは私に仕事のことはほとんど話していない。いつも突然やってきて、しばらくいて、突然いなくなる」

「最近は来ていないのか。東京から帰ってベイルは消えてしまった。俺たちはずっと探しているが、手がかりさえない」

「ここしばらく連絡はない。こんなことは何度もあったから、気にしていなかった」

愛海は消えそうな声で話した。反町がつかむ腕が細かく震えている。嘘はなさそうだった。

「ベイルの言葉を思い出してくれ。必ず何かあるはずだ」

愛海は無言のまま歩き続ける。突然立ち止まり、反町を見つめた。

「ジェームスからバッグを預かってる。五十万ドルが入ってるバッグ。それと封筒」

愛海は低い声で、しかしはっきりとした口調で言った。

「マンションにあるのか」

愛海が頷いた。反町の脳裏に様々なケースが交錯する。

「ベイルを逮捕したい。協力してくれるか」

愛海は答えず歩き始めた。

「まだ、ベイルに未練があるのか」

「そんなんじゃない」

愛海は強い口調で言い切った。

「彼がブルードラゴンのボスだということは知ってた。でも、私にとっては救世主だった。彼だけが私を助けてくれた。彼がいなければ私はどうなっていたか分からない。私は彼を裏切れない」

「今度の事件だけでも沖縄と東京で十人近い人が死んでる。彼はさらに大きな展開をもくろんでいる。彼を逮捕できないと、まだ多くの人が死ぬことになるんだ。多くの不幸な人が出てくる」

愛海が立ち止まり顔を上げた。

「あんたは私が協力すると喜んでくれるの」

「これ以上、犠牲者を出したくない。おまえは必ず俺が護る」

反町は愛海の腕をつかむ手に力を込めた。


反町は悩んだ末、具志堅を県警の屋上に呼び出した。

具志堅は腕組みをして時折り目を閉じて、反町の話を聞いている。

「すべて話せというから話しました。Xデイは二十八日。明後日です。それまでにベイルを逮捕しなければなりません」

「あと二日か。おまえの女がベイルの女だったというのか」

「下品ですよ。そういう言い方は」

「そうだな。謝るよ。だが、その女は五十万ドル入りのバッグを預かってるんだな。約五千万円か。封筒というのも気になるな。おまえは見たのか」

「間違いありません。彼女がそう言ってました」

反町は視線を下げた。今になっても、嘘であって欲しいという気持ちは変わらない。

「彼女を見張っていれば、Xデイまでに必ずベイルがバッグを受け取るため連絡してきます」

「それでいいのか、おまえは。彼女は危険にさらされる」

愛海が警察と接触したと知ればベイルは近づかない。そしていずれ愛海は命を狙われる。それが香港マフィアのやり方だ。それから護るのが刑事である自分の仕事だ。そして愛海との約束だ。

「ベイルが気づかなければ問題ありません」

「それほど肝の据わった女なのか。普通の女なら何かの形で顔に出る。ベイルには必ず分かる。三年一緒に暮らしてたんだ」

具志堅は言い切った。

「彼女は俺に従うと言ってくれました」

「誘拐事件と同じだ。チャンスは金の受け渡しのとき。彼女には今まで通りの生活をしてもらう。ただし身辺に女性警官が付き添う。そしてベイルからの連絡を待つ。ベイルから連絡が入り次第、それに対応した態勢が取られる」

　具志堅は考えながら言葉を続けた。

「採石場の製造工場と基地外住宅にガサが入り、大部分の部下と危険ドラッグが押収された。金とパスポートもだ。ベイルには何も残っていないだろう。最後の手段が金を預けた女というわけか。可能性は高いな」

「違います。ただ逃げてるんじゃありません。Xデイを待っているんです。金だってそのためのものです。その前に何としても――。問題はいつベイルが連絡してくるかです」

「女と接触時に逮捕となると、女はかなり危険だ。相手はブルードラゴンのボスだ」

「危険は承知しています。しかし、これは彼女の意志でもあります」

「古謝一課長には俺から話す。おまえはバッグの金と封筒を確認して、彼女の意志を再度確かめろ。それが済んだら県警に戻れ」

　具志堅が古謝を一課長と呼んだのを初めて聞いた。

　具志堅さん、と反町は歩き始めた具志堅を呼び止めた。

「ベイルの逮捕後、彼女はどうなりますか」

「逮捕は免れないだろうな。ブルードラゴンの内部に深く入っていたことは間違いない。おそらく、多くの犯罪を身近に見ている。関わっているのもあるかもしれない。金の入ったバッグを預かったことも犯罪だ。犯罪で得た金だと知ってるはずだから。しかし、かなり危険な捜査に協力する。ある程度の免責は期待していい」

ただしと言って、具志堅は反町を見据えた。

「おまえはことの行き掛かりをすべて話す必要がある。こういう女を見つけましたじゃ、誰も納得しない。おまえとの関係は重要だ。おまえにその覚悟があるんだろうな」

反町は頷いた。愛海はさらに辛い覚悟を強いられているのだ。

反町の脳裏に愛海の血が蘇ってくる。

反町は〈月桃〉に行った。開店にはまだ早い時間だが、愛海が店にいるような気がしたのだ。

愛海は奥のスツールに座りカウンターをぼんやり見ていた。反町は愛海の横に座った。

しばらく二人は無言のままカウンターを見ていた。

「協力してくれることはよく分かった。しかし一度始まると抜けられないし、危険が伴う。ベイルが連絡してきて逮捕するまで、マンションの部屋と店には刑事が張り込むことになる。もちろん一般人として、悟られないようにやる。プライベートなんてなくなるぞ。事件が解決するまでは極秘で行われるが、最後は報道発表が行われる。愛海の名前も過去も出てくる」

さらに、と言って愛海を見据えた。

「ベイルが逮捕されたら、法廷に立たなきゃならない。愛海も罪に問われる可能性が高い。それでもいいのか」

愛海は反町を見つめている。カウンターの反町の手に自分の手をそっと重ねた。

「私はいい。元に戻るだけだから。いつかケジメをつけなきゃと思ってた。でも、あんたに、迷惑がかかるんじゃないの」

「そんなこと心配するな。俺は命にかけても愛海を護るだけだ」

反町の手に重ねていた愛海の手に力が入った。


反町が部屋に入るといっせいに視線が集まった。

部屋には刑事部長以下、一課の主だった者がいた。具志堅が緊急招集を要請したのだ。

反町は刑事たちの前で愛海のことを話した。知り合ったいきさつと、愛海とベイルの関係。部屋中が静まり返って反町の話を聞いている。

「その女と知り合ったときのことをもう一度」

「レストラン〈ウェイブ〉で最初の薬物中毒者が出てすぐです。巨漢の日本人、売人の捜査で松山の飲食店に聞き込みに回っていた時です」

「約ひと月前か。おまえ、早すぎやしないか。それが今風なんだろうが」

「時間は問題ではないと思います」

「確かにそうだな。何だか、都合よすぎる気がしてな。付き合ってた女が探していた重要容疑者と関係があるなんてな」

中年の刑事がしみじみとした口調で言った。

「いちばん驚いてるのは当人たちだろうよ。そういうことを抜きにして、今大事なのはどう対処するかだ。ただし、この事案は捜査一課だけで執り行う」

古謝が刑事たちを見ながら確認するように言った。

「今回はその安里愛海という女自身が対処するしかないな。前のように代役に女性警官を立てるわけにはいかない」

「まず、愛海という女と会って、話を聞く必要がある。バッグの金と封筒も調べなきゃならない。そのうえで、ベイルから連絡があるまで待って、今後の行動を決める。それまでは、一部の者を除いて今まで通りの捜査を続ける。空港と港の張り込み、那覇および近郊の宿泊所の聞き込み。一切手を抜くな」

古謝が指示を出す。

「婦警を数人集めろ。私服で対応させる。国際犯罪対策室の女がいただろう。マンガみたいな名前の――」

「ノエルはダメです。関係者ですから」

反町は思わず大声を出していた。ベイルはノエルの父であり、ノエルは愛海の幼馴染で親友だ。捜査に感情が入るとどうなるか分からない。

「天久ノエルを捜査に参加させる。今度は失敗できない。最後のチャンスだ。この捜査に彼女は初めから関係している。県警のすべてを投入する」

「しかしノエルは――」

具志堅が反町の腕をつかんだ。腕がしびれ反町の声が消えていく。

「今回は一課長に任せるんだ。天久もそれを望んでいる」

黙り込んだ反町を見て古謝が話し始めた。

「現れるとしたら、〈月桃〉か自宅か。バッグを店に持っていくというのは危険だ。だったら自宅か」

「ベイルはマンションのカギも店のカギも持っていません。採石場のプレハブに置いていました。持っているのはスマホだけです。まず電話連絡があるはずです。それからバッグの受け渡し場所を指定するはずです」

「しかし、もしベイルに女との関係が警察に知られていることが分かれば――」

「どうして分かるんです。ベイルと女の関係を知っているのは俺だけです」

「女がしゃべっていたら――」

「ベイルは来ません。それだけです」

ベイルが来なければいい。心のどこかにある正直な気持ちだ。しかし、それは愛海がベイルに――。

4

その日の日付が変わる前に、反町と具志堅、秋山、そして婦警が一人、愛海のマンションに行った。秋山は強く同行を望んだのだ。結局、古謝が折れて許可した。店にも常時二人が客としていることになった。

もっと大掛かりな態勢が計画されたが、ベイルに気づかれる恐れがあるという反町と具志堅の意見が通った。ベイルがマンションや店を見張っている可能性がある。愛海の部屋への出入りは極力避けなければならない。その代わり、マンションと店の周辺には各々十人近くの刑事が配置された。

マンションの入口、エレベーターの防犯カメラの映像、さらに店の内部の映像はリアルタイムで県警本部の会議室でも見られるようにした。

愛海の部屋の階にも防犯カメラの設置案が浮かんだが、ベイルに気づかれる恐れがあると反対された。マンションの入口とエレベーターにも防犯カメラがついていて、十分見張ることができる。部屋のキーを持っていないベイルが入口から入るには、何らかのアクションが必要だ。

「ベイルから連絡があれば直ちに報告しろ。女に接触させて、現場で逮捕だ。失敗は絶対に許されないぞ」

古謝の言葉には焦りが感じられた。Xデイは二日後だ。来週には警視庁の捜査官たちが那覇に来る。


愛海の部屋は3LDKで、家具は驚くほど少なくシンプルに片付けられていた。

反町が愛海の部屋に入るのは三度目だった。最初は初めての洗濯物を取りに行ったときだ。県警の宿直室で横になっていた反町に電話があった。自転車で出かけたが、そのまま泊まってしまった。翌朝は愛海が目覚める前に部屋を出て県警本部に戻った。二度目も同じようなパターンだった。

リビングのテーブルにスタンドを置いてカメラをセットした。カメラ映像はインターネット回線を使って、捜査一課の部屋のパソコンとつながっていて、お互いが映像を見ながら連絡できる。

愛海がバッグを持ってきて、リビングのテーブルの上に置いた。ブランド品の中型のバッグだ。中を開けるときちんと折りたたんだ、やはりブランド物のカッターシャツやセーターが入っている。愛海がそれらを横に寄せると、下に百ドル札の束が十束ずつまとめられ、五個入っている。その上に封筒があった。

「一束一万ドル、約百万円か。それが五十束。計五十万ドル、約五千万円だ。ベイルの野郎には大した額じゃないかもしれないが。俺たちには縁遠い金だ」

具志堅の低い声が聞こえた。

「封筒は科捜研に送り開封だ。中身を調べたら戻しておく」

「その間にベイルから連絡があったらどうするんですか」

「放っておけ。バッグを開ける前に逮捕する。中身はＳＤカードだな」

具志堅が指先で封筒を探りながら言う。

さらにその下に二十センチ四方の包みがある。具志堅がその包みを両手でつかんで感触を確かめている。

「爆弾じゃないでしょうね。軽そうですが」

具志堅がポケットからナイフを出して慎重に梱包を剝がしにかかった。

「違法行為です。開けたりしちゃ、絶対に分かります」

秋山の言葉を無視して具志堅は、ナイフを突き立てて切れ目を付けると指を差し込んで袋を引き出した。ドラゴンソードだ。

「どのくらいあるんですか。パンパンに詰まってる」

「ひと財産作って町一つの住人を廃人にするくらいだ」

具志堅は一袋をテーブルに置くと切れ目にテープを貼って元に戻した。

「バッグに発信機をつけて位置を特定できるようにしておきます」

秋山がポケットから親指ほどの黒い装置を出した。初めからそのつもりだったのだ。

「もし、ベイルがその装置に気づいたらどうする。彼女が危険にさらされる」

「彼女とベイルとの関係は聞いています。日本に帰ってからも、たびたび会っていたはずです。情が移るとは考えられませんか」

秋山は愛海とベイルがこの金を持って逃亡する可能性を言っているのだ。

「彼女は納得してくれた。これ以上、ドラゴンソードによる被害者を出したくないと」

「いくら納得していても、顔や態度には出ます。警察の指示を受けているんです。平静ではいられない。ベイルがそれに気づかないはずはない。これは保険です」

秋山は冷静すぎるほど落ち着いていた。反町も何度も自問したことだ。しかし愛海に賭ける気持ちは変わらなかった。

「これは愛海さんを護るためでもあるんです。彼女には分からないように取り付けます。彼女はいつも通りにふるまえばいい。知らないということは大きな武器にもなります」

「愛海にできると思うか」

「大丈夫です。彼女を信じましょう。乗り切りますよ」

秋山は矛盾したことを平然と言う。しかし、彼の表情からは言葉通りには信じていないことは明らかだった。反町は決心しかねていた。愛海を裏切るような気がしたのだ。

「ここは彼に従え。今度失敗すれば、ベイルは二度と現れない」

具志堅が反町に言い聞かせるように言う。

「ベイルのバッグに発信機を仕掛けました。位置は私のタブレットで追跡できます」

秋山がカメラに向かって話している。画面に映っているのは古謝だ。

〈こっちのモニターでは追跡できないのか〉

「私のほうから連絡します」

二人は発信機については了解していたのだ。


反町はSDカードの入った封筒を持って連絡を取っておいた科捜研に行った。

「分からないように開封して、中身をコピーしてまた閉じる。県警もせこい仕事をやるようになったな」

眠っているところを呼び出された所員は、欠伸《あくび》をこらえながら沸騰させたフラスコから出る湯気の上に封筒をかざした。封は簡単に開いた。SDカードを出してパソコンに入れ、中のファイルをコピーした。

「パスワードがなければ開けない」

「おまえでもムリなのか」

「開けないこともないが、十分でできるか一週間かかるか。保証はできない」

「どうせ同じようなものだ。当てにはしてないが、開けたら連絡してくれ」

反町はデスクにあったSDカードをポケットに入れながら言った。

所員から電話があったのは昼近くになってからだった。

反町が科捜研に行くと所員がデスクに突っ伏している。反町に気づくと、真っ赤な目をした機嫌の悪い顔でパソコンを指差した。画面には英文の文書が表示されている。

反町はディスプレイに顔を付けるようにして単語を拾っていった。ドラゴンソード、オキナワ、カイヘイタイ……。テイラー、ジョンソン、ニコルソン、名前が並んでいる。上に付いているのは階級だ。全員、二等兵、一等兵クラスだ。

反町の目が止まった。ハワード中佐の名がある。科捜研の所員が覗き込んでくる。

「どこかのゲームの仕様書か。どうりで厳重なガードだった」

「似たようなものだ。文書のプリントアウトを頼む。二部だ」

科捜研を出るとケネスを呼び出した。

〈行けるわけがないでしょ。今は勤務中〉

「後悔したくなきゃすぐ来い。Xデイの全容が分かった。下手すると米軍が転覆する」

〈いつものところでいいよね。一時間、いや四十分以内に行くから〉

興奮した声でスマホは切れた。

反町は、〈B&W〉のいつもケネスが座っている席に座って入口を見ていた。三十分をすぎたころ入口がざわついた。

客をかき分けるようにして入ってきたケネスを見て、思わず見直した。MPの腕章と警棒は外しているが迷彩服姿だ。

「着替える時間がなかったんだ。別にかまわないよね」

椅子に座るなり、反町のルートビアを一気に半分近く飲んだ。

反町はケネスの前にSDカードのデータからプリントした書類を置いた。ケネスはひったくるようにして取ると、顔に付けるようにして見ている。

「続きが見たけりゃ約束してくれ。動くのは俺の指示があってからだ。そうでなければ渡せない」

反町は残りの紙をケネスの前でヒラヒラさせた。

「沖縄海兵隊にドラゴンソードをばらまくって計画だろ。ベイルの狙いはこれだった。自分を追い出した海兵隊とハワードへの報復。それがXデイだった」

「どこでこれを――」

目をコピー用紙に向けたままケネスがかすれた声を出す。

「時間がないだろ。Xデイは明日だ。俺の言うことを聞いたほうがいい」

「分かった。ベイルを拘束して愛海さんの安全が確保されてからだね」

「しっかり分かってるじゃないか。これをおまえに渡して、アメリカ軍の崩壊を救うのは俺だってことを忘れるな」

「絶対に忘れない。反町さんは海兵隊を救った」

ケネスは立ち上がり、反町に向かって姿勢を正すと敬礼した。思わず反町が返礼すると、二人を見ている客をかき分けて出ていく。

カウンターの中の店員が驚いた顔で反町を見ている。


動きがあったのは愛海が店に出る直前だった。愛海のスマホにベイルから指示があったのだ。通話はほんの数秒だった。発信元の特定を意識したからか。

「バッグを車に積んでおくようにって。後のことはまた連絡がくる」

「店に取りに来るってことはないだろうな。バッグを取ってそのまま人に紛れられる」

「危険すぎるだろ。俺たちのことを感づいてないとしても、松山には黒琉会の奴らも多い。ベイルは香港マフィアのボスだ。何が起こるか分からん」

「だったら店に向かう途中か、帰りだ。Xデイは明日だ」

「いずれにしても連絡待ちだ。平静さを忘れるな。いつも通りに振る舞えばいい」

ベイルから連絡があった旨は直ちに県警本部に報告された。

反町は愛海について〈月桃〉に向かった。店に行く途中にはベイルからの連絡はなかった。

ボックス席で接客をしていた愛海が突然席を立った。カウンターに入り、横の小部屋に行く。そのとき、カウンターにいた反町をちらりと見た。反町はそっと立ち上がり愛海に続いた。

愛海がスマホを耳に当てて頷いている。スマホを切ると反町に向き直った。

「彼よ。明日の朝、指示する場所にバッグを持ってくるようにって」

「ベイルは県警が動いていることに気づいてはいないか」

愛海はわずかに考え込む仕草をした。

「大丈夫だとは思うけど。勘の鋭い人だから断定はできない」

「愛海は今まで通りの生活を続けてくれ。難しいとは思うけど」

明日の朝、バッグを受け取り、そのまま行動を開始するつもりか。明日がXデイだ。

反町は報告のために一課に戻った。報告を聞いて、一課は色めき立った。

「だったら、ベイルの指示はバッグを持って、そのまま帰れということか」

「あの野郎、何を考えてる。県警が見張っているのに感づいているんじゃないか」

「もう現れないということですか。じゃ、Xデイはどうなるんです。そんなはずはない」

「気を抜くな。女の後をつけるしかない。俺たちの尾行が悟られると次の連絡はない。チャンスは一度だと思え。神経を引き締めて事に当たれ」

古謝の言葉が重く聞こえる。しかし彼の顔は青ざめている。

反町は店から戻る愛海を迎えるためにマンションに向かった。


深夜、愛海の車が帰りのルートを外れたと追跡していた車の刑事から連絡が入った。愛海のスマホにベイルから連絡があったのだ。

「明日の朝じゃなかったのか。忙しい野郎だ。追跡は悟られてないか」

〈車を見失った。通りに出たところで大型バンが間に入った。その間に女の車が消えてしまった〉

「大型バンを押さえろ。ベイルの仲間の可能性がある」

〈遅すぎます。どこかに行ってしまいました〉

「バッグの発信機があるだろ。追尾車に女の車の位置を報告するんだ」

愛海の車の追尾車と本部とのやり取りが、愛海の部屋に置かれた通信機に入ってくる。

反町の胸ポケットでスマホが震えている。部屋を出て電話に出た。

「どこにいる。追跡してた車がまかれた」

〈ジェームスから連絡があった。那覇新港よ。そこで待ってるって。あとをつけてくる者がいれば、そのまま消えると言ってる。私はどうすればいいの〉

「愛海はベイルに従え。俺がそこにいく」

一瞬の迷いがあったが反町は言った。

〈上司に知らせなくていいの〉

「バッグに発信機が入っている」

〈中身を出してバッグは捨てろって。いつも見張ってるとも言ってた〉

「言うとおりにしろ。おまえのことは俺が護る」

〈信じてる〉

反町はマンションを出た。タクシーを探そうと表通りに走り始めた。

タイヤの鋭いスリップ音が響き、黄色い軽自動車が反町の前に回り込んで止まった。

運転席からノエルが反町に怒鳴った。

「早く乗って。愛海ちゃんから連絡があったんでしょ」

「何で知ってる」

「あんたが飛び出して来たから。具志堅さんから、あんたを見張るように言われてる。必ず勝手なことをやるからって」

「おまえは駄目だ。今の状況について何も知らない」

反町が強い口調で言うと、ノエルが睨み返してくる。

「時間がないでしょ。愛海ちゃんから全て聞いてる。少し前、お店から電話があった。ベイルとの関係や今までのことを話した。あの子、泣いて謝ってた。死ぬ気よ」

「おまえはそれでいいのか」

「だから来た」

反町が乗り込むと、ノエルは激しい勢いで車を発進させた。


港に入る前に車を降りて、反町とノエルは港に向かって走った。

前方に見覚えのある車が止まっている。

「愛海ちゃんの車よ」

「気をつけろ。ベイルも来ているはずだ」

二人は倉庫の陰に隠れながら車に近づいていく。背後から車の光芒《こうぼう》が近づいてきて二人を追い越していく。

車は愛海の車の前に止まった。ライトが消え、街灯の光だけが港を照らしている。

反町は拳銃を出した。それを見てノエルの身体が一瞬、硬くなったような気がした。

反町も自分が容疑者を眼前にして拳銃を構えるとは、想像したことはなかった。

それぞれの車から降りてくる人影が見える。一人は愛海だ。もう一人は長身の痩せた男。ベイルに違いない。

「どうするんだ」

「逮捕するに決まってるでしょ」

ノエルは身体を低くして倉庫に沿って二人に近づいていく。反町は慌ててその後に続いた。

二人の声がかすかに聞こえてくる。

「金は持ってきたか。バッグは」

「お金は車の中にある。バッグは途中で捨てた」

「金を持って、こっちの車に移るんだ」

「私はいかない。行くなら一人で行って」

二人で言い合う声がしているが詳細は声が小さくて聞き取れない。男が女を突き飛ばすのが見えた。愛海が車の前に倒れる。

気がつくと、反町は飛び出していた。


拳銃を構えた反町の目の前に、痩せて背の高い男が立っている。

「ジェームス・ベイルか」

低い声が出た。男は無言のままだ。

「沖縄県警だ。薬機法違反の容疑で逮捕する。罪状はまだまだ続くだろうが」

「日本の警察は、容疑者の権利は読まないのか。あなたには黙秘権がある。あなたの供述は、法廷であなたに不利な証拠として採用されることが――というやつだ。テレビか映画で見たことがあるだろう」

発音は多少おかしいが、流暢な日本語だった。

「聞きたければ署で説明してやる」

「逮捕は手錠をかけてから言うものだ」

ベイルの手にはいつの間にか拳銃が握られている。

「もう逃げられない。日本の警察は間抜けじゃない。港は沖縄県警の警察官が取り囲んでいる。空港やフェリーの港にもすぐに連絡が行く。あんたはアメリカ人でよく目立つ。ここはアメリカや東南アジアの国じゃない。日本だ。どこに逃げようと、すぐに警察に通報がいく。あんたは逃げ切れない。自分の立場を益々悪くするだけだ」

反町はベイルの目を見ながら言った。

「拳銃は持っていても、撃てる奴と撃てない奴がいる。日本人はたいてい後者だ」

「おまえのXデイは終わった。これ以上の犯罪を続けるな」

ベイルの表情がわずかに変わった。ほんの小さな変化の中にあらゆる感情が凝縮されている気がする。反町は必死にそれをつかもうとした。

「今ごろは海兵隊のMPが、基地内のおまえの仲間を逮捕している。諦めて――」

反町の言葉を遮るように銃声が響いた。

反町は強い反動を受けて背後に飛ばされた。拳銃が手を離れてコンクリートに乾いた音を響かせた。一瞬、意識が薄れ、息ができない。必死に立ち上がろうとした。胸が焼けるように痛む。肋骨《ろっこつ》が折れているのかもしれない。

倒れたまま目でベイルを追った。ベイルの銃が今度は反町の頭に向けられる。黒い影が反町に覆いかぶさるのと、銃声が轟《とどろ》くのとほとんど同時だった。

「愛海――」

反町は愛海の身体を抱きしめた。ベイルの拳銃の銃口が再度反町の頭に向けられる。そのときベイルの姿が遮られた。ベイルの前に特殊警棒を構えたノエルが立っている。

「よせ、ノエル。あいつはおまえを撃つ」

声を出したが掠れたうめき声に変わっている。

「ジェームス・ベイル。あなたを逮捕する。銃を捨てなさい。私は沖縄県警巡査部長、天久ノエル」

ノエルの鮮明で力強い声が響いた。特殊警棒を右手に、心持ち両腕を広げて立ちふさがっている。私はすべての運命を受け入れる。それはノエルの覚悟の姿のように、反町の目には映った。ベイルの表情は暗くて分からない。ベイルの銃口が上がるが、ノエルはベイルを見つめたまま動かない。

反町の身体に愛海の体温が伝わってくるが動きはない。

「よせ、ベイル。ノエルはおまえの娘だ」

声の限り叫んだが、声になっているかどうかも分からない。

銃声が響いた。反町は思わず目を閉じた。

目を開けると、ノエルが片膝をついてベイルを睨むように見ている。

「銃を捨てなさい。私は――」

ノエルの声を銃声がかき消す。ノエルの上体が激しく後方にのけぞり、倒れた。

ベイルの拳銃が必死で起き上がろうとするノエルに向けられる。

「――私はノエル。天久ノエル。――あなたを――逮捕する」

ノエルはベイルに燃えるような視線を向けたまま、切れ切れの声を絞り出した。私はノエル。これはあなたが付けた名だ、ベイル。ノエルは自分の存在を必死に訴えている。私はあなたの――。

一瞬、ベイルの瞳に躊躇の光が見えたような気がした。しかしそれは、反町の錯覚に違いない。拳銃は上がりノエルの頭に向けられた。挑むようにベイルを見ていたノエルの瞳から力が抜けた。ノエルはすべてを受け入れるつもりだ。

「やめろ、ベイル。ノエルはおまえの――」

反町の声が終わらないうちに、連続した銃声が響いた。反町は思わず目を閉じた。

目を開けると、ベイルが銃を構えたまま立ち尽くしている。その腕が垂れるとともに拳銃が路上に転がり、ベイルの身体が崩れるように倒れた。

「反町さん、大丈夫か」

顔を上げるとケネスが立っている。ＭＰの制服を着て、手に拳銃を持っている。

その背後に車が止まり、助手席に男の姿が見えた。

「救急車を呼べ、救急車だ。愛海とノエルが撃たれた」

反町は叫びながら、愛海の身体を道路に寝かせた。胸と腹を撃たれている。

反町はよろめきながら立ち上がった。拳銃を拾ってベイルに近づく。ベイルの横の拳銃を蹴って、ベイルから離した。銃口をベイルに向けたままノエルのところに行った。

「バカ野郎。なんで出てきたんだ。おまえ丸腰なんだろ。だから――」

「愛海ちゃんは。あの子、撃たれた」

ノエルは起き上がろうとしたが身体に力が入らないらしい。

上着を見ると銃痕はあるが血は流れていない。上着のボタンを外すと、防弾チョッキの真ん中と左上に潰れた弾丸が張り付いている。

「おまえ――防弾チョッキを着てたのか」

「具志堅さんが俺のを着ていけと」

ノエルが起きようと身体を動かしたが、徒労に終わったようだ。顔をゆがめて苦しそうに動きを止めた。

「私を立たせて。愛海ちゃんのところに連れてって」

「しかし、おまえは――」

「お願い」

反町はノエルの表情をうかがいながらなんとか立たせた。ケネスが反町の反対側からノエルの身体を支える。二人でノエルを愛海のところに連れていった。

「愛海ちゃん、大丈夫よね。死なないよね。あんた、強い人だもの」

反町は愛海の頭の下に丸めた上着を敷いた。

「私、あんたがいたから頑張れた。あんたと姉妹だと思ってた」

「傷口を押さえるんだ。出血を止めろ」

反町はノエルに叫びながらベイルのそばに行く。

ベイルの肩と腹から血が流れている。気を失っているのか動きはなかった。頸《けい》動脈に手を当てると脈拍はある。ノエルの悲鳴のような声が聞こえた。

「だめ。血が止まらない。愛海ちゃんが死んでしまう」

「おまえ、警官だろ。止血法は警察学校で習っただろ。思い出せ」

反町は怒鳴った。

「反町さん、ノエルさんと愛海さんを頼みます。ベイルは僕に任せてください」

横にケネスが立っていて、改まった口調で言う。反町はケネスの言葉を無視して手錠を出した。

「ジェームス・ベイル。おまえを逮捕する」

反町はベイルの手に手錠をかけた。パトカーと救急車のサイレンが聞こえてくる。パトカーから降りてきたのは赤堀と秋山だった。

反町は愛海に近づいて、傷口を押さえているノエルの手を取り愛海から離した。代わりに反町が傷口を強く押さえた。

愛海は救急隊員の手によってストレッチャーに移された。

「病院に搬送します。付き添いますか」

「後は任せろ。おまえは病院に行け」

赤堀が反町に言うとベイルのほうに行った。

ケネスを探したが、車とともにいつの間にか消えている。

「一緒に行くか」

「輸血が必要になる。私と愛海ちゃんは同じ血液型」

「俺だって一緒だ」

ノエルの手をつかむと、力強く握り返してくる。

反町はノエルの肩を支えて、愛海が運ばれた救急車に向かって歩き始めた。

5

ベイルの逮捕から一週間がすぎていた。

逮捕と同時に警視庁からインターポールと香港の警察に連絡が取られ、ブルードラゴンの組織壊滅に各国が連携して動いた。海外にいた組織の幹部は、ほぼ全員が逮捕されたと聞いている。

ベイルは重症だったが容態が落ち着き次第、自衛隊機で東京に送られた。警視庁で取り調べを受けた後、アメリカ軍に引き渡された。

ブルードラゴンのボス、ジェム・ソウではなく、元アメリカ海兵隊少尉ジェームス・ベイルとして裁かれると聞いている。そこには日米政府間の高度な駆け引きがあったのだろう。その詳細とその後についての情報はない。

反町は〈B&W〉でケネスと会っていた。ケネスはあいかわらず奥の席に座り、ラージサイズのルートビアを前に、反町と向き合っていた。

「反町さんには、ホント感謝してる」

ケネスが反町に今日何度目かの礼を言って頭を下げた。

ＳＤカードの情報を持ち帰ったケネスは、名前の挙がっていた基地内のブルードラゴン信奉者を直ちに特定した。ベイルが逮捕され、愛海が保護されると同時に、彼らを拘束し、隠し持っていたドラゴンソードを押収した。Ｘデイを阻止したのだ。

「もう分かった。それに、敬礼はなしだぞ」

「ベイルは、基地内の手下というか手なずけた者たちを使って、ドラゴンソードをいっせいにばらまくつもりだった。基地内に隠されていたドラゴンソードは約三万錠。すでに二万錠は東南アジアの米軍基地に運ばれてた。これが彼のＸデイ。海兵隊とハワード中佐への復讐」

「これが何だか分かるか」

反町はＳＤカードの入ったケースをケネスの目の前で振った。ケネスの顔色が変わる。ケースを取ろうとしたケネスの手を避けて、自分の胸ポケットに入れた。

「おまえに渡したコピーは、このＳＤカードに入っていたものだ。これがＳＮＳにでも流れるとどうなる」

「米軍はガタガタ。威信は地に落ちる」

「これを俺にくれたのは、〈月桃〉のママの愛海だ。それをおまえらに提供した」

「反町さんの恋人ですよね。僕だって気の毒に思ってる」

愛海は現在、那覇市内の病院に入院中だ。胸を撃たれて、一時は命の危険が告げられた。何とか持ち直したが、回復にはまだ時間がかかる。ICUから病室に移って以降夜はノエルが付き添って看病している。

退院してからの愛海のことを思うと気が重かった。すでにいくつかの件で検察が動いている。しかし愛海も覚悟はしているようだ。すっきりとした顔をしている。

「アメリカじゃ司法取引があるだろう。話の持って行きようでどんな罪でも許される」

「どんな罪でもというわけじゃないし、許されるのとも違う」

「愛海についても考えてくれないか。愛海は日本の法廷で裁かれるが、Xデイを防いだ本人だ。しかしそれは表面には出ない。その功労者が感謝されることなく裁かれるのは不当だろ。おまえの上司に掛け合ってくれ。米軍を救った情報の出所と、半分はアメリカ人の血を引く女性がどこからの援助もなく裁かれようとしていると」

ケネスは神妙な顔で聞いている。

「僕だって愛海さんがジェイルに入るなんて納得がいかない。上司に話してみる。彼女の罪が軽減されないと困ることになる、Xデイを知る者から脅されてると」

「やり方は何でもいい。愛海はXデイからアメリカ軍を救った功労者だ。それなりの便宜を図ってくれ。そうでないと、分かってるだろうな。上司にもよく言っておけ」

反町はSDカードの入っている胸ポケットを叩いた。

「ベイルはアメリカに送還されるが、逮捕したのはおまえらじゃない。沖縄県警の刑事だぞ。これも忘れるな」

「分かってる。沖縄県警の反町巡査部長。手錠をかけるのをこの目で見届けてる。あとのことは日本とアメリカの政治的配慮。僕の権限外だ」

「おまえが現場に来たとき、車の助手席に乗っていたのは、ジョージ・ハワード中佐だろう。あいつはまだベイルに関係してたのか」

「それも僕の権限外の話。よく知らない。僕の言えることは、これで二人とも終わりってこと。ベイルは司法取引で死刑は免れたとしても、一生鉄格子の中。ハワード中佐は退役を申し出ている。ベイルの裁判には出たくないだろうし、話す内容も聞きたくないだろうからね。ベイル少尉がハワード中尉に言った最後の言葉は話したよね。軍は退役を認めるだろう」

〈おまえを必ず殺してやる〉ボールペンでハワード中尉の片目をつぶした男だ。法廷でも、今後も、何が起こるか分からない。

「マスコミが黙ってはいないだろ。日本じゃ、複数の香港マフィアの幹部が逮捕され、日本進出が阻止されたと出てただけだ。幹部は日本で事情聴取を受けた後、各国で裁かれると」

「軍がベイルの裁判の内容を公表することはない。これ以上の騒ぎはまっぴら。でもベイルはかなり重症だった。なんとか助かったけど、どれだけ元に戻るか」

「ウソ言え。肩と腹だ。どっちも弾は貫通していた。急所を外してる。見かけほどひどくはない。狙って撃ったとすれば、たいしたもんだ」

ふっと、一つの思考が反町の脳裏を流れた。ケネスはベイルの殺害をハワードに命じられていたのではないか。それをうまくごまかした。ケネスにはさらに上の——。反町は小さく頭を振ってその考えを振り払った。

反町は身体を引いて改めてケネスを眺めた。

「おまえ、いったい何者だ。語学といい、拳銃の腕といい——」

「アメリカ海兵隊ミリタリー・ポリスの軍曹。反町さんと同じようなもの。下から数えたほうが早い」

ケネスが平然とした顔で反町を見返してくる。どう見ても、高校生のような童顔だ。

「愛海さんも早く元気になるといいね。会いに行くんでしょ」

ケネスが話題を外した。反町もそれ以上、ケネスを追及する気はなかった。彼は彼の言葉通り、一人のＭＰにすぎない。

「そのほうが百倍も似合うぜ」

反町は秋山を見て言った。

反町、ノエル、赤堀、秋山の四人は、レストラン〈ウェイブ〉にいた。

店はいつも通り日本人とアメリカ人で賑わっていた。聞こえてくるのは日本語と英語、そしてアメリカの音楽だ。

秋山はいつ着替えたのか、半ズボンにピンク地に黄色の波模様のかりゆしウェアだった。履いているのはビーチサンダルだ。今朝、反町と一緒に国際通りの店で買いそろえたのだ。

「沖縄ですからね。青い空、青い海です。スーツは似合わない」

「ここに住む気になったか」

「東京はどうするんです。僕は警視庁、捜査一課の刑事です」

「僕だって警察庁からの出向だ。いずれ、本庁に帰る」

赤堀の髪はいつの間にか黒くなり、元の七三に分けられている。

「俺はここに骨を埋める。ノエルもそうだろ」

ノエルはちらりと反町を見ただけで答えない。

ベイルが逮捕されてから、ほとんどノエルとは話していない。彼女は一日の入院後、仕事に復帰した。医者からは休養が必要だと言われたが、強く望んだのだ。仕事を終えると愛海の病室に行き、泊まり込んでいた。

「おまえが、防弾チョッキを着ていたとはね。現場には行くなと命令されてたんだろ」

「一課長にはね。具志堅さんが俺のを着てろって。誰にも言うなって言われてる。重大な職務規定違反だからって」

「彼は知ってたのか、おまえが現場に来ることを」

「刑事の勘じゃないの。あんたはどうなのよ。しっかり防弾チョッキをつけてた」

「強制捜査のとき指示が出てたからな。あれ以来クセになってた。コルセット代わりだ」

ノエルが顔をしかめている。撃たれた痕が痛むのだろう。肋骨が二本折れていたのだ。

あとは後ろに倒れたときに尻に青アザと、後頭部にコブを作っている。

反町も胸に手をやった。肋骨にヒビが入っていたのだ。

「私の肋骨が折れてて、あんたがヒビだけだとはね。体力だけは完全に負けね」

「それにしても、具志堅さんにはお礼を言わなきゃ。ノエルさんの命を救ってくれた」

秋山が本気度百パーセントの声を出した。

「もう言ったし、これ以上ことを大きくするなって。あの人、見かけよりいい人かも」

「それで、おまえのほうは片付いたのか。アイデンティティのことだ」

全員の視線がノエルに集中している。

「分からない。でも、私は私。他の誰でもない。それに、一人であって一人じゃない。

愛海ちゃんが身をもって教えてくれた」

ノエルが顔を上げて反町たちを見回した。

反町はノエルに拳銃を向けたベイルの目を思い出していた。

一瞬の戸惑い。彼はノエルに気づいたはずだ。警棒一本を手に、拳銃を持った男の前に立ちはだかったノエルの覚悟は悟ったはずだ。しかし、拳銃を向ける手を止めることはなかった。彼は何を思いノエルを撃ったのか。逃げ切れると。もしあのまま——。反町はその思いを振り払った。

ノエルもベイルの躊躇に気づいたはずだ。だがベイルは——。ノエルの瞳に見たモノは絶望か悟りか。ノエルの心は分からない。ノエル自身にも明確には分かっていないのかもしれない。しかし、それらすべてを含めて、ノエルのアイデンティティだ。過去があり、現在があり、未来がある。何より重要なのは、これからも生きていかなければならないということだ。

「ここに来る前に、アキラさんの殺害を依頼したタイ人が逮捕されたって電話があった。ホアン・ヴァン・タンていうタイ人。やはりブルードラゴンに頼んでた。英語だっていうので、私に電話が回ってきた。あんたの課長には報告している。明日には発表がある。これは、まだ機密扱いだから、初めて聞いたって顔をするのよ」

ノエルが反町に向かい、思い出したという顔で言った。いくぶん、いつもの調子に戻っている。

「明日の朝の飛行機で帰ります。今度は、完全なバカンスで来ます」

秋山が改まった表情で、ノエルを見て言う。

「僕は来週から東京出張だ。しばらく、一課の仕事を手伝っていたので本業がおろそかになってる。そろそろ本気でやらないと、警察庁に戻れなくなりそうだ」

「軍用地の問題ですか。辺野古移転や東村高江《ひがしそんたかえ》のヘリパッド建設反対で厳しくなりそうですね」

秋山の言葉をかき消すように、オスプレイの轟音《ごうおん》が四人の頭上を覆い通りすぎていく。

解説

細谷正充

なぜ警察小説なのか。二〇〇九年に刊行された、高嶋哲夫の初の警察小説『追跡 警視庁鉄道警察隊』を手にしたとき、そんな疑問が浮かんだ。一九九四年に第一回小説現代推理新人賞を「メルトダウン」で受賞、一九九九年に第十六回サントリーミステリー大賞・読者賞を『イントゥルーダー』でダブル受賞と、作者の作家としての本格的な出発点は、ミステリーであった。以後も定期的に、スケールの大きなミステリーを発表している。しかし一方で、『M8《エムエイト》』『TSUNAMI 津波』『ジェミニの方舟《はこぶね》 東京大洪水』（現『東京大洪水』）など、巨大な自然災害を緻密なシミュレーションによって創り上げ、それに立ち向かう人々の奮闘を描いたディザスター・ノベルの新たな書き手として、独自の物語世界を開花させていたのだ。いくら警察小説が人気のあるジャンルだからといって、作者が新たに挑む必要がどこにあるのかと、思ってしまったのである。

だが、物語を読んでいるうちに、考えが変わった。電車内で頻発する切り裂き魔事件と、外国人集団によるスリ事件を、警視庁鉄道警察隊の面々が追いかける。ああ、そうか。地震や津波が天災なら、犯罪事件は人災。どちらも人間を苦しめる災害ではないか。強い気持ちを抱いて人災と格闘する刑事たちは、ディザスター・ノベルの主人公たちと通じ合う。ここに高嶋哲夫が警察小説を書く意味があるのだ。

そうと分かれば、作者の警察小説を期待せずにはいられない。二〇一三年の『フライ・トラップ　JWAT・小松原雪野巡査部長の捜査日記』も、楽しく読んだ。そして、警視庁鉄道警察隊（かつての鉄道公安職員）や、女性と子供を守る生活安全部の特別チーム「JWAT」といった設定で、警察小説に独自色を打ち出していることも理解したのである。

そんな作者が、満を持して放った警察小説が、二〇一六年三月の『沖縄コンフィデンシャル　交錯捜査』から始まる、「沖縄県警」シリーズだ。本書『沖縄コンフィデンシャル　ブルードラゴン』は、その第二弾である。このシリーズ、先に触れた二作と違い、警察官としての主人公の設定自体に特別なものはない。だが、沖縄を舞台にしていることで、大きな特色を出している。独自の歴史を重ね、県の面積の約一割が米軍基地となっている沖縄。米軍絡みの諸問題を抱え、いまも騒然としている。このような沖縄の問題を作者は、『交錯捜査』の事件に巧みに取り入れ、優れた警察小説に仕立てたのである。その魅力は、本書でも健在だ。

沖縄県警刑事部捜査一課の反町雄太《そりまちゆうた》巡査部長。刑事部刑事企画課・国際犯罪対策室の

天久《あめく》ノエル巡査部長。警察庁に採用され、二年前から沖縄県警の捜査二課に出向している赤堀寛徳《あかぼりひろのり》警部。何かと付き合いのある三人は、アメリカ海兵隊のMP（ミリタリー・ポリス）で、ノエルの友人のケネス・イームスも加えて、那覇市泊港《とまりこう》近くにあるレストラン〈ウェイブ〉で、楽しく飲んでいた。しかし店のトイレで、白人男性が昏倒《こんとう》。どうやらドラッグをやっていたらしい。とっさの機転で、男の搬送先を誤魔化し、ケネスを出し抜いた反町たち。男の連れの女性を警察に引っ張り、米軍の動きをかわしながら、捜査を始める。だが、この件は始まりに過ぎなかった。凶暴化する危険ドラッグを使用した事件が続く。ドラッグの出どころは、沖縄に根を張る暴力団・黒琉会《こくりゅうかい》、中国マフィア、それとも米軍経由か。東京でも、ドラッグ事件が相次ぎ、警視庁から、組織犯罪対策部の小野田純一《おのだじゅんいち》警視と、秋山優司《あきやまゆうじ》巡査部長が沖縄県警に派遣されてきた。しかしさしたる進展はなかったようで、わずかな交流を残して、彼らは東京に戻っていった。

その一方で反町は、ノエルの不審な動きに気づいた。ドラッグの売人の右腕に、龍と剣の刺青《いれずみ》があると知り、それが幼い頃に消えた父親のジェームス・ベイル少尉ではないかと思い、ひとりで調べまわっていたのだ。ノエルを心配する反町は、彼女の友人で松山にあるラウンジ〈月桃《げっとう》〉のママをしている安里愛海《あさとあいみ》に会いに行き、話を聞いているうちに恋に落ちた。しかし愛海との仲を深めようとする間にも、事件は続く。右腕を切断された、黒琉会の若者の死体。〝ドラゴンソード〟と名付けられたドラッグは、やがて東京でも猛威を振るう。また、ノエルの父親の情報をくれた、反町の友人の伝説的サーファーは、不審な交通事故で重症を負った。錯綜《さくそう》する状況の中、見えてきた沖縄と東京を結ぶラインを追い、反町・赤堀・ノエルの三人は、東京に向かう。

冒頭の騒動から始まり、物語はラストまでノン・ストップで進行する。適度な間隔で、事件が起こり、意外な事実が判明する。ページを捲《めく》る指が、止まる暇《いとま》なき面白さだ。そんなストーリーの中で、粗筋に記した面々の他にも、反町とコンビを組んでいるベテランの具志堅正治《ぐしけんしょうじ》など、多数の刑事が次々と登場。しかし主人公は、反町雄太といっていい。生まれも育ちも東京だが、学生時代から憧れていた沖縄に移り住み、沖縄県警に就職したという、ちょっと面白い経歴の持ち主だ。趣味はサーフィンで、刑事らしくない軽さをよく見せる。しかし一方で、正義を追求する、熱い心も抱いているのである。

ところで反町雄太が、友人から〝サーファーの刑事、まだやってるのか〟といわれるシーンに出会って、私はある映画を思い出した。一九九一年に製作された、『ハートブルー』だ。監督は、キャスリン・ビグロー。主演は、キアヌ・リーブスとパトリック・スウェイジ。エリートFBI捜査官のジョニー・ユタ（キアヌ・リーブス）が、連続銀行強盗の犯人がサーファーだと推測。サーファー・コミュニティに潜入し、強盗団のリーダーのボディ（パトリック・スウェイジ）と、その恋人と出会うというストーリーだ。なんとなく反町に、このキアヌを当てはめていたので、彼が愛海を口説くシーンもすんなり読めた。アメリカ映画に登場する好青年のように、ストレートな感情表現をするところが、反町の大きな魅力になっているのだ。

また、天久ノエルの存在も見逃せない。一連の事件に行方知れずの父親が関係しているかもしれないと思い、真実を求めるノエル。その結果については触れないが、ジェームス・ベイルと、彼を巡る女性たちには、沖縄という場所に由来する、血の問題が付きまとっている。ミステリーの核心部分になるので詳しく書けないのが残念だが、ここに本書のテーマのひとつがあるのだ。そしてノエルに向かって反町が放った、

「ノエルはノエルだ。血はただの血だ。そんなもので性格や行動が決められるものじゃない。人の心は自分自身が作りあげるものだ。人生だって同じだ」


という言葉に作者は、理想と希望を託したのである。たしかに反町は楽観的で素直な性格だ。でも、だからこそ口に出せる真理があるのではないか。一連の事件の真相は悲劇的だが、それでも暗い気持ちにならないのは、反町たちを通じて作者が、進むべき道を指し示しているからなのだ。

さらに危険ドラッグも、もうひとつのテーマになっている。作者はドラッグ問題に以前から興味を持っていたらしく、『フライ・トラップ』で、脱法ハーブについて取り上

げている。そして、「本の話」二〇一三年三月号に掲載されたインタビューの中で、

「脱法ハーブは麻薬の成分を、法律をすり抜けられるよう少し変えたもので、ほとんど麻薬と変わりません。服用中に車を運転して多数の死傷者を出す事件も頻発しています。アロマや御香の一種として手軽さをアピールして、小説の中にあるように自動販売機で売っている店もあります。脱法ハーブを入り口として、違法な中毒性の高い薬物へと誘導する悪質な業者もいます」

と、語っているのだ。脱法ハーブだけでも、これほどの危険性がある。ましてや本書に登場する〝ドラゴンソード〟は、人間を凶暴にするおそろしい危険ドラッグだ。作中で何度か触れられている「ゾンビドラッグ事件」は、ネットで検索すればいくらでも詳しい情報が入ってくる。それを読むとドラッグが、どれほど人間性を破壊する、危険なものであるのか、戦慄と共に理解できるだろう。これに匹敵する危険ドラッグを使った人々の絶望が、本書では点描されている。たしかに軽い気持ちで、ドラッグに手を出した人が悪い。でもそれ以上に、ごく普通の日常を一瞬で失わせる、ドラッグに対する憎しみが募る。本書はあくまでもエンターテインメント・ノベルだが、物語全体を通じて、ドラッグに対する警鐘が鳴らされているのである。

最後に一言。実はこのシリーズ、第一弾の事件で生まれた、黒琉会の喜屋武《きやん》や、中国マフィアのジミー・チャンとの因縁が解決していない。第二弾の本書でも、燻《くす》ぶったままだ。おそらくはこれが、シリーズを貫く柱のひとつになるのであろう。彼らを含む多くの人間が起こす人害に、反町たちはどう立ち向かっていくのか。沖縄県警の個性的な面々の奮闘を、これからも追いかけていきたい。

（ほそや・まさみつ　書評家）

本作はフィクションであり、実在の個人・団体・事件などとは、一切関係ありません。

本書は、「ｗｅｂ集英社文庫」二〇一六年十月〜二〇一七年一月に配信されたものを大幅に加筆・修正したオリジナル文庫です。

集英社文庫

沖縄《おきなわ》コンフィデンシャル　ブルードラゴン

2017年2月25日　第1刷　　定価はカバーに表示してあります。

著　者　高嶋哲夫《たかしまてつお》

発行者　村田登志江

発行所　株式会社　集英社
東京都千代田区一ツ橋2-5-10　〒101-8050
電話　【編集部】03-3230-6095
【読者係】03-3230-6080
【販売部】03-3230-6393（書店専用）

印　刷　凸版印刷株式会社

製　本　加藤製本株式会社

フォーマットデザイン　アリヤマデザインストア　　マークデザイン　居山浩二

ISBN978-4-08-745549-6 C0193